BASTEI LÜBBE

Taschenbücher von WARREN MURPHY
im BASTEI-LÜBBE-Programm:

19059 Trace und die toten Patienten
19062 Trace schlägt zu
19063 Trace in Manhattan
19069 Trace und der verschwundene Millionär

WARREN MURPHY

TRACE AUF DER JAGD

Thriller

Ins Deutsche übertragen
von Jürgen Bürger

BASTEI
LÜBBE

BASTEI-LÜBBE-TASCHENBUCH
Thriller
Band 19 072

Erste Auflage: Juni 1989

Deutsche Lizenzausgabe 1989
Bastei-Verlag Gustav H. Lübbe GmbH & Co., Bergisch Gladbach
Originaltitel: Pigs Get Fat
Lektorat: Martin Compart
Titelfoto: Bastei-Verlag
Umschlaggestaltung: Quadro Grafik, Bensberg
Satz: Fotosatz Leingärtner, Nabburg
Druck und Verarbeitung:
Brodard & Taupin, La Flèche, Frankreich
Printed in France
ISBN 3-404-19072-6

Der Preis dieses Bandes versteht sich
einschließlich der gesetzlichen Mehrwertsteuer.

Für Gene und Pat,
und für Michael und Jessica

1

Manchmal passieren guten Menschen gute Sachen. Genau das meinte Devlin Tracy, als er in seiner Eigentumswohnung in Las Vegas ans Telefon ging und herausfand, daß Walter Marks ihn anrief.

Normalerweise war es erforderlich, daß er sich persönlich mit Marks traf. Bei diesen viel zu häufigen Gelegenheiten mußte Trace sich nicht nur seine quengelige kleine Stimme anhören und sein verkniffenes Gesicht ansehen, sondern er mußte ebenfalls Wogen des blanken Hasses über sich spülen lassen, den Marks ausstrahlte, wann immer sie das gleiche Fleckchen Erde miteinander teilen mußten. Aber heute brauchte er nichts anderes zu tun, als nur mit ihm zu telefonieren. Das war ganz offensichtlich eine gute Sache, und Devlin Tracy wußte, daß er es verdient hatte, da er ganz offensichtlich ein guter Mensch war.

»Mr. Walter Marks möchte Sie sprechen«, hatte die Sekretärin gesagt. »Spreche ich mit Devlin Tracy?«

»Kein anderer«, sagte Trace.

»Bitte bleiben Sie dran, ich verbinde«, sagte sie.

»Auf jeden Fall«, sagte Trace und legte auf.

Er ging in die kleine Küche des Apartments, schenkte sich eine Tasse Kaffee ein und fand ein Päckchen Zigaretten. Als er mit allem ins Wohnzimmer zurückkehrte, klingelte das Telefon. Da er kürzlich erst ein Informationsblatt der Telefongesellschaft gelesen hatte, in dem empfohlen wurde, daß ein Anrufer es zehnmal durchklingeln lassen sollte, bevor er wieder auflegte, ließ Trace es neunmal klingeln, bevor er abnahm. Wenn die Leute in Walter Marks' Büro nicht clever genug waren, die Post von der Telefongesellschaft zu lesen, dann verdienten sie es auch nicht, mit ihm zu reden.

»Mr. Tracy?« kratzte dieselbe Sekretärinnenstimme.

»Ja, in der Tat. Spreche ich mit Grouchos Sekretärin?«

»Entschuldigen Sie?«

»Ach, schon gut. Wir müssen unterbrochen worden sein«, sagte Trace.

Sie schnaubte ungläubig. »Bitte, bleiben Sie dieses Mal in der Leitung«, sagte sie kühl.

»Ich warte genau hier«, sagte Trace. Er hatte kein Feuerzeug. Jetzt hatte er Zigaretten, aber nichts, womit er sich eine anstecken konnte.

Er legte wieder auf.

Trace suchte das Apartment nach einem Feuerzeug ab, und das Telefon klingelte. Er zählte das Klingeln mit, während er suchte. Es war schon komisch – er schien irgendwie nie mehr ein Feuerzeug finden zu können. Er gelangte zu der Überzeugung, daß dies wahrscheinlich daran lag, daß er weniger Zeit in Bars verbrachte.

Viele Menschen glaubten, daß Leute, die sich die Stunden in Kneipen um die Ohren schlugen, dies aus einem inneren Zwang heraus taten. Aber Trace verbrachte eine Menge Zeit in Bars, weil es der beste Ort war, um sich einen soliden Vorrat an Wegwerffeuerzeugen zusammenzuklauen. Die Feuerzeuge begannen langsam knapp zu werden, nachdem er seinen Alkoholkonsum einschränkte.

Das Telefon hatte bereits zwölfmal geklingelt, als er

endlich in der Küche eine Schachtel Streichhölzer fand. Darauf stand die Botschaft: *Sie können ein Künstler sein. Zeichnen Sie dieses Gesicht.*

Trace hätte es versucht, wenn er einen Kuli hätte entdecken können, aber sein Vorrat an Kulis war gemeinsam mit seinem Feuerzeuglager zusammengeschrumpft. Nüchtern zu sein war die reinste Hölle für Haushaltsvorräte.

Achtzehnmal Klingeln.

Trace steckte sich eine Zigarette an.

Neunzehnmal.

Er nahm den Hörer von der Gabel und sagte mit seiner vergnügtesten, Einen-wunderschönen-Guten-Tag-Stimme: »Hi! Ich vermute, Groucho möchte mich sprechen?«

»Bleiben Sie bitte dran, ich verbinde mit Mr. Marks«, erwiderte die Sekretärin frostig.

Walter Marks war Vize-Präsident der Leistungsabteilung der Garrison Fidelity Insurance Company. Rein technisch gesehen arbeitete Devlin Tracy für ihn als freiberuflicher Versicherungsdetektiv. Allerdings wußten beide Männer, daß Trace seinen Job nur hatte, weil er mit Bob Swenson, dem Präsidenten der Garrison Fidelity, befreundet war. Was Marks erhebliches Unbehagen verursachte, da er ein sehr kleiner Mann war, und wie viele kleine Männer führte er sein Regiment gerne mit Terror und permanenten Kündigungsdrohungen. Da Trace allerdings absolut feuerfest und unzugänglich für jede Form des Terrors war, gehörte er nicht direkt zu Marks' Lieblingen.

»Trace?« zischte Marks' giftige, kleine Stimme aus dem Hörer. Er sprach, als stünde eine Strafe darauf, seine Lippen zu trennen.

»Ja, Groucho«, sagte Trace. »Ich bin's«.

»Was zum Teufel ist da los? Wieso legen Sie dauernd auf, wenn ich mit Ihnen sprechen will?«

»Ich habe nicht aufgelegt, Walter«, sagte Trace, schlürfte seinen Kaffee, war in Gedanken immer noch bei diesem Aufdruck auf der Streichholzschachtel. *Zeichnen Sie dieses Gesicht.* Vielleicht konnte er sich ein paar mit Walter Marks' Bild darauf drucken lassen, und dazu die Legende: *Lösch dieses Gesicht aus.* »Ich finde, es liegt nur an dieser drittklassigen Sekretärin, die du da hast. Ich glaube kaum, daß sie weiß, wie man so was macht, ein Gespräch zu einem anderen Apparat umstellen. Jedenfalls, jetzt hast du mich ja an der Strippe. Willst du irgendwas oder ist das hier nur ein allgemeines Jammern?«

»Nein. Tatsächlich habe ich angerufen, um Sie höflich darum zu bitten, endlich anzufangen, für Ihr Geld auch was zu tun. Und zwar noch heute, Tracy.«

»Tja, so gerne ich ja würde, Groucho, ich fürchte, ich werde leider, leider jeden Auftrag ablehnen müssen, den du mir möglicherweise andrehen willst.«

»Wie bitte?«

»Das steht im Widerspruch zu anderweitigen Plänen, die ich bereits ins Auge gefaßt habe«, sagte Trace.

»Welche Pläne?«

»Ich werde auf einen Kongreß nach San Francisco fahren.«

»In San Francisco findet zur Zeit kein Versicherungs-Kongreß statt«, sagte Marks.

»Versicherungen sind lediglich eine winzig kleine Facette des Juwels, das wiederum mein Leben ist«, sagte Trace. »Hier handelt es sich um einen Kongreß amerikanischer Staatsbürger, die in Japan geboren worden sind.«

»Hören Sie, Tracy . . . Ich weiß, daß Sie irisch-jüdischer Abstammung sind«, sagte Marks. »Wie haben Sie es auf einmal hingekriegt, Japaner zu sein?«

»Nicht ich. Chico. Ihre Mutter fährt hin, und wir werden sie begleiten.«

»Es fällt mir schwer zu glauben, daß ich jetzt selbst ein Faultier wie Sie darauf aufmerksam machen muß, aber die Arbeit sollte immer an erster Stelle stehen«, sagte Marks.

»Sieh's doch mal so«, sagte Trace. »Arbeit gibt's doch immer, daran fehlt's nie. Aber ein Kongreß ist für immer weg, wenn man ihn erst mal verpaßt hat.«

»Und ein Vorschußhonorar auch«, knurrte Marks. »Dann lehnen Sie diesen Job also ab, den ich für Sie habe.«

»Du bist aber schnell von Begriff. Nicht mal die subtilste Andeutung geht dir unbemerkt durch«, sagte Trace.

»Ich werde mich an diese Unterhaltung erinnern.«

»Ich weiß. Und du wirst es auch in deine Akte voller Gründe schreiben, Devlin Tracy in die Scheiße zu ziehen. Aber gerade wenn du meinst, es wäre die Mühe wert, es mal zu versuchen, wirst du dich an all die vielen Millionen Dollar erinnern, die ich der guten alten Gone Fishing schon gerettet habe, und dann wirst du es dir noch mal anders überlegen.«

»Sagen Sie nicht immer *Gone Fishing,* wenn Sie von der Garrison Fidelity sprechen«, sagte Marks barsch.

»Okay, Groucho.«

»Und nennen Sie mich nicht Groucho.«

»Ja, Walter«, sagte Trace.

»Ich hoffe, die Schwulen fallen in San Francisco über Sie her«, sagte Marks.

»Ich werd' nicht aus dem Haus gehen.«

»Wie lange werden Sie weg sein?«

»Wahrscheinlich zehn Tage«, sagte Trace.
»Wir sprechen uns, wenn Sie wieder zurück sind.«
»Ich werde die Stunden zählen«, sagte Trace.

Trace döste auf dem Sofa, als die Tür der Wohnung geöffnet wurde. Er schlug seine Augen auf und murmelte: »Hi, Chico.«

»Ich glaub's nicht«, antwortete Michiko Mangini. Sie war sehr klein und gut proportioniert und hatte glänzende, schwarze Haare. Ihre Augen waren groß, leuchtend und dunkel in ihrem gesunden, olivfarbenen Gesicht.

Abgesehen von etwas Lippenstift auf ihren bogenförmigen Lippen trug sie kein Make-up. Trace wußte, daß sie das Zeug immer abschrubbte, wenn sie als Blackjack-Geberin im *Araby Casino* Feierabend machte. Bei der Arbeit mußte sie ein albern aussehendes Haremskostüm und Revuegirl-Make-up tragen, doch sobald ihre Schicht um war, streifte Chico diese Fassade ab. Sie war sechsundzwanzig, sah jedoch jünger aus; sie war schön, sah aber noch schöner als schön aus. Außerdem war sie eine Teilzeit-Nutte, aber darüber sprachen sie nicht.

»Was glaubst du nicht?« sagte Trace.

»Es ist die Cocktail-Stunde, und du liegst da und eine Tasse steht vor dir. Ich dachte, du wärst jetzt schon bis zur Halskrause abgefüllt.«

»Wird's dir da nicht warm um dein japanisch-sizilianisches Herz?« sagte Trace, als er seine Beine auf den Boden schwang und schnell den restlichen Wodka austrank, der in der Kaffeetasse war.

Chico stand immer noch in der Tür, räumte Lebensmitteltüten vom Flur in die Wohnung. Trace dachte, daß sie scheinbar immer irgendwelche Lebensmittel in ihren Armen hatte. Sie konnte von Glück reden, daß er kaum je etwas aß; andernfalls wären ihre Schultern nämlich dick mit Muskeln bepackt und ihr Rücken aufgrund des Gewichtes ihrer Last auf Dauer gekrümmt.

»Alles bereit für den Urlaub?« fragte sie, als sie begann, die Tüten – immer zwei gleichzeitig – in die Küche zu tragen.

»Ja«, sagte er.

»Alles fertig gepackt?«

»Nein«, sagte er.

»Wieso nicht?«

»Ich wußte, daß du's für mich machen würdest, wenn ich nur lange genug warte«, sagte Trace.

»Nur wenn du mir versprichst, daß ich diesen blöden Cassettenrecorder dalassen kann«, sagte sie.

»Aber natürlich, laß ihn hier. Wir fahren doch in Urlaub, oder nicht?«

»Genau«, sagte Chico. »Keine geheimen Unterhaltungen auf Band. Keine Arbeit. Einfach nur eine Woche lang spielen.«

»Willste jetzt spielen?« fragte er.

»Lieber würde ich zuerst die Lebensmittel auspacken«, sagte sie.

»Soll ich dir helfen?«

»Nein«, sagte sie.

»Wieso nicht?«

»Du räumst immer alles falsch ein. Der Reis landet bei der Spaghetti-Soße, die geräucherten Austern werden hinter dem Haferschrot versteckt. Nein, danke. Ich mach's lieber selbst.«

»Eigentlich«, sagte Trace, »habe ich mich gefragt, wieso du überhaupt noch Lebensmittel eingekauft hast, wo wir doch morgen in Urlaub fahren.«

»Man kann nie wissen«, sagte sie finster. »Irgendwas geht schief, dann haben wir wenigstens was zu essen im Haus.«

»Ich hab' heute mit Walter Marks gesprochen«, sagte Trace.

»Hat er versucht, uns unseren Urlaub zu verderben?«

»Natürlich.«

Trace bestaunte, wie rationell sie Dinge wegräumte. Die Küche war nicht mehr als nur ein schmaler Durchgang, Spüle und Kühlschrank und Herd auf der einen, Schränke und Arbeitsfläche auf der anderen Seite, aber irgendwie schien sie immer Platz zu finden, die stattliche Batterie Flaschen, Dosen und Krüge zu verstauen, die sie mit nach Hause brachte.

»Lebensmittel für das hungernde Indien«, murmelte er, als er in der Küche an ihr vorbeiging und seine Kaffeetasse ausspülte.

»Wieso spülst du jetzt zum ersten Mal seit Menschengedenken deine Tasse aus?« fragte sie.

»Ich will die Wodkaspuren entfernen, bevor du sie noch entdeckst«, sagte Trace.

»Nicht nötig. Ich hab's schon gerochen, als ich an dir vorbeigegangen bin.«

»Wodka hat keinen Geruch«, sagte Trace.

»Hat er wohl.«

»Wie riecht er denn?« fragte er.

»Es hat diesen besonderen Wodka-Geruch«, sagte sie.

»Das ist doch Unsinn. Deswegen trinkt doch jeder Wodka, damit ihre Frauen es nicht riechen können, wenn sie nach Hause kommen. Glaubst du vielleicht, all diese Millionen Leute würden sich irren?«

»Die irren sich, wie man sich nur irren kann«, sagte sie. Sie schwankte gefährlich auf einer kleinen Trittleiter, während sie Konservendosen auf einem oberen

Regalbrett ganz nach hinten verstaute. »Hast du schon je von irgendeiner Frau irgendwo auf der Welt gehört, die nicht genau erkennen kann, wann ihr Mann getrunken hat? Wodka oder kein Wodka, wir Frauen wissen es immer.«

»Gott, du bist heimtückisch«, sagte er.

Sie drehte sich um und lächelte ihn an. Wie sie da auf der Trittleiter stand, waren ihre Augen fast auf einer Höhe mit seinen.

»Denk immer dran«, sagte sie, »falls du mal auf die Idee kommst, mich zu betrügen oder mich zum Narren zu halten. Ich weiß es immer. Ich weiß alles.« Ihre Augen blitzten. »Weißt du, vielleicht ist da ein genetischer Unterschied, der etwas mit dem Geschlecht zu tun hat? Vielleicht können nur Männer Wodka nicht riechen. Alle Frauen können es jedenfalls. Und außerdem, wenn du schwitzt, scheidest du ihn aus, und dann riechst du wie ein ganzer Umkleideraum.«

»Und trotzdem hast du dich schon all die Jahre mit mir abgefunden«, sagte er. Er packte sie um die Taille, wirbelte sie von der Trittleiter und küßte sie.

»So viele Jahre sind's auch wieder nicht«, sagte sie. »Erst drei.«

»Kommt mir viel länger vor«, sagte er.

Später an diesem Abend packte Chico Traces Kleider ein, wobei sie dauernd über Kleidungsstücke, die sie in seinem Schrank fand, laut aufjohlte. Wie sie es für gewöhnlich immer machte, füllte sie einen großen grünen Kleidersammlungssack mit Kleidung, die sie ihn, wie sie sagte, mit Sicherheit nie wieder anziehen lassen würde, und die sie bei der Kleideraktion der *Volunteers of America* spenden würde.

Dann ging sie schlafen.

Trace räumte vorsichtig sämtliche Kleider wieder aus dem großen Plastiksack und hängte sie in seinen Kleiderschrank zurück.

Schließlich nahm er, bevor er selbst ins Bett ging, den kleinen tragbaren Kassettenrecorder und das dazugehörige winzige Mikrofon, das wie eine Krawattennadel in der Form eines goldenen Frosches gearbeitet war, und versteckte sie ganz unten in seinem Koffer.

»Man kann ja nie wissen, oder?« brummte er leise vor sich hin.

2

Der San Francisco Airport drohte wegen schlechten Wetters geschlossen zu werden, daher zog der Jet aus Las Vegas vierzig Minuten lang träge Schleifen am Himmel. Trace machte das Beste aus der Verzögerung, indem er sich bitter darüber beschwerte, daß er weder rauchen durfte noch einen Drink bekommen konnte.

Die Stewardeß belehrte ihn ein wenig beleidigt: »Das ist doch nur zu Ihrer eigenen Sicherheit, wissen Sie.«

»Wir werden alle sterben, stimmt's?« sagte Trace. »Wir werden alle sterben.«

»Unsinn. Alles ist in bester Ordnung«, sagte die Stewardeß. Sie beugte sich vor und fügte leise hinzu: »Und ich wünschte, Sie würden etwas leiser reden. Sie könnten sonst noch die anderen Passagiere beunruhigen.«

»Wenn Sie meinen, daß das schon beunruhigend ist, dann warten Sie mal, bis ich aufstehe und anfange *Nearer My God to Thee* zu singen. Dann werden Sie sehen, was Beunruhigung heißt.«

»Es ist nicht gestattet, daß Sie aufstehen«, sagte die Stewardeß. »Das *Fasten Seat Belts*-Zeichen ist an.«

»Wenn wir ins Meer stürzen, darf ich mich dann abschnallen?« fragte er.

»Madam, gehört dieser Gentleman zu Ihnen?« fragte die Stewardeß Chico, die versuchte, sich hinter einer *Mechanix Illustrated* zu verstecken.

»So sehr ich es hasse, es zuzugeben«, sagte Chico.

»Meinen Sie, Sie könnten ihn beruhigen?«

»Dürfen wir ein bißchen Koks schnupfen?« fragte Trace die Stewardeß. »Koks beruhigt mich immer.«

Chico stieß ihm mit ihrem Ellbogen in die Rippen. »Ich werde versuchen, ihn zu bändigen«, sagte sie der Flugbegleiterin.

Die Stewardeß nickte und ging, und Chico fauchte Trace an: »Wieso sagst du so was? Du hast dein ganzes Leben noch nie geschnupft.«

»Weil ich solche Leute gern auf Zack halte«, sagte er. »Sie transportieren hier kostbare Fracht. Mich. Sie ist ein Leichtgewicht, Chico, ein Leichtgewicht. Früher waren alle Stewardessen Krankenschwestern, und dann waren sie alle *Playboy*-Häschen oder irgendwas, und jetzt sind alle gottverdammte Angestellte in der Registratur. Sie machen keine Stews mehr, so wie sie's früher immer gemacht haben.«

»Also, du aber auch nicht«, sagte Chico.

»Ha, was weißt du schon«, sagte Trace. »Und wieso hat sie mir nicht mein Fliegerabzeichen gegeben, als ich alle meine Erdnüsse aufgegessen habe?«

»Trace, sie hat dir doch gesagt, daß sie keine Fliegerabzeichen mehr hat. Außerdem hast du Hunderte von

Fliegerabzeichen von allen möglichen Airlines zu Hause.«

»Sonst kriege ich immer Fliegerabzeichen«, brummte er und sackte auf seinem Platz zusammen.

Als sie die Maschine verließen, stand die Stewardeß an der Tür und wünschte jedem einen schönen Tag. Chico sagte: »Danke.« Trace zischte: »Leichtgewicht.«

Sie waren mit fast einer ganzen Stunde Verspätung gelandet, und sie fanden Chicos Mutter ziemlich niedergeschlagen in der Nähe des Gepäckbandes auf einer Bank.

Die winzige japanische Frau trug einen blauen Hosenanzug. Sie hieß Nobuko, doch jeder nannte sie Emmie, was Trace nie verstehen konnte. Die Ähnlichkeit zwischen Mutter und Tochter war erstaunlich, doch die ältere Frau wirkte erheblich zerbrechlicher. Chicos verstorbener Vater war ein italienischer Matrose, und die Vereinigung seiner Gene mit denen ihrer Mutter hatten Chico ein gesünderes Aussehen als ihrer Mutter verliehen. Die ältere Frau sah aus, als sollte sie ihr Gesicht eigentlich weiß gepudert haben und stocksteif irgendwo auf einer Bühne stehen; Chico sah aus, als sollte sie eigentlich schwitzend durch ein schwieriges Ballettstück tanzen.

»Hi, Mom. Tut mir leid, daß wir so spät sind«, sagte Chico.

»Hallo, Michiko. Hallo, Du.« Seit sie Trace kennengelernt hatte, hatte sie ihn immer nur mit *Du* angeredet, da sie fand, daß seine beiden Namen – Devlin und Tracy – im Grunde unaussprechlich waren.

»Die Witwe Mangini«, sagte Trace, beugte sich vor, um ihr einen Kuß auf die Stirn zu geben.

»Wieso machst du so ein langes Gesicht?« fragte Chico.

»Ich dachte, ihl nicht kommen. Ich dachte, ich mich töten, wenn ihl nicht kommen«, sagte Emmie.

»Schlechtes Wetter. Das Flugzeug hat lange zur Landung gebraucht«, sagte Chico.

»Wir wären fast gestorben«, sagte Trace. »Ich dachte schon, das Flugzeug würde abstürzen.«

»Nul meine Schuld, daß Flugzeug fast abgestülzt, ihl kommen, um mich zu besuchen«, sagte Chicos Mutter. »Wenn abstülzen, ich mich umblingen.«

Das Gepäckband war leer.

»Dein Gepäck muß im Büro sein«, sagte Trace zu Emmie. »Ich geh's holen.«

»Es glün.«

Trace sah Chico an.

»Grün«, erklärte sie.

Trace nickte und fragte die Frau: »Hast du nur einen Koffer?«

»Nein, ich zwei Koffel.«

»Zwei Koffer rollen an«, sagte Trace. Er ließ die beiden Frauen zurück, die sich auf Japanisch unterhielten, und fand das Gepäck in der Gepäckabfertigung.

Ein Sturm braute sich zusammen, als sie, zu dritt auf einem Taxisitz, nach San Francisco hineinfuhren. Der Wind schien aufzufrischen, als sie Candlestick Park passierten, das Baseball-Stadion ein paar Meilen außerhalb des Stadtkerns, und Trace fragte sich, was für ein Genie wohl auf die Idee gekommen war, dort ein Baseball-Stadion zu bauen.

Er hatte vor Jahren einmal die *Giants* dort spielen sehen. Ein *Batter* hatte mies geschlagen und den Ball hoch ins Infield gepfeffert. Die Infield-Spieler hatten sich alle auf den Werfer zubewegt, um den Ball zu fangen, und dann griff der Wind ein. Als der Ball schießlich wieder runterkam, lag er auf der anderen

Seite des Zaunes am linken Infield-Rand und der *home run* war perfekt.

In diesem Stadion Baseball zu spielen war das gleiche, wie an einem windigen Tag auf offenem Feld Tischtennis zu spielen. Der Wind war immer als zehnter Mann dabei, aber er war ein verrückter zehnter Mann, von dem man nie wußte, auf welcher Seite er zu irgendeinem beliebigen Augenblick spielte.

»Was das fül ein gloßes Ding, Du?« fragte Chicos Mutter, zeigte dabei auf das Stadion.

»Candlestick Park«, sagte er.

»Wenn Palk, wo Bäume?«

»Das Stadion«, sagte Trace. »Wo sie *beisboru* spielen.« Wenn er mit Emmie zusammen war, merkte Trace immer, daß er in Pidgin-Englisch sprach, in das er die vier Worte Japanisch einfließen ließ, die er konnte. Das war nicht herablassend gemeint, sondern vielmehr ein ehrlicher Versuch, so einfach wie möglich zu sprechen, damit sie ihn verstehen konnte.

»Oh, ja. *Beisboru*«, sagte Emmie. »Ich *beisboru* mögen. Hot dogs, fette Schielis, Bielwelbung.«

Trace sah Chico wieder an. »Sag's nicht, sie meint Schieris, stimmt's?«

»Blaue Anzüge. Fette Schielis, stimmt's«, sagte Chico.

»Ich feule die *Pittsbulgh Pilots* an«, sagte Emmie.

»Gott, ich bin velückt nach dil«, sagte Trace.

»Ich auch velückt nach dil, Du.«

»Soll ich gehen?« fragte Chico.

Ihr Hotel war ein neues, modernes Gebäude am Rande von San Franciscos kompakter und sauberer Chinatown. Trace blieb bei dem Gepäck, um sicherzugehen, daß der Page nichts klaute, während Chico sie alle an der Rezeption eincheckte.

Auf einem großen rotweißen Schild quer über einer Wand des Foyers stand: HERZLICH WILLKOMMEN, JAPANISCH-AMERIKANISCHE GÄSTE, und unter den großen englischen Buchstaben wurde diese Botschaft dann noch mal in großen asiatischen Schriftzeichen vermutlich wiederholt.

»Ich habe zwei nebeneinanderliegende Zimmer für uns bekommen«, sagte Chico leise zu Trace, als sie auf den Fahrstuhl warteten.

»Ist das klug?« fragte Trace.

»Warum nicht?«

»Tja, wenn deine Mutter direkt neben uns schläft, was ist dann mit deinen kleinen Lustschreien? Hast du denn kein Schamgefühl?«

»Es ist schon so lange her, daß ich vor Ekstase geschrien habe, daß ich diese Sache bei meiner Planung nicht mal andeutungsweise berücksichtigt habe«, sagte Chico.

»Es gibt immer ein erstes Mal«, meinte Trace.

»Eigentlich hatte ich mir das auch irgendwie anders vorgestellt«, sagte Chico.

»Nämlich wie?«

»Hier ist der Fahrstuhl«, sagte sie.

Sobald die Tür auf der zweiten Etage aufglitt, wußte Trace mit alarmierender Klarheit, an was Chico gedacht hatte. Sie schlief zusammen mit ihrer Mutter in einem Doppelzimmer. Trace hatte das Einzelzimmer neben ihrem. Chico kam herein, als er gerade seinen Koffer auspackte.

»Das hier ist zum Kotzen«, sagte Trace. »Ich hasse es jetzt schon.«

»Ich kann einfach nicht in deinem Zimmer bleiben. Nicht, solange wir mit meiner Mutter zusammen sind.«

»Wieso denn nicht? Sie weiß doch, daß wir in Las Vegas zusammenleben.«

»Das ist was ganz anderes. Sie *ist* nicht in Las Vegas.«

»Soll das heißen, wenn sie in Las Vegas wohnen würde, dann würden du und ich auch nicht zusammenleben?«

»Nicht ohne den Segen der Kirche. Ich würde bei ihr wohnen«, sagte Chico.

»Das ist ja großartig«, sagte Trace.

»Schließ deine Tür nicht ab. Ich werde versuchen, mich irgendwann mal nachts reinzuschleichen«, sagte Chico.

»Klopf aber bitte zuerst an. Könnte sein, daß ich Gäste habe«, sagte Trace mißmutig.

»Hallo! Ich rieche was Merkwürdiges. Was ist das denn hier?« sagte Chico. Sie hielt Traces kleinen Kassettenrecorder hoch, den sie gerade auf dem Boden seines Koffers aufgestöbert hatte.

»Sieht wie mein Tonband aus. Wie ist das denn nur da reingekommen? Ich dachte, du hättest es nicht eingepackt.«

»Lüg mich nicht an, du gottverdammter Barbar. Wieso hast du dieses Ding hier mitgenommen?«

»Ich gestehe. Ich weiß auch nicht, warum. Ich fühle mich eben einfach meistens besser, wenn's irgendwo in der Nähe ist«, sagte Trace.

»Das ist der erste Schlag gegen unseren Urlaub, wenn dieses Ding auch hier ist«, sagte sie.

»Du weiß doch, ich hab' zu Groucho nein gesagt, ich arbeite nicht. Das weißt du doch. Ich weiß auch nicht, warum, ich hab's eben einfach mitgenommen.« Er versuchte es mit einem Lächeln, doch ihr verschwindender Rücken schien davon nichts mitzubekommen.

Ein paar Minuten später kam Emmie durch die Verbindungstür zwischen ihren Zimmern herein, gerade als er den Fernseher einschaltete.

»Wie dil gefallen dein Zimmel?« fragte sie.

»Deins gefällt mir besser«, sagte Trace.

»Möchtest du Zimmel tauschen? Ich hiel bleiben, du mit Michiko in andeles Zimmel?«

»Das würde sie nie tun«, sagte Trace.

»Sie manchmal sehl dumm. Ihl zwei zusammenleben. Du. Walum nicht auch in Ullaub zusammen sein?«

»Ich weiß, was du vorhast«, sagte Trace. »Du willst dieses Zimmer, damit du ungestört irgendwohin kannst, falls du fremde Männer aufreißt. Ohne daß Chico dich dabei sieht.«

»Sehl komisch, Du. Abel keine schlechte Idee«, sagte sie.

»Tja, ich werde dir jedenfalls nicht dabei helfen, eine gefallene Frau zu werden. Geh wieder in dein eigenes Zimmer«, sagte Trace.

»Okay. Wal nul Flage«, sagte sie.

Sie kehrte in das andere Zimmer zurück, und Trace hörte, wie sie zu Chico sagte: »El gesagt, el nicht mit dil in ein Zimmel bleiben wollen.«

»Wieso denn nicht?« fragte Chico.

»El sagt, wenn ich alleine bleibe, ich fallen hin«, sagte Emmie.

»Ich sagte was von einer ›gefallenen Frau‹ «, brüllte Trace.

»Stimmt. Hinfallen«, sagte Emmie.

Mit einem tiefen Seufzer schloß Trace die Tür zwischen den Zimmern.

Für die Dauer dieses Urlaubes, und nur für die Dauer dieses Urlaubes, hatte Chico die Einschränkungen von Traces Trinkgewohnheiten aufgehoben, daher ließ er sich vom Zimmerservice zwei Flaschen Wodka raufbringen.

Er lag auf seinem Bett, trank und sah sich eine *Ben Casey*-Wiederholung im Fernsehen an. Er gelangte zu dem Schluß, daß er genau so einen Arzt wie Ben Casey haben wollte, falls er mal wirklich richtig krank werden sollte. Zur Hölle damit, daß er so ein gemeiner, ekelhafter Bursche war; wenigstens versuchte er, seine Patienten am Leben zu halten. Doktor Kildare war schon in Ordnung, wenn man sich den Magen verdorben hatte; Marcus Welby mochte einen ja lebendig über eine Erkältung bringen, aber wenn er mal richtig ernsthaft krank wurde, dann mußte man *Butcher Ben* kommen lassen. »Scheiß doch auf die Krankenhausvorschriften, Dr. Zorba. Zeichnen Sie nur Ihre hübschen Diagramme auf Ihre Tafel und lassen Sie mich das Leben dieses degenerierten Menschen retten.«

Das Telefon klingelte.

»Mr. Tracy?« Die Stimme der Frau kam ihm vage bekannt vor.

»Ja.«

»Bleiben Sie bitte am Apparat. Walter Marks möchte Sie sprechen.«

Der Anruf überraschte Trace so sehr, daß er nicht die Zeit hatte aufzulegen, bevor er Marks in der Leitung hatte.

»Trace. Ich bin wirklich froh, daß ich Sie gefunden habe.«

»Wie hast du mich ausfindig gemacht? Du hast doch wohl nicht meiner Ex-Frau und diesen beiden Wilden erzählt, wo ich im Augenblick bin, oder?«

»Nein. Und das werde ich auch nicht tun«, sagte Marks mit ungewohnter Herzlichkeit.

»Du führst doch irgendwas im Schilde«, sagte Trace. »Wie hast du mich gefunden?«

»Nur so eine Ahnung. Ich habe meine Sekretärin sämtliche Hotels in der Nähe von Chinatown überprüfen lassen.«

»Das ist eine ganze Menge Arbeit, nur um mir meinen Urlaub zu vermiesen«, sagte Trace.

»Es ist wichtig«, sagte Marks. »Hören Sie zu, Trace, ich möchte, daß Sie mir einen kleinen Gefallen tun.«

»Ich glaube, ich kann meinen Ohren nicht trauen. Du bittest mich um einen Gefallen?«

»Ja, richtig.«

»Wenn ich nicht schon liegen würde, dann müßte ich mich jetzt setzen«, sagte Trace.

»Ganz wie Sie wollen«, sagte Marks.

»Ich weiß, wie schwer dir das jetzt fallen muß.«

»Ich habe einen Freund in San Francisco«, sagte Marks.

»Und jetzt möchtest du, daß ich ihn umbringe, damit deine Keine-Freunde-Akte wieder makellos ist?« sagte Trace.

»Nein. Ich möchte einfach nur, daß Sie mal mit ihm sprechen.«

»Er ist ein Freund von dir?« fragte Trace.

»Ja.«

»Über was sollten wir denn dann nur sprechen können?«

»Dieser Bursche braucht einen guten Rat«, sagte Marks.

»Du willst, daß ich ihm einen guten Rat gebe? Das muß mir schon ein Freund sein«, sagte Trace.

»Ist er aber. Wir waren zusammen auf der Schule.«

»Was macht der Mann denn so? Und welcher Art von Rat soll ich ihm geben?«

»Er arbeitet ebenfalls bei unserer Versicherung«, sagte Marks. »Er meint, er hätte da vielleicht ein kleines Problem mit einer Police.«

»Ich verstehe nichts von Versicherungen«, sagte Trace.

»Aber dafür verstehen Sie etwas von vermißten Leuten und von Polizeiarbeit. Das hier könnte möglicherweise eine Sache für die Polizei sein. Wissen Sie, er hat gerade erst eine ziemlich fette Versicherungspolice für irgend so einen Burschen ausgestellt, und jetzt scheint dieser Bursche spurlos verschwunden zu sein.«

»Suchen die Cops nach ihm?«

»Nein, noch nicht«, sagte Marks. »Genau das ist der Punkt, warum er gerne einen guten Rat hätte.«

»Ich weiß nicht. Ich bin auf Urlaub hier«, sagte Trace.

»Wieviel Zeit wird Sie das schon kosten? Ich bitte Sie, mir diese Sache als Gefälligkeit zu erweisen. Sprechen Sie mit Mike.«

»Mike?«

»Michael Mabley. Das ist auch der Name seiner Agentur«, sagte Marks.

»Ich weiß nicht.«

Am anderen Ende der Leitung entstand ein langes Schweigen. Schließlich sagte Marks: »Bitte.«

»Bitte?« wiederholte Trace.

»Bitte.«

»Wie ist seine Telefonnummer?« fragte Trace.

3

Sie waren auf dem Begrüßungsdinner des Kongresses, saßen an einem Zehn-Personen-Tisch, umgeben von weiteren fünfhundert Menschen, die sich um andere Zehnertische drängten. Das Transparent über dem Podium besagte, daß dies der vierzigste Jahrestag der *Japanese-American Unity Association* war. Trace vermutete, daß die Organisation 1945 gegründet worden war, im gleichen Jahr, als Japan kapitulierte, um den zweiten Weltkrieg zu beenden. Höchstwahrscheinlich, dachte Trace, hatte der Verein am Tag unmittelbar nach der Kapitulation seine Arbeit aufgenommen.

»Sieh nur, da ist einer«, sagte er zu Chico. »Und da ist noch einer.« Er zeigte quer durch den Tagungsraum.

»Was meinst du mit einer?« sagte sie.

»Ein Japaner ohne Fotoapparat«, sagte er. »He, da ist noch einer. Wer hat eigentlich behauptet, alle Japaner würden immer mit Kameras durch die Gegend rennen?«

»Sei vorsichtig mit dem Zeugs über Japse«, sagte Chico. »Diese Leute machen Sushi aus dir.«

»Das ist wieder so eine Sache. Diese Räume riechen nach rohem Fisch«, sagte Trace.

»Und Weiße stinken nach *Kielbasa*«, erwiderte Chico. »Wieso bist du überhaupt so miesepetrig?«

»Ich hatte nicht erwartet, daß hier alle nur Japanisch reden«, sagte Trace. »Ich spreche kein Japanisch.«

»Was hast du denn gedacht, was sie auf einer japanischen Tagung sprechen würden?« fragte sie.

»Englisch, gottverdammt. Wir sind hier schließlich in Amerika. Tja, also jedenfalls in San Francisco.«

»Schwimm nicht gegen den Strom«, sagte Chico. »Versuch dich unauffällig unter die Einheimischen zu mischen.«

»Wie kann ich mich unauffällig unter die Einheimischen mischen, wenn ich achtunddreißig Zentimeter größer bin als der größte Einheimische?«

»Schließ Freundschaften. Der Bursche direkt neben dir sieht doch ganz nett aus«, sagte Chico.

Trace sah den älteren japanischen Mann direkt neben ihm an. Er trug ein Namensschildchen, auf dem MISTER NISHIMOTO stand. Kein Vorname. Darunter befanden sich japanische Schriftzeichen. Der Mann starrte seinen Teller mit farblosem Salat an, war anscheinend völlig darin versunken.

»Könnte ganz toll werden«, sagte Trace. »Falls wir mal richtig gute Freunde werden sollten, vielleicht kann ich ihn dann eines Tages einfach Mister nennen.«

»Haha, sehr komisch«, sagte Chico. »Das war erheblich komischer, als *Dev-rin Tlacy* auf dein Namensschildchen zu schreiben.«

»Ich wollte mich ja unauffällig unters Volk mischen. Ich hatte aber nicht gedacht, daß es so sein würde. Ich komme mir hier ja wie ein behaarter Wilder vor.« Auf Chicos anderer Seite redete ihre Mutter wie ein Maschinengewehr auf eine japanische Frau ein, und Trace sagte: »Worüber reden die zwei da? Ich mach' jede Wette, die reden über mich.«

»Meine Mutter erzählt jedem, daß du ein *Ainu* bist, einer von diesen armen japanischen Weißen.«

»Ich weiß selbst, was ein *Ainu* ist«, sagte Trace.

»Wieso pickst du eigentlich nur an deinem Essen rum?« wollte Chico wissen.

»Ich stochere immer in meinem Essen. Das ist eine gottverdammte Krake. Ich kann von Glück reden, daß die nicht an mir rumpickt.«

»Das ist keine Krake, das ist ein Tintenfisch. Iß. Das ist gut für dich.«

»Ich will aber nicht essen«, sagte Trace. »Das hier ist der mieseste Urlaub, den ich je gemacht habe. Das hier ist sogar noch schlimmer als meine Flitterwochen mit dem weiblichen Hulk.«

»Wir sind doch gerade erst hier angekommen«, sagte Chico gelassen. »Wir hatten noch nicht genug Zeit, um diesen Urlaub mies werden zu lassen. Hast du irgendwas?«

»Ich dachte, wir hätten auch etwas Zeit für uns. Wir werden aber keine Zeit für uns haben. Du wirst nur hier unten sein und über die Schlacht von Midway quatschen. Ich bin hier ungefähr so willkommen wie ein Überlebender des Todesmarsches auf Bataan.«

»Bataan«, sagte der Mann neben ihm laut. Ein großes Lächeln zeichnete sich auf seinem Gesicht ab. »Sie auch auf Bataan gewesen?«

»Ja«, log Trace.

»Ich auch. Ich Sie nicht gesehen.«

»Ich hab' die meiste Zeit damit verbracht, mich in einem Graben zu verstecken.«

»Schade, daß ich Sie nicht getroffen«, sagte Mr. Nishimoto. Er lächelte wieder.

»Meinst du nicht, daß er weiß, daß ich viel zu jung für den zweiten Weltkrieg war?« fragte Trace Chico leise.

»Nein. Ihr Weißen seht für uns alle gleich aus«, sagte Chico.

»Uns?« sagte Trace.

»Uns. *Adiós*, kemo-sabe«, sagte Chico.

»Nur zu, weiter so. Verbring deine Zeit ruhig mit deiner Mutter«, sagte Trace. Er stocherte lustlos mit seiner Gabel in seinem Salat herum. Er hatte auf einer Gabel bestanden, obschon alle anderen mit Stäbchen aßen.

»Wenn's irgendwie zu machen ist, versuch dich für ein paar Minuten für mich freizumachen«, sagte Trace.

»Was bist du doch für ein Baby. Wenn Momma heute abend ins Bett gegangen ist, werden wir beide uns wegschleichen«, sagte Chico.

»Ich will aber nicht ausgehen«, sagte Trace.

Chicos Mutter beugte sich herüber, um etwas zu ihm zu sagen. Sie legte ihre Hand auf sein Handgelenk.

»Du?« sagte Emmie.

»Ja?«

»Du dich amüsielen?« fragte sie.

»Bestens.«

»Gut. Ich mich auch gut amüsielen. Diese Leute alle Japanel«, sagte sie, als wäre ihm das vielleicht noch nicht aufgefallen.

Zwischen dem rohen Fisch und den Ansprachen stand Trace auf, um zu gehen.

»Ich gehe in die Bar«, sagte er zu Chico.

»Hier wird gleich auch eine Bar eröffnet. Du brauchst nicht zu gehen«, sagte sie.

»Ich hab' keine Lust auf Leis-Wein«, sagte er.

»Aber benimm dich bitte zivilisiert. Trink nicht wie ein Wahnsinniger«, sagte sie.

»Wir seh'n uns dann später«, sagte er.

»Versuch's mal mit *oyasumi nasai*. Das heißt Gute Nacht«, sagte Chico.

»Versuch's mal mit *sayonara*«, sagte Trace. »Das bedeutet Auf Nimmerwiedersehen.«

Wieder strahlte Mr. Nishimoto über das ganze-Gesicht. »Oh?« sagte er, sah dabei Trace an. »*Sayonara. Sayonara.*« Und noch bevor Trace ganz aufgestanden war, rutschte er auch schon neben Chico auf Traces Stuhl.

Trace knurrte und ging.

Eine der übelsten Sachen daran, seine Trinkgewohnheiten zu ändern, war die Tatsache, daß die Änderungen auch wieder eine neue Gewohnheit werden konnten, nicht weniger gebieterisch wie die letzte.

Jahrelang hatte Trace nichts anderes als Wodka getrunken, finnischen Wodka, eimerweise. Und dann, in einem Anflug von schlechtem Gewissen, Reue und weil er unter dem Pantoffel stand, war er auf Wein umgestiegen, nur um Chico eine Freude zu machen, die sich Sorgen darüber machte, daß seine Leber eines Tages explodieren könnte.

Das war nun schon einige Monate her, und jetzt hatte er sich an Wein gewöhnt. Aber Trace konnte sich einfach nicht an die Blicke der Barkeeper gewöhnen, die sie ihm zuwarfen, wenn er sich ohne groß darüber nachzudenken seinen Wein bestellte. Weintrinker hatten für Barkeeper einen anderen Stellenwert als Wodkatrinker.

»Die halten mich für einen Waschlappen«, hatte er mal zu Chico gesagt.

»Wen interessiert schon, was Barkeeper denken?« hatte Chico darauf geantwortet.

»Mich«, sagte er. »Barkeeper sind meine einzigen Freunde.«

»Das wird sich jetzt alles ändern«, hatte sie gesagt. »Und wenn du erst trocken geworden bist, werden dich auch gleich erheblich mehr Menschen mögen. Neue Perspektiven werden sich dir eröffnen. Du wirst Kontakt zu Leuten bekommen, die eine erstklassige Sprache sprechen.«

Wenn er einen komischen Blick erwartet hatte, als er in die Hotelbar kam und sich eine Karaffe bestellte, hätte er es gleich vergessen können. Das hier war San Francisco, und der Barkeeper sah wie einer von der Sorte aus, die den ganzen Tag nichts anderes als

Wein-Drinks ausschenkten. Er trug ein Stirnband, Ohrringe in beiden Ohrläppchen und hatte tätowierte Handrücken. Ein Schlüsselbund baumelte an seinem Gürtel.

»Roten oder Weißen, Sir?« fragte er. Gott, ja, er lispelte.

»Wodka«, sagte Trace. »*Finnlandia*.«

Als er es sich mit seinem Drink bequem gemacht hatte, ließ er sich vom Barkeeper ein Telefon bringen und wählte Michael Mableys Nummer.

Das Telefon klingelte dreimal, und dann schaltete sich ein Anrufbeantworter ein.

»Hallo, dies ist der Telefonanschluß von Michael Mabley und der Michael Mabley-Versicherungsagentur. Selbst Versicherungsleute brauchen mal ein bißchen Freizeit, und da jetzt Wochenende ist, ist keiner von uns erreichbar. Aber wenn Sie Ihren Namen, Ihre Telefonnummer und eine kurze Nachricht hinterlassen, werden wir uns so bald wie möglich mit Ihnen in Verbindung setzen. Unsere normalen Bürostunden, übrigens auch die beste Zeit, uns anzurufen, sind montags bis freitags von neun bis um fünf, und samstags von neun bis Mittag. Sprechen Sie bitte nach dem folgenden akustischen Zeichen.«

Trace wartete auf den Piepton und sagte: »Mein Name ist Devlin Tracy, und ich wollte eine Lebensversicherung über zehn Millionen Dollar bei Ihnen abschließen. Ich wäre wirklich gerne mit Ihnen ins Geschäft gekommen, aber da ich Sie beleidigt habe, indem ich an einem Sonntagabend anrufe, möchte ich mich vielmals entschuldigen. Ich werde eine andere Agentur anrufen. Falls Sie sich allerdings doch entschließen sollten, daß Sie diese Angelegenheit am heutigen Wochenendtag gerne in die Hand nehmen möchten, können Sie versuchen, mich unter . . .«

Trace las die Nummer des Hotels und des Apparates vom Telefon ab, dann legte er auf.

Der Barkeeper griff nach dem Telefon, doch Trace hob abwehrend seine Hand.

»Ich erwarte jeden Augenblick einen Anruf«, sagte er. »Schenken Sie nach.«

Bevor das Glas voll war, klingelte es. Der Barkeeper nahm ab, sagte dann: »Heißen Sie Tracy?«

Trace nickte und nahm den Hörer.

Michael Mabley sprach schnell, als hätte er Angst, unterbrochen zu werden.

»Mr. Tracy, Michael Mabley hier. Ich habe Ihre Nachricht wegen der Versicherungspolice erhalten. Tut mir sehr leid, daß ich nicht direkt ans Telefon kommen konnte, aber ich hatte gerade mit einem Klienten zu tun. Ich gehe nicht gerne ans Telefon, wenn ich einen Klienten hier habe, weil ich meinen Klienten gerne meine ungeteilte Aufmerksamkeit widmen möchte. Das ist unsere Firmenpolitik hier bei der Mabley-Agentur. Für uns ist jeder Klient die Nummer eins. *Numero Uno*. Auf diesem Prinzip ist diese Agentur aufgebaut worden, und das ist auch der Grund, warum wir die zweihundertsiebenund-achtzig- größte Agentur Kaliforniens sind, wobei die Agenturen, die sich mit Kraftfahrzeugversicherungen befassen, nicht berücksichtigt sind.«

Schließlich unterbrach er sich, um Luft zu holen, und Trace sagte schnell: »Sehr löblich.«

»Sie sagten am Telefon irgend etwas über eine Police?« sagte Mabley.

»Ja, aber das war eine kleine Lüge«, sagte Trace.

»Entschuldigen Sie?«

»Das war eine Lüge. Ich wollte mich nur Ihrer ungeteilten Aufmerksamkeit versichern«, sagte Trace. »Ich bin Devlin Tracy. Sagt Ihnen das nichts?«

»Nein. Sollte es?«

»Ich arbeite für die Garrison Fidelity. Marks hat mich gebeten, Sie anzurufen.«

»Oh. Sie sind der Detektiv, den er erwähnt hat.«

»Was hat er über mich gesagt?« fragte Trace.

»Er sagte, daß Sie hin und wieder für ihn arbeiten.«

»Klang er mit meiner Arbeit zufrieden?«

»Also, genaugenommen hat er gesagt, daß Sie unter einem Persönlichkeitsproblem zu leiden hätten«, sagte Mabley. »Nichts Ernstes, verstehen Sie mich nicht falsch. Nur eben, daß es manchmal ein wenig schwierig wäre, mit Ihnen auszukommen.«

»Gut«, sagte Trace. »Genauso soll Groucho auch von mir denken. Er sagte, Sie hätten ein Problem.«

»Groucho. Das ist scharf. Ist das sein Spitzname?«

»Nein. Eigentlich ist Walter sein Spitzname«, sagte Trace. »Sein richtiger Name ist Groucho, aber er nennt sich nicht gerne so, weil . . . tja, Sie kennen die Versicherungsbranche ja selbst. Die Leute sind ziemlich konservativ. Könnte sein, daß sie kein gutes Gefühl dabei hätten, einem Mann namens Groucho Marks ihr Geld anzuvertrauen. Aber er liebt diesen Namen wirklich sehr. Es war übrigens auch ein Lieblingsname seines Vaters Karl. Wenn Sie das nächste Mal mit ihm sprechen, erwähnen Sie ruhig, daß ich es Ihnen gesagt habe. So, und nun, worin besteht denn Ihr Problem?«

»Ich glaube eigentlich nicht, daß es ein großes Problem ist«, sagte Mabley. Er hatte die Stimme eines geborenen Versicherungsmannes, dachte Trace. Sie trottete durch die Gewässer des Lebens, fällte nie ein Urteil, war nie etwas anderes als nur monoton. Es war eine Stimme ohne Knochen. Er sagte: »Nur ein Verfahrensproblem, aber ich weiß nicht, was am besten zu tun wäre. Deswegen habe ich mich mit Walter in Verbindung gesetzt.«

»Groucho. Nicht vergessen, Groucho«, sagte Trace.

»Richtig. Das muß ich mir unbedingt merken. Groucho Marks. Das ist wirklich ein Ding.«

»So, und wo liegt nun das Problem?« wiederholte Trace.

»Hören Sie, können wir uns morgen irgendwo treffen? Es ist vielleicht ein bißchen zu kompliziert, um es jetzt am Telefon besprechen zu können.«

»Das kommt mir aber wirklich äußerst ungelegen«, sagte Trace. »Vorsichtig ausgedrückt. Wissen Sie, ich bin hier auf diesem wirklich schwungvollen Kongreß, und ich würde nur extrem ungern auch nur eine einzige Minute davon verpassen.«

»Ich bin in der Stadt«, sagte Mabley. »Ich könnte mich mit Ihnen treffen. Ich lade Sie zum Mittagessen ein.«

»In Ihrem Restaurant, da wird nicht zufälligerweise auch Krake serviert, oder?« fragte Trace.

»Ich glaube nicht. Wahrscheinlich könnte ich es aber arrangieren, daß sie für Sie welche besorgen, wenn es wirklich wichtig für Sie ist.«

»Nein, nein«, sagte Trace. »Lassen Sie einfach alles so, wie's ist. Ich komme morgen vorbei. Gegen Mittag.«

»Gut. Ich werde auf Sie warten.« Mabley gab Trace eine Adresse im runtergekommenen Mission District von San Francisco und sagte: »Sie können's gar nicht verfehlen. Über der Haustür befindet sich ein großes Schild in Form einer Hand.«

»Offen, ohne Frage«, sagte Trace.

»Das ist scharf«, sagte Mabley, und Trace legte auf.

Er genehmigte sich noch eine ganze Menge weiterer Drinks, während er auf Chico wartete. In die Bar kam sie nicht. Als er kurz nach dem »letzten Glas« zu seinem Zimmer hinaufging, lauschte er an der Verbindungstür. Trace konnte das leise Schnarchen von Japanerinnen hören, Mutter und Tochter, und er ging verärgert und frustriert ins Bett.

Zuerst nahm er sich allerdings einen Bogen des Hotel-Briefpapieres, schrieb eine Nachricht und schob sie unter der Tür durch.

Darauf stand: »Chico, bitte stör uns nicht. Wahrscheinlich bleiben wir lange im Bett.«

Am folgenden Morgen fand er eine Nachricht auf seiner Seite der Tür: »Lieber Trace, keiner von uns vieren hat Deine Nachricht vor heute morgen gesehen. Ich hoffe, wir waren nicht zu laut. Alles Liebe, Bob und Chico und Ted und Emmie.«

4

Es würde ein lustiger Tag auf dem Kongreß werden. Das war ganz klar. Trace traf Chico und ihre Mutter, als sie gerade aus der Cafeteria des Hotels kamen, und Chico ging auf ein zweites Frühstück noch mal mit ihm hinein. Sie rasselte ihm eine komplette Zusammenfassung des Kongreßprogrammes runter.

Als erstes würde es einen Vortrag über die japanische Industrie und ihren Platz in einer sich verändernden Welt geben. Anschließend kam ein Vortrag über den japanischen Film und dessen Stellenwert in einer sich verändernden Welt. Dann würden sie einen Film zeigen, *Sieben Bräute für Sieben Samurai*, im japanischen Original.

Anschließend würden sie zu einem mittäglichen Vortrag über die japanische Küche und ihren Stellenwert in einer sich verändernden Welt gehen, um herauszufinden, was sie zum Mittagessen gegessen hatten.

»Das ist leicht«, sagte Trace. »Sage einfach Krake, falls irgendwer Fragen stellt.«

Trace bestellte sich eine halbe Scheibe Toast und Kaffee. Chico bestellte irgendwas mit dem Namen *Fischer-Frühstück*, wozu unter anderem Pfannkuchen, Eier und gebackene Austern gehörten.

»Ich dachte, du hättest gerade erst gegessen«, sagte Trace.

»Hab' ich auch. Aber da hatte ich das *Cable Car Special*-Frühstück, und ich hatte mich schon gefragt, was man wohl bei diesem hier kriegen würde«, sagte sie. Den Mund voll mit Traces Toast sprach sie weiter: »Ich finde, so wie du dich vor anderen Kulturen verschließt, ist das ein deutliches Zeichen für einen richtig kleingeistigen Menschen.«

»Meinst du damit vielleicht all die japanische Kultur hier?« fragte er, und sie nickte. »Tja, da sieht man mal wieder, wie wenig du wirklich weißt«, sagte er. »Zufälligerweise mag ich andere Kulturen sogar sehr. Die griechische, die französische, die englische. In all diesen Kulturen bin ich ziemlich groß.«

»Wärst du wahrscheinlich gerne«, sagte sie.

»Willst du dir wirklich all diese Vorträge anhören?«

»Mama-*san* sagt, wir gehen hin, also gehen wir hin. Du mußt nicht«, sagte Chico.

»Und was soll ich statt dessen machen?«

»Geh spazieren«, sagte sie. »Leih dir eine von den Kameras meiner Mutter. Sie hat immer noch die sechs, die du ihr geschenkt hast. Mach Fotos von der einheimischen Pflanzen- und Tier- und Schwulenwelt.«

»Vielleicht schnall' ich mir auch einfach meinen Kassettenrecorder um und arbeite ein bißchen«, sagte er.

»Ich bin sicher, daß du das vielleicht machst«, sagte sie. Sie legte eine Viertelscheibe Toast auf seinen Teller zurück und machte sich über ihr eigenes Frühstück her.

Wieder auf seinem Zimmer klebte sich Trace den kleinen Kassettenrecorder an seine rechte Seite, steckte einen Stecker in die Buchse des Mikroeinganges und fädelte den Draht unter sein Hemd und durch ein Knopfloch und verband ihn anschließend mit der Krawattennadel, die wie ein goldener Frosch geformt war. Hinter dem goldenen Drahtgitter versteckt, das das Maul des Frosches bedeckte, befand sich ein sehr leistungsfähiges und empfindliches Mikrofon.

Trace überprüfte, ob das Gerät richtig funktionierte, schob eine Reservekassette in seine Jackentasche und verließ das Hotel.

Es war kühl und bewölkt – gutes Wetter für San Francisco –, daher beschloß Trace, zu Fuß zu Michael Mableys Büro zu gehen.

Während er die Straßen entlangschlenderte, gelangte Trace zu dem Schluß, daß es durchaus nicht so war, daß er Kalifornien nicht mochte. Tatsache war vielmehr, daß er dieses Land nicht verstand. Rein physisch gesehen war der Staat sicherlich sehr schön. Alles, was Gott irgendwie in die Welt hatte hineinpacken können, hatte sein Gegenstück in Kalifornien, von der Wüste zu den Bergen, von den Prärien zu den Wäldern.

Doch der Staat hatte keine erkennbare Seele. Er erinnerte Trace an ein Weihnachtsgeschenk. Die Verpackung war wunderschön und mit Gold und Silber verziert; und in der Schachtel lag eine Lage wunderschönen Einpackpapieres, und dann kam noch eine Lage noch viel schöneren Einpackpapieres als die erste Lage. Aber gleichgültig, wie lange man auch immer grub oder wie tief auch immer man in der Schachtel wühlte, man fand doch nie etwas anderes als wunderschönes Einpackpapier. Keine Seele.

New York hatte seine widerliche Geschäftigkeit und Hektik, und Chicago besaß das Flair von Gewalt und Korruption. Sogar New Hampshire sah nett aus, doch unterschwellig lag das Wissen, daß jeder in diesem Staat sogar einem Toten noch die letzten Pennies klauen würde.

Aber Kalifornien besaß kein Flair, und das gleiche galt für die Kalifornier. Es gab den typischen New Yorker und Alabamer und Texaner, aber den typischen Kalifornier gab es nicht.

Außer es war ein Filmproduzent. Sie waren vielleicht die einzigen wirklich einheimischen kalifornischen Lebewesen, die nicht an einen anderen Ort verpflanzt werden und sich dort richtig wie zu Hause fühlen konnten.

Was für eine Grabinschrift für einen Staat: »Er schenkte uns die Filmproduzenten.«

Er korrigierte diesen Satz fünfzehn Minuten später, als er Michael Mabley traf. Kalifornien brachte sowohl Filmproduzenten als auch Leute hervor, die wie Filmproduzenten aussehen wollten.

Mabley trug ein weiß-auf-weißes Seidenhemd, das am Kragen offenstand, und genug Ketten um seinen Hals, um Mr. T wie Mahatma Gandhi aussehen zu lassen. Er hatte einen leichten Bauchansatz, und seine Haare waren dauergewellt, um sie weniger dünn wirken zu lassen. In seinen Manschetten steckten große, goldene helmförmige Manschettenknöpfe, die wie ein Werbegeschenk von *Caesar's Palace* aussahen, und außerdem trug er rote Hosenträger. Seine Lippen waren nahezu unsichtbar, sein Mund nur ein Schlitz in dem teigigen Pilsburymännchen-Knubbel, der sein fleischiges Gesicht war. Seine Augen waren dunkel und wirkten wässerig. Die Bügelfalten seiner Hose waren dermaßen scharf, daß man mit ihnen ein Steak hätte schneiden können, und dazu trug er einen großen Gürtel im Cowboy-Stil mit einer schweren goldenen Schnalle.

Trace beschlich das Gefühl, daß der Mann das aktuelle Einspielergebnis jedes einzelnen Filmes kannte, der bislang in diesem Jahr in Hollywood gedreht worden war.

In seinem Büro drückte er Trace überschwenglich die Hand und sagte: »Wie geht's Ihnen, Mr. Tracy? Ist es Ihnen heiß genug?«

»Es ist überhaupt nicht warm«, sagte Trace.

»Ich weiß«, meinte Mabley mit einem Lächeln, das nur ein Gastspiel von einer Millisekunde auf seinem Mund gab, bevor es wieder verschwand. »Das sage ich immer. Ist so eine Art Markenzeichen.«

»Oh, ich hab's. Genau wie die Hosenträger und die Goldketten und der Cowboy-Gürtel.«

»Genau. Exakt. Es fällt den Leuten dann leichter, sich an einen zu erinnern«, sagte Mabley.

»Die Leute zu fragen, ob's Ihnen heiß genug ist, wenn's draußen eiskalt ist, wird wahrscheinlich auch seinen Teil dazu betragen, daß man sich an Sie erinnert«, sagte Trace.

»Sicher«, stimmte Mabley ihm zu. Ein weiteres kurzes Lächeln verschwand, ohne auch nur die geringste Spur zurückzulassen, daß es jemals dagewesen war. »Sind Sie bereit fürs Mittagessen?«

»Das ist wieder eine gute Nummer«, sagte Trace. »Bereit fürs Mittagessen. Klar doch. Ich bin bereit fürs Mittagessen. Ich esse mit Ihnen zu Mittag.«

»Dann sollten wir die Sache jetzt . . .«

»Ins Rollen bringen?« fragte Trace.

»Genau. Warten Sie, ich hole nur schnell meine Jacke«, sagte Mabley.

Er ging in den hinteren Teil seines Büros, und Trace schaute sich die Bilder an der Wand hinter Mableys Schreibtisch an. Auf einem war Mabley umringt von zwanzig blonden jungen Burschen zu sehen, die dazu verdammt waren, als Surfer aufzuwachsen. Sie standen unter einem Transparent mit der Aufschrift: *Mableys Maulers, Little League Champions.* Auf einem anderen Foto schüttelte Mabley irgendwem die Hand, der ein kalifornischer Politiker gewesen sein mußte, da er es irgendwie fertigbrachte, gleichzeitig sowohl gesund als auch korrupt auszusehen. Dann waren da noch eine Belobigung von der Pressestelle des *Insurance Institute of America*, mit der Mabley der begehrte *Needham Award* für hervorragende Leistungen auf dem Gebiet der Public Relations verliehen wurde, und eine weitere Belobigung der *Bay Area Artisans' Craft Guild*, worin ihm für seine großzügige finanzielle Unterstützung und seine Dienste als Direktor gedankt wurde.

Wenigstens hing da kein Bild, auf dem er Richard Nixon die Hand schüttelte, dachte Trace.

Mabley kehrte in einer rot-karierten Jacke zurück, die aussah, als hätte er sie beim Würfeln mit einem Pferd gewonnen.

Von diesem Kleidungsstück ausgehend rechnete Trace schon mit einem Restaurant, in dem Ballons von der Decke hingen und Go-Go-Girls auf der Theke tanzten, doch wie sich herausstellte, war das Restaurant, nur zwei Blocks entfernt, holzgetäfelt und nicht sonderlich hell beleuchtet. Sie bekamen einen Tisch in einer Ecke weit weg von der Küche und dem Gedrängel der anderen Gäste.

Ihre Kellnerin war eine niedliche Blondine, die Schuhe mit unwahrscheinlich hohen Absätzen trug und unwahrscheinlich schöne Beine hatte. Sie kaute Kaugummi.

Sie nannte Mabley »Señor Mabley«, und er kicherte und bestellte »wie immer«. Mabley sah Trace wissend an.

Trace sagte. »Ich nehme auch dasselbe wie immer.«

»Was nehmen Sie denn sonst immer, Partner?« fragte sie.

»Haben Sie irgendwas mit einem Schirmchen drin?«

Sie brüllte über ihre Schulter: »He, Charlie, haben wir irgendwelche Drinks mit einem Schirmchen drin?«

»Nein«, wurde zurückgebrüllt.

»Nein«, sagte sie zu Trace.

»*Finlandia*-Wodka. Eis«, sagte er.

»Sehr schön«, sagte sie.

Als sie ging, meinte Mabley: »Nette Beine, häh?«

»Ziemlich gute Beine«, räumte Trace ein. Was wahr war, mußte auch wahr bleiben.

»Hier sind alle Mädchen die totalen Hämmer. Deswegen komme ich auch her.« Er grinste Trace anzüglich an und verdrehte die Augen.

»Tja, also die von eben scheint Sie ganz sicher zu kennen«, sagte Trace.

»Ja. Sie kennen mich. Und ich kenne sie. Ein Junggesellenparadies. Ich komme auch mit meinen Verabredungen zum Dinner her. Das beeindruckt die Kellnerinnen.«

Diese Person verdiente es, Walter Marks' Freund zu sein. Er war ein widerlicher, ungehobelter kleiner Mann, genau wie Walter Marks. Sie glichen sich wie ein Ei dem anderen. Mabley mochte ja vielleicht das größere Ei sein, aber andererseits war schließlich jeder größer als Walter Marks.

Trace wünschte sich, das Mittagessen wäre schon vorbei. Er wollte raus hier. Aber er wollte nicht zurück auf den japanischen Kongreß. Vielleicht würde er ins Kino gehen. Seit *Deep Throat* hatte er keinen Film mehr gesehen, und in dem war er eingeschlafen, bevor irgendwas passiert war.

Er wünschte sich, Chico wäre jetzt hier, damit sie sehen konnte, daß er sorgfältig darauf geachtet hatte, die Kellnerin weder *Honey* noch *Sweetheart* zu nennen. Chico sagte, das mache er nur deshalb, weil er ein Sexist sei und nicht verstünde, wie beleidigend das für Frauen sei. Trace sagte, es wäre auch nicht beleidigender, als einen Mann, den man nicht kannte, *Chef* oder *Kumpel* zu nennen.

Sie sagte, er verstände das nicht. Er sagte, er würde es nie verstehen, wenn sie's ihm nicht erklärte.

»Es ist nicht wie Kumpel oder Chef«, hatte sie gesagt. »Das sind Worte, die eine Gleichheit ausdrücken. Sweetheart oder Honey sind herablassende Ausdrücke, und sie sind gönnerhaft. Du stellst dich damit sofort auf eine höhere, überlegene Stufe über die Frau. A – weil du dir nicht mal die Mühe machen mußt, ihren Namen zu erfahren, und B – weil du dir einfach wie selbstverständlich eine Vertrautheit anmaßt, und sie in dieser Angelegenheit keine Stimme hat. Das, Trace, ist eine Tatsache, und du bist gefühllos, wenn du das nicht verstehst.«

»Du hast schon wieder die Spenser-Bücher gelesen«, hatte Trace gesagt. »Du klingst genau wie Susan Silverman.«

»Das spielt keine Rolle.«

»Wie redet man denn bitte sehr dann zum Beispiel eine Kellnerin an, deren Namen man nicht kennt, die jedoch nett zu sein und es verdient zu haben scheint, anders als nur mit Kellnerin oder Fräulein angesprochen zu werden?«

»Versuch's doch mal mit Miss. Oder mit Ma'am, falls sie eine der wenigen Menschen auf der Welt sein sollte, die älter als du sind«, hatte Chico gesagt.

»Nicht *Mizz?*« hatte Trace gefragt.

»Nein, nicht *Mizz. Mizz* geht immer einem Namen voran. Man verwendet es niemals alleine als Anredeform.«

»Gott, genau, was mir gerade noch gefehlt hat, eine japanische Sizilianerin, die nicht nur verräterisch, sondern auch noch pedantisch ist«, hatte Trace darauf gesagt.

»Und korrekt. Vergiß bitte nicht korrekt«, hatte Chico gesagt.

Als die Kellnerin mit ihren Drinks zurückkehrte, sagte Mabley: »Danke Darling.« Sein Drink war rosa und schäumte.

Trace sagte: »Soll ich Sie Miss oder Ma'am nennen?«

»Honey ist schon okay«, sagte sie.

»Ich dachte, Frauen würden es nicht besonders mögen, wenn sie Honey oder Kleine oder Sweetheart genannt werden.«

»Mir macht's nichts aus. Ich heiße Honey.«

»Honey? Wirklich?«

»Ja, wirklich«, sagte sie. »Jetzt sagen Sie bloß nicht, das ist ja süß. Bitte nicht.«

»Das wollte ich ganz bestimmt nicht sagen«, sagte Trace, der daran gedacht hatte, exakt das zu sagen. »Ich wollte Sie nur fragen, wie Sie mit Nachnamen heißen. Fängt er vielleicht mit einem B an?«

»Haha, sehr komisch, *Honey B.*, die Nummer ist alt, das hab' ich schon mal gehört. Mein Name ist Johnson.«

»Danke«, sagte Trace. Als sie fort war, nippte er an seinem Drink und fragte Mabley: »Was soll das alles?« Er schaltete sein Tonband ein.

»Ich dachte schon, Sie würden mich das nie fragen«, erwiderte Mabley.

»Wieder so eine Redewendung, die Sie immer wieder benutzen?«

»Nein, das ist mein Ernst. Als Sie im Wagen, auf der Fahrt hierher, nichts sagten, da hatte ich schon . . .«

Trace schüttelte seinen Kopf. Irgendwas war ihm schon die ganze Zeit über an diesem Restaurant falsch vorgekommen, und jetzt wußte er auch, was es war. Er konnte keinen Knoblauch riechen. Man konnte keinem Restaurant vertrauen, in dem es nicht nach Knoblauch roch. Und diesem hier ganz besonders nicht, da es nach frischer Luft roch. Er schaute sich um, argwöhnte, daß sie irgendwo elektrische Luftverbesserer laufen haben mußten, versteckt im Raum. Was zum Teufel, das hier war schließlich Kalifornien.

»Nein«, sagte er zu Mabley. »Ich wollte im Auto nicht reden, weil ich mich in Autos nicht gerne unterhalte. Wenigstens nicht über Geschäfte. Man kommt gerade zu einer guten Stelle, und urplötzlich kommt irgendso ein Wahnsinniger mit Arzt-Nummernschildern aus einer Seitenstraße herausgerast, und falls man überhaupt mit dem Leben davonkommt, muß man wieder ganz von vorne anfangen. So, und jetzt sind wir hier, und hier können wir uns unterhalten.«

»Ich mag die Art und Weise, wie Sie berufliche Dinge anpacken, Baby«, sagte Mabley.

»Ich bin begeistert«, sagte Trace.

»Na ja, auf jeden Fall, vor ungefähr zwei Wochen sind dieser Bursche und seine Frau zu mir gekommen, weil sie eine Versicherungspolice abschließen wollten.«

»Wer sind *sie*?« fragte Trace.

»Sein Name ist Thomas Collins, und seine Frau heißt Judith. Also, sie kommen in mein Büro, und sie wollen eine Lebensversicherung für diesen Collins abschließen.«

»Über welche Summe?«

»Zweihunderttausend«, sagte Mabley. Er wartete einen Augenblick, bis Trace nickte. »Also sind wir den ganzen Routinekram durchgegangen, zack, zack, zack, und schon hatten wir den Antrag aufgesetzt. Letzten Freitag traf dann der rechtsgültig ausgestellte Versicherungsschein in meinem Büro ein, woraufhin ich zu ihrem Haus rausgefahren bin, um ihn persönlich abzuliefern. Ich habe mit der Frau gesprochen, und wissen Sie was, Tracy, irgendwas Komisches ging da vor sich.«

»Wie zum Beispiel was?«

»Ich weiß auch nicht, ich konnte meinen Finger nicht drauflegen, aber irgendwas war da. Also habe ich mich eine Weile mit der Frau unterhalten, und dabei stellte sich dann heraus, daß ihr Mann verschwunden war.«

»Was heißt das, verschwunden war? Es gibt alle möglichen Arten von verschwinden«, sagte Trace.

»Er war seit drei Tagen fort, und während dieser Zeit hatte sie weder etwas von ihm gehört noch gesehen. Sie war tränenüberströmt wegen dieser Sache, wissen Sie, und ich brauchte ganz schön lange, um es aus ihr herauszukriegen. Ich schätze, sie wird wohl froh gewesen sein, daß sie jemanden hatte, dem sie es erzählen konnte.«

»Ich finde, die Polizei sollte doch wohl derjenige Ansprechpartner sein, dem sie das alles erzählen sollte«, sagte Trace. »Wieso Ihnen das erzählen?«

»Das habe ich auch erwähnt. Ich sagte, gehen Sie

zur Polizei und erzählen Sie denen alles. Sie haben noch nie eine so verängstigte Frau gesehen.«

»Hatte sie Angst vor der Polizei?« fragte Trace.

»Nein, nicht vor der Polizei. Sie hatte Angst vor ihrem Mann. Ich vermute, er ist wohl so eine Art Tyrann oder so, weil, na ja, schließlich kam ich dahinter, was es war, vor dem sie Angst hatte, es den Cops zu erzählen: Wenn sie das tun würde, und ihr Mann dann nach Hause kam, würde er stocksauer sein, weil sie ihn in eine peinliche Situation gebracht hatte. Ich würde es ihm schon zutrauen, daß er Frauen schlägt oder so, denn sie hatte eine Todesangst davor, ihn wütend zu machen.«

»Hat sie immer noch nichts von ihm gehört?«

»Nein. Ich habe sie heute morgen angerufen, bevor ich ins Büro gefahren bin, um mich mit Ihnen zu treffen. Immer noch kein Wort von ihm, und jetzt sind es schon fünf Tage. Aber die Cops hat sie immer noch nicht eingeschaltet.«

»Hat sie immer noch Angst?« fragte Trace, und Mabley nickte. »War der Mann früher schon mal längere Zeit verschwunden?« fragte Trace. »Eine Menge Burschen verpissen sich ziemlich oft, ohne sich bei ihren Frauen zu melden, und dann kommen sie genau wie alle anderen Male zuvor auch irgendwann einfach wieder.«

»Nein. Sie sagte, er würde manchmal für ein paar Tage verreisen, aber wenn er das tat, dann würde er vorher immer anrufen. Das hat sie wenigstens gesagt.«

»Sie sollte die Cops verständigen«, sagte Trace.

»Genau das habe ich ihr auch gesagt.«

»Was ich allerdings nicht verstehe, ist, inwiefern Sie mit dieser Sache zu tun haben. Oder was das angeht, die *Gone Fishing*.«

»*Gone Fishing*?«

»Garrison Fidelity«, sagte Trace.

»Oh. Die Versicherungsgesellschaft. Das ist wirklich gut. Tja, äh, ich wußte nicht, was ich tun sollte. Vielleicht sollte ich die Cops verständigen, oder vielleicht sollte ich mich da auch nicht einmischen. Aber Zweihunderttausend sind ein Haufen Geld. Jedenfalls, die Police war noch so frisch, daß ich nicht wollte, daß jemand womöglich auf die Idee kommt, ich wäre wie der letzte Trottel auf irgendeinen Schwindel reingefallen. Das war dann der Moment, an dem ich Walter angerufen habe.«

»Groucho«, korrigierte Trace.

»Sorry. Groucho. Also, ich wollte mir nur so was wie einen Rat holen. Wissen Sie, ich will auch nicht der Grund dafür sein, daß Judith Collins von ihrem Mann die Scheiße aus dem Leib geprügelt bekommt.«

»Und wie kam dabei dann mein Name ins Spiel?« erkundigte sich Trace.

»Wal. . . Groucho hat gesagt, daß ein Detektiv die Sache vielleicht mal unter die Lupe nehmen sollte, nur für den Fall, daß da irgendwie ein Betrug mit im Spiel ist. Er hat gesagt, es gäbe eine ganze Menge Fälle mit kurzfristig abgeschlossenen Policen und unmittelbar darauf folgendem Unfalltod.«

»Groucho ist mißtrauisch«, sagte Trace. »Er glaubt, Indira Gandhi wäre ein Versicherungsbetrug gewesen.«

»Tja, und dann hat er mir gesagt, daß er einen Detektiv herschicken würde, und dann hat er mich angerufen und mir gesagt, daß Sie gerade in der Gegend wären und daß das ein glücklicher Zufall wäre, weil Sie der beste Mann der Garrison wären, und daß er Sie bitten würde, bei mir vorbeizuschauen.«

»Er hat gesagt, ich wäre ihr bester Mann?« fragte Trace.

»Ja, genau das hat er gesagt. Und ich sehe jetzt auch, wieso er das gesagt hat«, sagte Mabley.

»Wieso?«

»Weil Sie auf mich wie jemand wirken, der total auf Zack ist. So wie ein Bursche, der weiß, was läuft, und der weiß, wie man eine Sache anpacken und erledigen muß«, sagte der Versicherungsagent.

»Hören Sie auf damit, das macht mich ganz krank. Erzählen Sie mir von diesem Collins. Was macht er eigentlich beruflich?«

»Er ist Immobilienmakler. Hat hier in der Gegend eine ziemlich große Firma, *Collins and Rose*. Ich war überrascht, daß Collins vor dieser Sache noch keine Lebensversicherung hatte.«

»Wie alt ist er?« fragte Trace.

»Vielleicht fünfundvierzig oder so. Ihr Alter. Irgendwas in den Vierzigern. Steht aber alles genau auf dem Antrag.«

»In den Vierzigern?« sagte Trace. »Mein Alter? Ich bin gerade mal vierzig. So gerade eben. Vor nicht mehr als sieben Monaten hatte ich Geburtstag. Ich bin noch ein so frischgebackener Vierziger, daß ich mich immer noch für einen Dreißiger halte.«

»Tja, Sie sehen nicht so aus«, sagte Mabley.

»Und ich kann Ihre bescheuerte Jacke nicht ausstehen«, sagte Trace.

»Nein, nein«, sagte Mabley schnell. »Nicht, daß Sie alt aussehen. Es ist eben nur, daß Sie so ein großer Detektiv sind und alles, und Sie könnten doch unmöglich soviel Erfahrung haben und trotzdem noch so jung sein, wissen Sie.« Er schien glücklich über diese Ausrede zu sein, daher wiederholte er sie. »Ich hatte nur nicht gedacht, daß Sie soviel Erfahrung haben und gleichzeitig noch so jung sein könnten.«

»Ja, okay«, sagte Trace. »Diese Maklerfirma. Sie sagen, es geht ihr geschäftlich gut?«

»In Kalifornien ist es ziemlich schwer für einen Immobilienmakler, wenn es ihm nicht gut gehen soll«, sagte Mabley. »Ich denke, ich hätte auch in die Immobilienbranche einsteigen sollen, statt mich mit Versicherungen abzugeben. Gott erschafft keinen neuen Grundbesitz mehr, wissen Sie. Ganz besonders nicht hier in unserer Gegend.«

»Wer ist dieser Rose?«

»Collins' Partner. Ich bin ihm nie begegnet.«

»Okay. Was wissen Sie über die Collins?« fragte Trace.

Mabley zuckte mit den Achseln. »Eigentlich gar nichts. Ich meine, ich habe sie kennengelernt, als sie an diesem Sonntagmorgen wegen der Versicherung zu mir gekommen sind, aber das war's dann auch schon. Nachdem dann der Versicherungsschein gekommen ist, habe ich nur noch mit ihr gesprochen.«

»Das ist eine andere Sache. Wieso haben Sie die Police persönlich bei ihnen vorbeigebracht? Verschicken Sie sie nicht für gewöhnlich einfach mit der Post?«

»Ich dachte mir, bei all diesen Immobiliengeschäften, die Collins so macht, wäre es vielleicht eine gute Reklame, den Versicherungsschein persönlich vorbeizubringen. Bei jedem Immobiliengeschäft werden Versicherungen und so weiter abgeschlossen, und da dachte ich mir eben, ich könnte vielleicht meinen Fuß in die Tür bringen«, sagte Mabley.

Er leerte sein Glas, wischte sich den rosa Schaum von seinen Lippen und sah Trace direkt in die Augen. Seine Augen gefielen Trace nicht. Sie sahen wie die Augen eines winselndes Hundes aus.

»Und, können Sie mir helfen?« fragte Mabley.

»Welche Art von Hilfe brauchen Sie denn?«

»Ich weiß auch nicht. Ich dachte, vielleicht hab' ich irgendwas übersehen. Vielleicht hätte ich die Frau zwingen sollen, zur Polizei zu gehen. Vielleicht könnten Sie mal mit ihr reden.«

»Ich hasse es, mit Ehefrauen zu reden«, sagte Trace. »Sie haben schon genau das Richtige gemacht, indem Sie Groucho angerufen haben. Wenigstens weiß er jetzt, daß Sie nicht versuchen, die Firma abzuzocken.«

»Sollte ich die Polizei verständigen?«

»Ich glaube nicht, daß Sie das etwas angeht«, sagte Trace.

»Finden Sie denn nicht, daß Mrs. Collins die Polizei einschalten sollte?«

»Und das wiederum geht mich nichts an«, sagte Trace. »Man sollte einfach alles hübsch auf sich beruhen lassen. So was klärt sich normalerweise mit der Zeit von allein. Das ist immer so.«

»Ich weiß nicht«, sagte Mabley. »Sie überraschen mich irgendwie. Ich hatte eigentlich erwartet . . .«

»Was hatten Sie erwartet?« sagte Trace.

»Irgendwie, ich weiß auch nicht. Ich hatte erwartet, daß Sie Judith aufsuchen und ihr sagen würden, daß sie die Polizei verständigen soll, oder daß Sie herausfinden, ob sie lügt oder irgendwas, und dann wäre die ganze Geschichte geklärt.«

»Glauben Sie, daß sie lügt?«

Mabley schüttelte seinen Kopf. »Nein. Wenn Sie sie kennenlernen würden, würden Sie es selbst sehen. Sie ist einfach eine süße kleine Frau. Butter würde in ihrem Mund nicht schmelzen. Wieso gehen Sie nicht einfach mal zu ihr?«

»Ich habe Urlaub«, sagte Trace.

»Es würde höchstens fünf Minuten dauern.«

Trace dachte an das Nachmittagsprogramm des Kongresses und an Kraken, an ihre Rolle in der

Gastronomie in einer sich verändernden Welt, und sagte: »Geben Sie mir ihre Adresse.«

Als sie das Restaurant verließen, hatte es zu regnen begonnen.

»Sie sind zu Fuß, stimmt's?« fragte Mabley.

»Ja.«

»Ich fahre Sie zu Ihrem Hotel zurück.«

Mabley hatte einen großen grauen Lincoln mit mehr Elektronik an Bord als die meisten Häuser. Auf der Fahrt ins Restaurant hatte Trace es ignoriert, jetzt haßte er es.

»Ein Auto von *Radio Shack*«, brummte Trace vor sich hin, während er ein Paar mit rotem Matsch überzogene Gummi-Galoschen vom Boden vor dem Beifahrersitz aufhob und sie in den Fond legte.

»Wußte gar nicht, daß man heute noch Galoschen trägt«, sagte Trace. Er erinnerte sich daran, wie man ihn als Kind gezwungen hatte, welche anzuziehen; es war ihm nie in den Sinn gekommen, daß ein Erwachsener solche Dinger freiwillig anziehen könnte.

»Man muß Mr. Gucci ja schließlich irgendwie schützen«, sagte Mabley, zeigte dabei auf seine Lackleder-Halbschuhe. »Ich mußte einen Reifen wechseln.«

Damit war das geklärt, entschied Trace. Keine Chance mehr für Michael Mabley. Die Galoschen waren schon schlimm genug, aber jeder Mann, der Lackleder-Halbschuhe mit den Initialen eines anderen darauf trug, konnte mit Sicherheit nicht sein Freund sein. Walter Marks konnte ihn haben.

Aber ein Deal war ein Deal, und er würde mit Mrs. Collins reden, bevor *Gone Fishing* zweihundert Riesen blechen mußte. Er schätzte, daß er ihr zehn Minuten geben würde. Denn immerhin, Walter Marks hatte ›Bitte‹ zu ihm gesagt.

5

Das Haus der Collins' lag am Ende einer dieser Sackgassen, die großspurig *Court* genannt wurden. Die Fahrbahn wird von einem Wendekreis abgeschlossen, um den herum Häuser so dicht gepackt worden waren, daß gerade noch genügend Platz für jeweils eine Zufahrt und ein Auto zwischen ihnen blieb.

Das war ein Arrangement, dachte Trace, von dem niemand außer dem Bauherren profitierte, der so in der Lage war, mehr Häuser auf weniger Platz hinzuquetschen. Genau besehen profitierten vielleicht auch noch die Leute davon, die in ihrer Anschrift einen *Court* stehen haben wollten.

In der Mitte des kreisförmigen Fahrbahnendes befand sich ein Grasfleckchen, das gerade groß genug für einen Fahnenmast war. Der Mast war da, aber keine Flagge, was Trace auch wieder nicht weiter überraschte. Wahrscheinlich konnten sich all diese Kalifornier-Typen nicht darauf einigen, welche Art Flagge sie hissen sollten, nachdem es jetzt Flaggen für Wale und Poesie und für die Legalisierung von Marihuana gab. Gott bewahre, daß jemand auch nur auf die Idee kam, eine amerikanische Fahne aufzuziehen.

Trace ging an einem Plymouth Duster – Modell Anfang der siebziger Jahre – vorbei, der in der Zufahrt stand, und drückte auf die Klingel der Collins'.

Judith Collins hatte neunzig Prozent der Strecke auf dem Weg zur Schönheit geschafft, und Trace war nie zuvor so klar gewesen, wie wichtig die fehlenden zehn Prozent waren.

Sie hatte von Natur aus rotes Haar, aber sie hatte die falsche Frisur. Die Haare hingen schlaff und glanzlos um ihr Gesicht, hatten keine Locken oder Wellen, und Trace war schon immer der Ansicht gewesen, daß rote Haare zerzaust und luftig sein mußten, wenn sie natürlich aussehen sollten. Rotköpfe waren von Gott dazu erschaffen worden auszusehen, als wären sie gerade mit einer ganzen Football-Mannschaft aus den Federn gekrochen. Mrs. Collins hatte einen vollen Mund, doch sie benutzte keinen Lippenstift, und daher schienen ihre Lippen einfach in ihr Gesicht überzugehen. Sie hatte eine kleine freche Stupsnase, und ihre Augen waren groß und grün, aber sie waren einfach nur da. Ein bißchen Make-up hätte sie eine Reise wert gemacht. Wenn je eine Frau ein heißer Kandidat für eines dieser Cover von Schönheitsmagazinen war, dann ganz sicher Judith Collins.

Trace schätzte sie auf Ende Dreißig. Ungefähr so alt wie er selbst. Scheiß auf Michael Mabley.

Die Frau ließ die Fliegentür geschlossen, als sie die Haustür öffnete.

»Ja?« sagte sie.

»Mrs. Collins?«

»Ja.«

»Mein Name ist Tracy. Michael Mabley hat mich gebeten, mit Ihnen zu sprechen.«

»Michael Mabley?«

»Der Versicherungsmann, der die Police für Ihren Mann ausgestellt hat. Ich arbeite bei seiner Firma.«

»Oh.« Sie zögerte. »In Ordnung. Warum kommen Sie nicht rein?« Sie fummelte eine Weile an der Fliegentür herum, und Trace erkannte, daß sie mit zwei Schlössern gesichert war.

Das Haus war so unscheinbar und nichtssagend wie die Hausherrin. Das Wohnzimmer sah aus, als wäre es komplett aus dem Schaufenster eines Möbelgeschäftes hierher transportiert worden, in dem immer noch ein Sofa und zwei Sessel für weniger als dreihundert Dollar verkauft wurden, und das, wenn man nur zäh genug handelte, auch noch zwei Couchtische mit Holzfurnier aus Plastik gratis dazu geben würde. Der Teppich war irgendwas in der Richtung von Braun, und die Möbel, mit einem gleichermaßen unbestimmten Blau gepolstert, standen in einer exakten geraden Linie vor einer Wand. Es gab einen Kamin, der mit falschen Ziegeln eingefaßt und mit einem elektrischen Gerät ausgestattet war, das bewirkte, daß Fiberglas-Holzscheite ein Licht produzierten, das rot aussah, wenn man es durch Zellophan anschaute. Die wenigen gerahmten Drucke an der Wand sahen aus, als stammten sie aus der Magazin-Beilage der Wochenendausgabe irgendeiner Zeitung. Trace rechnete schon damit, auch einen Druck mit Präsident Franklin Delano Roosevelt zu finden.

Die einzige reizvolle und persönliche Note in diesem Raum war ein neunzig mal sechzig großer Gobelin eines Einhornes, der ungerahmt an einer Wand hing.

»Tut mir leid. Sie sagten, Ihr Name wäre . . .?«

»Tracy. Devlin Tracy.«

»Möchten Sie vielleicht einen Kaffee, Mr. Tracy? Er ist fertig.«

»Gerne, vielen Dank«, sagte Trace. Vielleicht würde der Kaffeeduft, der in seine Nasenflügel wehte, den schwachen Geruch nach Möbelpolitur vernichten, der den Raum beherrschte.

Trace lehnte sich auf der unbequemen Couch zurück. Er steckte sich eine Zigarette an und schnipste die Asche in einen großen, nierenförmigen Plastikaschenbecher, der auf dem Plastik-Beistelltisch neben ihm stand.

Mrs. Collins kehrte eine Minute später mit dem Kaffee in zwei schlichten weißen Bechern auf zwei schlichten weißen Untertassen zurück. Die Becher und ein Plastik-Milchkännchen und eine Plastik-Zukkerdose trug sie auf einer original imitierten Plastik-Reproduktion eines altmodischen Biertablettes. Zwei Löffel aus rostfreiem Stahl, die wie Gewinne irgendeines Bingo-Abends aussahen, komplettierten das Ganze.

»Mabley hat mir gesagt, was los ist«, sagte Trace. »Haben Sie schon etwas von Ihrem Mann gehört?«

Zuerst schien sie nur zögernd antworten zu wollen. Sie nippte an ihrem Kaffee, in den sie drei Löffel Zucker und einen guten Schuß Milch gegeben hatte. Als sie die Tasse abstellte, sah sie Trace mit Augen an, von denen er glaubte, daß sie wirklich wunderschön hätten sein können.

»Nein«, sagte sie. Ihre Stimme war sehr leise und schien beinahe sogar zu beben.

»Wie lange ist es jetzt her?« fragte Trace.

»Fünf Tage. Seit letzten Mittwoch.«

Trace trank einen Schluck von seinem Kaffee, doch er war zu dünn, und er stellte die Tasse wieder ab.

»Sind Sie nicht beunruhigt?« fragte er.

»Ich bin sehr beunruhigt«, sagte sie. Sie zögerte einen Augenblick, als würde sie sich fragen, ob es angemessen wäre, über Traces Frage empört zu sein, doch ihr schüchterner Charakter beschloß, daß Empörung zuviel war, um es zu zeigen. »Natürlich mache ich mir Sorgen«, sagte sie.

»Aber zur Polizei sind Sie bislang noch nicht gegangen«, sagte Trace sanft.

»Ich . . . äh, nun ja . . . Mr. Tracy, mein Mann ist ein sehr strenger Mann. Wenn ich der Polizei sage, daß er vermißt wird und wenn die Leute das herausfänden, dann würde er sich lächerlich machen, wenn er wieder nach Hause käme. Nein, das könnte ich nicht tun.« Sie schüttelte ihren Kopf, pflichtete sich selbst bei. »Nein, das könnte ich nicht.«

»Aber mal angenommen, Ihrem Mann ist irgend etwas zugestoßen?«

»Und angenommen, ihm ist nichts zugestoßen? Thomas würde mich einfach umbringen, wenn ich ihn in eine peinliche Situation bringen würde.«

»Ist Ihr Mann früher schon mal auf ähnliche Weise fortgeblieben?«

»Manchmal fährt er geschäftlich fort. Auf Kongresse und solche Dinge«, sagte sie.

»Ich meine, ohne Ihnen etwas davon zu sagen«, sagte Trace.

Einen Moment lang schwieg sie. »Nein, so lange wie jetzt noch nie«, sagte sie. »Ich weiß immer, wohin er geht und wie lange er fort sein wird.«

»Dann ist es dieses Mal also anders. Finden Sie nicht, daß dies einen Anruf bei der Polizei rechtfertigt?«

»Ich weiß nicht, Mr. Tracy. Ich weiß nicht. Was würden Sie denn dazu sagen, wenn Ihre Frau Ihnen die Polizei auf den Hals hetzen würde?«

»Sie hat mir praktisch pausenlos die Polizei auf den Hals gehetzt«, sagte Trace. »Das war einer der Gründe, warum ich sie verlassen habe.«

»Nun, ich würde Thomas nie mit so etwas belästigen«, sagte sie entschieden. »Er mag keine Unordnung in seinem Leben, und ganz sicherlich würde er es nicht tolerieren, wenn ihn jemand in Verlegenheit bringen würde.«

»Was *mag* Thomas denn in seinem Leben?« erkundigte sich Trace.

»Was meinen Sie damit?«

»Sie wissen schon. Sein wirkliches Ich. Ich weiß nichts über Ihren Mann. Was für ein Mensch ist Thomas Collins? Ich weiß, daß er Immobilienmakler ist, aber was für Hobbies hat er? Ist er vielleicht zum Drachenfliegen irgendwo in Alaska? Was tut er so, wenn er nicht im Büro ist?«

»Immobilien sind eigentlich sein ganzes Leben, Mr. Tracy.«

»Nennen Sie mich Trace. Keine Hobbies? Abends sitzt er hier zu Hause rum und arbeitet Immobilien-Deals aus?«

»Sie machen Witze, aber damit haben Sie trotzdem fast recht. Er studiert Baupläne und Landkarten und sitzt vor seinem Taschenrechner und berechnet Kostenvoranschläge oder was Immobilienmakler sonst auch immer tun mögen.«

»Muß für Sie doch ziemlich langweilig sein«, sagte Trace.

»Nein, eigentlich nicht. Ich habe meine Kunst. Ich mache Gobelins, Mr. Tracy, und jetzt hat meine Arbeit schließlich auch eine gewisse Nachfrage gefunden.«

»Ist das von Ihnen?« Trace deutete auf den Wandbehang an der gegenüberliegenden Wand. Die Frau nickte, und Trace sagte: »Ich verstehe zwar nichts davon, aber ich erkenne, daß es eine sehr gute Arbeit ist.«

»Das will ich hoffen«, sagte sie. »Damit muß ich das College für unsere Tochter finanzieren.« Das Lob schien ihr peinlich zu sein, da sich eine leichte Röte auf ihrem Gesicht breitgemacht hatte.

»Hat Thomas an irgendeinem besonderen Projekt gearbeitet, das es vielleicht erforderlich gemacht hat, die Stadt verlassen zu müssen?« fragte Trace.

»Ich weiß nicht. Wir haben nie über seine geschäftlichen Angelegenheiten gesprochen.«

»Er hat doch einen Partner, richtig?«

»Ja. Rafe Rose. *Collins and Rose*.«

»Haben Sie schon mit ihm gesprochen?«

»Über was?«

»Darüber, daß Ihr Mann verschwunden ist«, sagte Trace.

»Ja. Ich habe ihn am Freitag angerufen. Er sagte, er hätte Thomas seit Mittwochnachmittag nicht mehr gesehen. Er sagte, er wäre wahrscheinlich unterwegs, um irgendein Geschäft unter Dach und Fach zu bringen.«

»Bringt denn eine solche unvorhergesehene Abwesenheit seinen beruflichen Terminplan nicht ganz schön durcheinander? Ich meine, kann der Boss es sich leisten, sich so lange freizunehmen?« fragte Trace.

Sie schüttelte ihren Kopf. »Rafe und Thomas arbeiten anders als die meisten anderen Partner, nehme ich an. Rafe kümmert sich um das Büro und die täglichen Geschäfte eines Immobilienmaklers.«

»Und Ihr Mann?«

»Soweit ich das verstehe, besteht seine Aufgabe mehr darin, Geschäfte anzubahnen und zustande zu bringen. Er findet jemanden, der ein Einkaufszentrum bauen will, und jemand anderen, der das Land besitzt, das für eine *Mall* gerade richtig wäre, und dann treibt er einen Bauherrn auf, der einen Besitzanteil statt einen Teil seiner Gebühren akzeptiert, und anschließend arbeitet er alles so aus, daß es den Bedürfnissen aller Beteiligten gerecht wird. Er verbringt mehr Tage hier am Telefon als in seinem Büro. Er sagt, er kann genausogut hier wie dort arbeiten. Sogar noch besser, weil dort ununterbrochen das Telefon klingelt.«

»Hat Ihr Mann hier im Haus ein Büro?« fragte Trace.

»Ja.«

»Haben Sie mal einen Blick hineingeworfen? Führt er vielleicht einen Terminkalender, aus dem möglicherweise hervorgehen könnte, daß er die Stadt verlassen würde?« erkundigte sich Trace.

»Ich habe sehr gründlich nachgeschaut, Mr. Tracy, aber finden konnte ich nichts. Möchten Sie sein Büro sehen?«

»Nein. Ich könnte nichts finden, das Sie nicht gefunden haben. Wann haben Sie Thomas das letzte Mal gesehen?«

»Mittwochmorgen. Er hat sich einen Kaffee aufgesetzt und ist dann gefahren.«

»Und er hat nicht gesagt, wohin er wollte?«

»Nein.«

»Gehört der Wagen in der Einfahrt draußen Ihnen?« fragte Trace, als er an den uralten verrosteten Duster dachte.

»Ja. Thomas fährt eine schwarze Corvette«, sagte sie.

»Und er ist dann ins Büro gefahren, weil man ihn dort nachmittags noch gesehen hat, aber kein Mensch weiß, wo er danach hingefahren ist?« sagte Trace.

»Ja, das ist richtig.«

»Sie sagten, Sie hätten eine Tochter. Noch weitere Kinder?«

»Nein, nur Tammy.« Sie stand auf und ging zu dem billigen Bücherregal hinüber, das an der gegenüberliegenden Wand stand, und kehrte mit einer gerahmten Fotografie zurück.

»Sie sehen nicht alt genug aus, um schon eine Tochter im College-Alter zu haben«, sagte Trace.

»Tammy ist zwanzig. Sie kam zur Welt, als ich noch sehr jung war. Während meiner ersten Ehe. Mein Mann ist gestorben. Thomas und ich sind jetzt acht

Jahre verheiratet.« Sie gab Trace das Foto, der sofort sah, daß Tammy aussah, als würde sie die Frau werden, die ihre Mutter vielleicht einmal gewesen war. Selbst auf diesem Amateur-Schnappschuß leuchteten ihre Haare flammendrot, kringelten sich locker um ihr Gesicht. Ihre Augen hatten etwas Sinnliches, Spöttisches, und Trace kam sie wie eine jüngere Ausgabe von Ann-Margaret vor.

Er gab ihr das Foto zurück. »Sie ist hübsch. Hat sie etwas von Thomas gehört?«

»Nein. Sie ist vor zwei Wochen wieder zur Schule zurückgekehrt. Das Hollyhope College. Ich telefoniere fast jeden Abend mit ihr.«

»Und sie hat noch nichts von ihrem Stiefvater gehört?«

»Ich habe ihr gegenüber nicht einmal erwähnt, daß er nicht hier ist. Ich wollte sie damit nicht belasten.«

»Ich denke, irgendwen sollten Sie aber damit belasten.«

»Ich könnte es niemandem sagen. Noch nicht«, sagte sie.

»Ich denke, Sie sollten die Polizei verständigen.«

»Ganz sicher nicht.«

»Wie sehr sind Sie um Ihren Mann besorgt?« fragte Trace.

»Ich möchte ihn nicht beschämen.«

»Wenn Ihre Sorgen um ihn größer sind als Ihre Angst davor, ihn in Verlegenheit zu bringen, dann sollten Sie die Polizei anrufen«, sagte Trace.

»Mr. Mabley hat gesagt, Sie wären ein Detektiv.«

»Ich bin ein Ermittler«, sagte Trace. »Das ist etwas anderes.«

»Oh?«

»Ja. Detektive tragen Waffen und lassen sich auf

Schlägereien ein und haben eine Lebensphilosophie, einen Moralkodex.«

»Und Sie haben keine Lebensphilosophie?«

»O, doch, die habe ich. Sie lautet: Laß dich in nichts reinziehen«, sagte Trace.

»Ich dachte, Sie würden sich vielleicht darauf einlassen, Thomas zu suchen. Ganz diskret, Sie verstehen. Stellen Sie ein paar Fragen, hören Sie sich um. Und wenn er dann morgen oder übermorgen zurückkommt, dann werden die Zeitungen, Sie wissen schon, dann wird keiner sagen, Thomas Collins war verschwunden und ist wieder zurückgekehrt. Wenn er zurückkommt, könnten Sie einfach mit Ihren Nachforschungen wieder aufhören.«

»Und wenn er nicht zurückkommt?«

»Dann könnten Sie ihn vielleicht finden. Oder wenn Sie glauben, es wäre wirklich nötig, könnte ich dann auch zur Polizei gehen.«

»Das glaube ich nicht«, sagte Trace. »Da ist noch die Frage meiner Unkosten.«

»Ich besitze nicht viel Geld, aber ich werde Ihnen Ihre Zeit liebend gerne bezahlen«, sagte sie.

Trace schüttelte seinen Kopf. »Sehen Sie, ich bin hier in San Francisco auf einem Kongreß, auf Urlaub. Eigentlich arbeite ich zur Zeit gar nicht.«

»Ein Versicherungs-Kongreß?«

»Nein. Ein japanisch-amerikanischer Kongreß«, sagte Trace.

»Das muß sehr interessant sein.«

»Ich sehe, Sie waren noch nie auf einem«, sagte Trace. »Nein, tut mir leid. Denken Sie noch mal darüber nach, die Polizei einzuschalten.«

»Ich danke Ihnen für Ihre Mühe, Mr. Tracy.«

Ihre Kaffeetassen waren leer, und Trace stand auf, um zu gehen. An der Haustür bemerkte er einen kleinen gerahmten Schwarzweiß-Schnappschuß auf einem Tisch vor der Tür.

Es war das Foto eines Mannes mit schütter werdenden grauen Haaren, die um seinen Kopf flatterten wie bei irgendeinem linken Anwalt. Seine Nase war schmal und spitz, und seine Augen waren drohend zusammengekniffen.

»Ist das Thomas?« fragte Trace die Frau.

»Ja.«

»Ich hoffe, Sie kriegen ihn wieder«, sagte Trace.

Kurz bevor er in seinen Wagen stieg, schaltete er den Kassettenrecorder an seiner Hüfte aus.

6

Als Trace ins Hotel zurückkehrte, stand die Tür, die sein Zimmer mit Chicos verband, offen, doch ihr Zimmer war leer. Er fand eine Nachricht in einem Umschlag, die an den Spiegel seiner Frisierkommode geklebt war.

Sie lautete: »Du bumsen? Walte ungefähl dlei Uhl auf mich. Ehlenwelte Muttel wild andelweitig beschäftigt sein.«

Es war schon halb drei, daher duschte Trace schnell. Als er wieder aus dem Bad kam, verstaute er sein Tonband sorgfältig ganz hinten in einer Schublade auf einer Kopie des Versicherungsscheines von Thomas Collins, die Mabley ihm gegeben hatte. Auf diesem Trip würde er keine weitere Verwendung mehr für das Frosch-Mikro haben.

Der Fall war abgeschlossen. Eine blöde Frau mit einem blöden Mann. Er war so beknackt, daß er einfach abzischte, ohne irgendwem Bescheid zu sagen; sie war zu beknackt, daß sie aus Angst, ihren Mann in Verlegenheiten zu bringen, nicht die Polizei verständigen wollte. Und Trace war durch Michael Mabley in diese Sache hineingezogen worden, der so doof war, daß er ein Freund von Walter Marks war.

Nein, vielen Dank, nein, vielen Dank, nein, vielen Dank. Er hatte nichts mehr mit diesem Fall zu tun.

Trace wickelte sich ein Handtuch um die Hüfte und entdeckte die Eiswürfelmaschine den Korridor hinunter. Dann schenkte er sich ein Glas *Finlandia* ein. Es verlieh Trace ein tiefes Gefühl der Befriedigung, als er bemerkte, daß die Flasche selbst nach mehreren großzügig bemessenen Portionen immer noch fast voll war. Für einen müden Arbeiter bedeuteten kleine Dinge, wie zum Beispiel eine gut gefüllte Bar, eine ganze Menge. Er setzte sich an den kleinen Tisch in seinem Zimmer und schaltete den Fernseher ein.

Als Chico um zehn nach drei hereinkam, sah Trace sich gerade *The Dating Game* an.

»Nimm Junggeselle Nummer eins«, brüllte er.

»Wieso?« sagte Chico.

Trace drehte sich um, war überrascht, sie zu sehen. Er hatte sie nicht ins Zimmer kommen hören.

»Du bist erst einen Tag hier, und schon wirst du verstohlen«, sagte er. »Ist's schon drei?«

»Zehn nach. Wieso sollte sie Junggeselle Nummer eins nehmen? Der sieht aus wie ein Hackebeil-Mörder.«

»Genau. Diese Show wird irgendwann in einer Katastrophe enden. Das geht gar nicht anders. Ich will nur sicherstellen, daß ich vor der Kiste sitze, wenn das Unvermeidliche passiert. ›Wir werden euch zwei erster Klasse in das Hotel *Montezumas Rache* im sonnigen Acapulco fliegen. Aber nur einer von euch wird wieder zurückkehren.‹ « Trace zeigte sein bestes *Die Rache des Vampirs*-Lächeln. »Also, genaugenommen wollte ich mich eigentlich schon immer als Kandidat melden.«

»Für dich würde sich doch kein Mensch entscheiden«, sagte Chico.

»Wen interessiert's? Ich will einfach nur die Frage beantworten. ›Was sind Ihre Hobbies, Junggeselle Nummer eins?‹ Nekrophilie und Stickerei und Zucht von miesen Hunden. ›Sehr nett, Junggeselle Nummer eins. Würden Sie für mich den Mond anbellen?‹ Nur wenn Sie ein so großer Hund sind, wie ich vermute.«

Chico schaltete den Fernseher aus. »Scheint mir ja ein super Tag gewesen zu sein, wenn du jetzt hier sitzt und deine Frustration an wehrlosen Kandidaten einer Gameshow ausläßt.«

»Es war ein fürchterlicher Tag. Wo ist deine Mutter?«

»Sie ist zu diesem schrecklich tristen Vortrag über die Produktivität in Automobilwerken in einer sich verändernden Welt gegangen«, sagte Chico.

»Wieso? Deine Mutter ist doch Malerin, um Himmels willen.«

»Das steckt in unseren Seelen«, sagte Chico. »Alle Japaner wollen immer effizienter werden. Ich bin sicher, Mutter ist davon überzeugt, daß sie ein Bild in vier Tagen statt in sieben fertig haben wird, wenn sie herausfinden kann, wie man in siebenundzwanzig Sekunden einen Kotflügel an einen Wagen montiert.«

»Wieso ziehst du dich nicht aus, während wir diese Manie erörtern? Ich finde, das deutet auf ein tiefes sexuelles Bedürfnis deinerseits hin«, sagte Trace.

»Bei dir oder bei mir?« fragte Chico.

»Tja, wo wir schon mal hier sind.«

Sie gingen ins Bett, doch dann sprang Chico rüber und machte das Fenster auf. Frische Luft wirbelte durch den Raum.

»Ich hol' mir noch 'ne Lungenentzündung«, sagte Trace.

»Atme tief durch, das tut dir gut.«

»Sollten wir nicht vielleicht die Tür zwischen den Zimmern zumachen?«

»Mutter wird so bald nicht zurückkommen.«

»Mal angenommen, der Vortrag ist langweilig?« sagte Trace. »Sogar für sie?«

»Sie würde trotzdem nicht gehen«, sagte Chico. »Es gilt als äußerst beleidigend, den Saal zu verlassen, bevor der Vortrag zu Ende ist.«

»Sehr logisch, aber mach die Tür trotzdem zu. Ich habe diese Vision, daß nicht nur deine Mutter zurückkommt, sondern daß sie den ganzen Kongreß mitbringt. Sie wird sie wie eine japanische Reisegruppe durch ein Casino führen. Sie wird einen gelben Luftballon an einer Stange dabeihaben und über ihren Kopf hochhalten, damit ihr jeder folgen kann, ohne verlorenzugehen, und dann werden sie alle hier durch das Zimmer marschiert kommen, Fotos machen und uns anlächeln. Wieso lächeln Japaner eigentlich ununterbrochen?«

»Weil sie wissen, daß ihr Rundaugen von Natur aus umwerfend komisch seid«, sagte Chico. Sie schloß die Tür und kehrte ins Bett zurück.

Trace sagte: »Ach, übrigens, was ist schwarz und macht im Wald *crick-crick*?«

»Keine Ahnung. Ich geb' auf.«

»Du hast einfach keine kämpferische Seele«, sagte er. »Eine japanische Kamera, die von *Mr. Moto schießt ein Photo* übriggeblieben ist.«

»Du brauchst einen neuen Texter«, sagte Chico.

»Wieso hattest du denn so einen schrecklichen Tag?«

»Ich habe Walter Marks einen Gefallen getan«, sagte Trace.

»Verdammt, das würde selbst Mutter Teresa den Tag versauen.«

»Also hab' ich mich auf den Weg gemacht, um mit einer Frau zu sprechen, dessen Mann vermißt wird, die aber nicht die Cops einschalten will, weil sie Angst hat, daß er stocksauer wird, wenn er wieder aufkreuzt.«

»Was hast du gemacht?«

»Ich habe ihr gesagt, sie soll die Cops verständigen«, sagte Trace.

»Was hat sie dazu gesagt?«

»Sie wollte, daß ich in der Sache ermittle.«

»Was hast du dazu gesagt?« fragte Chico, während sie seinen nackten Bauch rieb.

»Mach größere Kreise«, sagte Trace. »Ich habe nein gesagt. Ich habe ihr gesagt, daß ich auf diesem höchst interessanten Kongreß alle Hände voll mit diesen beiden Frauen beschäftigt wäre, die ich am meisten auf der Welt liebe.«

»Deine Mutter und deine Ex-Frau werden sehr interessiert daran sein, das zu erfahren«, sagte Chico.

»Wenn du deinen kleinen asiatischen Mund hübsch geschlossen hältst, werden sie nie was davon erfahren.«

»Willst du wirklich, daß ich meinen Mund geschlossen halte?«

»Tjaaaa, jetzt, wo du's erwähnst . . .« Trace rollte auf sie zu, doch Chico sprang schon aus dem Bett. Sie fing an, sich anzuziehen.

»Was . . .« begann Trace, doch sie hob einen warnenden Finger an ihre Lippen.

»Hör doch. Die Mutter ist zurück«, sagte sie. »Ich muß gehen.«

Trace rollte sich auf seine andere Seite und wendete ihr den Rücken zu. »Was soll das hier sein?« fragte Trace. »Eine Lektion in ›Effektive Empfängnisverhütung in einer sich verändernden Welt‹?«

Die Sitzverteilung beim Eröffnungsdinner des Kongresses war rein zufällig gewesen; Leute setzten sich einfach an Tische, an denen genügend Platz für ihre Gruppe war. Das war dann aber auch das Ende für den Zufall gewesen, erkannte Trace. Von nun an betrachteten die Japaner die Sitzordnung als heilig, daher fand Trace sich erneut neben dem Mann aus Bataan, neben Mr. Nishimoto, wieder.

Er lächelte Trace viel an, wenn er nicht gerade den Reden zuhörte, die ausnahmslos auf Japanisch gehalten wurden und schier endlos waren. Jeder im Publikum saß in höchster Aufmerksamkeit da und nickte jedesmal höflich, wenn, wie Trace vermutete, das Ende eines Satzes erreicht worden war.

Trace sah Chico hilfesuchend an. »Über was reden die?«

»Die Verantwortung von Firmen in einer verantwortungslosen sich verändernden Welt.«

»Wieso hören sich alle Reden gleich an?« fragte Trace.

»Sie *sind* alle gleich«, sagte Chico. »In ganz Japan gibt es nur einen einzigen Verfasser von Reden, den man sich engagieren kann. Er schreibt Reden wie Versicherungspolicen, immer und immer wieder die gleichen Ausdrücke und Redewendungen.«

Dann spürte Trace eine viel zu vertraute schwere Hand auf seinem Arm. Mr. Nishimoto beugte sich zu ihm, lächelte freundlich. Er sagte: »Bataan. Leid tun, daß ich Sie velmißt habe.« Trace entschuldigte sich, um auf den Zufluchtsort der Herrentoilette fliehen zu können. Als er zurückkam, saß der ältere Japaner auf Traces Stuhl und unterhielt sich mit Chico. Mit einem zuvorkommenden Grinsen machte er ihm wieder Platz.

»Über was quatscht der Kerl eigentlich andauernd mit dir?« fragte Trace Chico.

»Er sagt mir, wie sehr er dich mag«, sagte Chico. »Und meine Mutter.«

»Oh.« Trace kippte seine Sake-Schale. »Ich mag ihn auch.«

»Und was ist mit mir?« konterte Chico. »Oder ist das da eine Rolle Quarters in deiner Hosentasche?«

»Nur Dimes, tut mir leid. Aber wir können oben auf meinem Zimmer gerne teilen.«

Als das Telefon klingelte, drehte Trace sich träge auf die andere Seite. Bevor die Laken zur Ruhe kamen, schepperte das Ding wieder, klingelte auf diese ganz besonders, brutale Art, die Hoteltelefonen zu eigen ist, endlos weiter. Trace zog sich das Kissen über den Kopf. Dann wieder. Er knurrte Chico an: »Um Himmels willen, geh endlich ran.«

Als es wieder klingelte, gab er dem Durcheinander von Decken neben sich einen Stoß, doch es reagierte nicht. Dann erinnerte er sich wieder, daß Chico zwar vergangenen Abend mit ihm raufgekommen war, dann aber nach nebenan gegangen war, um im Zimmer ihrer Mutter zu schlafen.

»Ich will nur hoffen, daß es wichtig ist«, brummte er und schleuderte einen Arm in Richtung auf die Quelle des Geräusches. Trotz des Klapperns und Scheppperns des Strandgutes auf seinem Nachttisch weigerte Trace sich ganz entschieden, seine Augen zu öffnen. Er wußte, daß Augen, wenn sie erst mal offen waren, sich nicht wieder in friedlicher Ruhe schließen würden, bis ein ganzer Tag verstrichen war. Und dieses selbstauferlegte Handicap bewirkte oft genug, daß jeder Anrufer frustriert wieder auflegte. Aber nicht so dieses Mal.

»Trace«, sagte eine fremde Stimme.

»Was soll das hier sein, Bettenkontrolle? Wer sind Sie?«

»Michael Mabley hier.«

»Ich wette, Sie sind schon seit Stunden auf«, knurrte Trace.

»Ich habe etwas von Judith Collins gehört.«

Trace kniff seine Augen fester zusammen und sagte nichts.

Mabley fuhr fort: »Ich denke, Sie sollten noch heute mit ihr sprechen.«

»Warum?« brummte Trace. Es war ihm jetzt alles schon viel zu klar; es würde ihm nicht gestattet sein, einfach wieder einzuschlafen. Er öffnete ein Auge einen winzigen Spalt.

»Sie glaubt, sie weiß irgend etwas über ihren Mann«, sagte Mabley.

»Wenn nicht sie, wer dann?«

»Über sein Verschwinden.«

»Falls sie irgendwas hat, sollte sie damit zu den Cops gehen. Das habe ich ihr bereits gesagt.«

»Das will sie aber nicht«, sagte Mabley. »Bitte, Trace. Sprechen Sie mit ihr. Vielleicht können Sie sie dazu überreden, es doch noch zu tun. Sie war gestern sehr beeindruckt von Ihnen.«

Zwecklos. Jetzt war Trace endgültig und vollständig wach. Er stand auf und schaltete den Fernseher ein. »Warten Sie eine Sekunde«, hustete er ins Telefon und zockelte ins Bad, um sich den Mund mit Mundwasser auszuspülen. Er dachte, Paul Newman müßte für solche Morgen danach wie heute ein ganz besonders starkes Mundwasser erfinden.

Gestärkt durch die chemische Spülung war Trace jetzt bereit, Mabley abzuweisen. Er warf einen kurzen Blick auf den Fernseher. Der hauseigene Kanal brachte gerade, in herrlich grünstichigen Farben, einen Überblick über die Ereignisse, die an diesem Tag im Hotel stattfanden.

Das größte Ereignis schien der japanisch-amerikanische Kongreß zu sein, dessen Wesen auf dem Videoband in gedrängter Form auf einem Panoramabild der Kongreßteilnehmer zusammengefaßt war, die glücklich ihre Kraken mampften. Dann richtete sich die Kamera auf Traces Dinner-Tischnachbarn Mr. Nishimoto, der lächelnd direkt ins Objektiv glotzte. Dann begann sich der Champion von Bataan umzuschauen, als würde irgend etwas fehlen.

Er sucht mich, dachte Trace. Ich bin noch nicht mal ganz aus dem Bett, und schon sucht er mich.

Die Augen immer noch fest auf den Bildschirm gerichtet, nahm Trace den Hörer wieder in die Hand und sagte: »Sagen Sie ihr, daß ich zu ihr kommen werde, sobald ich Zeit habe.«

»Danke, Trace«, sagte Mabley.

»Gern geschehen.«

7

»Der Tag auf der Farm war einfach super. Falls Du danach suchen solltest, ich hab' das hier in meiner Tasche gefunden, nachdem Du mich zurückgebracht hast. Wann spielen wir wieder Whirlpool? Mandy.«

Die Nachricht war auf einem Blatt breiig-weißem Briefpapier geschrieben worden. Der Umschlag war einer von der weitverbreiteten Sorte, wie man sie in Drugstores kaufen konnte, und er hatte keinen Absender. Der kurze Brief war mit einem blauen Kugelschreiber in Druckbuchstaben geschrieben worden.

Trace gab das Briefchen zurück. »Was lag denn dabei?« fragte er Judith Collins.

Sie gab ihm einen quadratischen silbernen Manschettenknopf mit den Initialen T.C.

»Von Ihrem Mann?« fragte Trace.

»Ja.«

»Und der lag in diesem Umschlag?«

Sie nickte.

»Wann haben Sie den Brief erhalten?«

»Ich habe ihn auf der Post abgeholt. Ich hatte in Thomas' Schreibtisch nach irgendwas gesucht, nun ja, nach einem Terminkalender oder nach der Platzreservierung irgendeiner Fluggesellschaft oder so, und da habe ich dann einen Schlüssel für das Postfach in der Stadt gefunden. Ich bin runtergefahren und habe im Fach diesen Brief gefunden.«

»Wußten Sie, daß er dieses Postfach hatte?« fragte Trace.

»Nein. Das war mir völlig neu«, sagte sie. Trace sah sich den Postfachschlüssel an. Es war einer dieser großen, schweren Schlüssel, wie sie von der Post benutzt wurden. Der obere Rand, oberhalb des Loches für den Schlüsselbund, war verkratzt.

»Wer ist Mandy?« fragte Trace, als er den Schlüssel auf den Couchtisch zwischen ihnen legte.

»Ich weiß es nicht. Ich habe diesen Namen noch nie zuvor gehört.«

»Der Umschlag ist in San Francisco abgestempelt worden«, sagte Trace. »Sie haben nie gehört, daß er irgendeine Mandy hier aus San Francisco erwähnt hat? Vielleicht jemand, mit der er zusammenarbeitete oder mit der er geschäftlich zu tun hatte?«

»Sie meinen das Whirlpool-Geschäft?« sagte sie schroff. Die Frau schwieg einen Augenblick, um ihre Fassung wiederzufinden. »Ich habe noch nie von ihr gehört.«

»Und immer noch keine Nachricht von Ihrem Mann?«

»Nein. Nichts.«

»Haben Sie den anderen Manschettenknopf gefunden?« erkundigte sich Trace.

Sie riß ihre grünen Augen weit auf, als sie Trace ansah, überrascht über etwas, an das sie nicht gedacht hatte. »Ich werde sofort nachsehen.«

Als sie das Wohnzimmer verlassen hatte, warf Trace einen weiteren Blick auf den kurzen Brief. Unglücklicherweise schien absolut nichts Bedeutungsvolles an ihm zu sein. Er wünschte sich immer, daß er eines Tages einmal ein Rätsel lösen konnte, indem er etwas sah, was die arme, blöde, schwerfällige Polizei übersehen hatte. »Tut mir schrecklich leid, Inspector, aber Lady Watercloset konnte diesen Brief gar nicht geschrieben haben. Sehen Sie, in diesem Brief wird ihr Mann beschuldigt, nicht ehrenhaft gewesen zu sein. Aber ehrenhaft, *honorable*, ist hier ohne ›u‹ geschrieben worden. Und so etwas hätte

Lady Watercloset niemals getan. Inspector, dieser Brief ist eine Fälschung, geschrieben von einem Amerikaner, um sie von der richtigen Fährte abzubringen.« »Mein Gott, Mister Trace, darauf wäre ich nie gekommen. Und der einzige Amerikaner, der diesen Brief geschrieben haben könnte, war . . .« »Genau. Dina Davenport. Ich glaube, wenn Sie das nachprüfen, Inspector, werden Sie herausfinden, daß . . .«

Judith Collins tauchte wieder neben dem billigen Sofa auf. »Er ist nicht da«, sagte sie. »Thomas bewahrt seine Manschettenknöpfe immer in einer Schatulle auf der Kommode auf, aber dort ist er nicht.« Sie sah Trace nicken und sagte: »Ist das wichtig?«

»Ich weiß es nicht. Ich dachte nur, daß er diesen Manschettenknopf schon vor Wochen verloren haben muß, wenn der andere dort gewesen wäre. Aber wenn nicht, dann hat er ihn vielleicht in dem Zeitraum verloren, seit er letzten Mittwoch das Haus verlassen hat. Ich weiß nicht.«

»Ich verstehe.«

»Mrs. Collins, betrügt Ihr Mann Sie?«

Die Frau ließ sich in einem Sessel nieder, blickte auf ihre Brust hinunter und begann leise zu weinen.

»Tut mir leid«, sagte Trace.

Sie wischte sich die Augen. »Und mir tut es auch leid«, sagte sie. »Ich weiß nicht. Nach diesem Brief zu urteilen, sieht es ganz sicher so aus, als würde er mich betrügen, oder?«

»Und Sie hatten früher nie Veranlassung, ihm zu mißtrauen?« fragte Trace. »Ich erinnere mich, wie Sie mir gesagt haben, daß er recht häufig geschäftlich unterwegs wäre.«

»Aber ich konnte ihn immer erreichen. Ich wußte immer, wo er war, und ich hätte es mir nie zweimal überlegt, ihn in seinem Zimmer anzurufen, wo auch immer er gerade abgestiegen war.« Sie steckte ihr Taschentuch fort und hob ihre Teetasse. »Eine Frau weiß es normalerweise immer, Mr. Tracy, wenn ihr Mann sie betrügt. Ich glaube nicht, daß Thomas mich betrogen hat. Bis zu diesem Brief hier. Jetzt weiß ich es nicht mehr.«

»Es könnte also sein?« sagte Trace.

»Liegt das nicht auf der Hand?« antwortete sie.

»Wo ist diese Farm?« fragte Trace.

Einen Augenblick lang sah sie verwirrt aus, und Trace hob den Brief, der mit Mandy unterschrieben war. »Diese Farm«, sagte er.

»Ich weiß nicht.«

»Sie besitzen keine Farm?« fragte Trace.

»Nein.«

»Dann vielleicht ein Freund von Ihnen? Vielleicht waren Ihr Mann und diese Mandy auf der Farm von jemand anderem. Haben Sie irgendwelche Freunde, die eine Farm besitzen?«

»Nein, mir fällt niemand ein«, sagte sie.

»Ich finde, Sie sollten jetzt wirklich zur Polizei gehen«, sagte Trace.

»Ich kann einfach nicht. Und ganz sicher nicht, nachdem ich diesen Brief bekommen habe. Thomas würde wahnsinnig werden.«

»Warum haben Sie mich von Mabley anrufen lassen?«

Die Frau zuckte mit ihrem ganzen Körper ihre Achseln. »Ich weiß nicht. Aber Sie sind die beiden einzigen Menschen auf der Welt, die wissen, daß Thomas fort ist.«

»Die Nachbarn haben noch keine Fragen gestellt?« fragte Trace.

»Ich bin mit keinem von denen näher befreundet. Und sie wissen, daß Thomas oft längere Zeit nicht in der Stadt ist. Mr. Tracy, ich würde Sie gerne für einen Tag engagieren. Vielleicht können Sie ja irgend etwas in Erfahrung birngen. Ich verspreche Ihnen, wenn Sie nicht herausfinden, wo Thomas ist, dann werde ich die Polizei verständigen.«

»Er ist jetzt schon seit einer Woche fort. Sie hätten sie schon viel früher einschalten sollen.«

»Geben Sie mir nur einen einzigen Tag«, sagte sie.

Trace schüttelte seinen Kopf. »Sie verstehen nicht«, sagte er. »Sie scheinen zu glauben, ich wäre irgendeine Art richtiger Detektiv, der Sachen einfach so herausfinden kann.« Er schnippte mit seinen Fingern.

»Was sind Sie denn dann?« fragte sie.

»Ich bin ein Wurschtler. Ich pfusche herum. Ich bekomme nie irgendwas heraus. Ich belästige einfach nur die Leute. Ich fange nie jemanden. Ich bin kein Detektiv, ich bin ein Angestellter, der Ärger und Verdruß bringt. Ich sollte in einem Kaufhaus arbeiten.«

Mrs. Collins starrte Trace lange an. Dann begannen ihre Schultern zu beben, wie von irgendeiner Explosion tief in ihrem Inneren, und sie ließ ihren Kopf auf ihre Brust sinken und begann hemmungslos zu schluchzen. »Bitte, Mr. Tracy. Bitte.«

Trace seufzte. Guten Manieren konnte er nie widerstehen.

8

Das Büro von *Collins-Rose Real Estate Developers, Inc.* befand sich in den Tiefen eines kleinen Einkaufszentrums, das wiederum in einem Winkel San Franciscos in der Nähe der Golden Gate Bridge versteckt lag. Anscheinend war die Mall einer der Orte, an denen sich nachts die Kids versammelten, da der Parkplatz mit leeren Bierdosen übersät war. In San Francisco, wie auch überall sonst, schien die Polizei eine Finger-weg-Linie eingeschlagen zu haben, soweit normal aktive Heranwachsende betroffen waren. Auf einem leeren Parkplatz belästigten Schwachköpfe im Teenageralter niemanden außer sich selbst.

Collins' Büro war von unternehmerischer Originalität umgeben. Auf einer Seite war eine Bäckerei, die mit den besten Alfalfa-Plätzchen auf der Welt warb, und auf der anderen befand sich ein Video-Laden, der ein ganzes Wochenende Sex für nur sechs Dollar anbot, einschließlich Club-Migliedschaft.

Trace warf einen Blick in das Fenster der Videothek, und eine Frau hinter einer Kassentheke im Inneren des Ladens brüllte ihm zu: »Wieso sehen Sie nur zum Fenster rein? Kommen Sie rein. Nur sechs Dollar.«

Trace sah die Frau an. Sie hatte den Charme eines Wäschekorbes. Er sagte: »Normalerweise kriege ich mehr als sechs Dollar.«

»Klugscheißer«, sagte sie. »Schwuler.«

Doch nachdem er erst einmal im Büro von *Collins-Rose* war, begegnete er einem Mädchen, bei dem er liebend gerne auf sein übliches Sechs-Dollar-Wochenend-Honorar verzichtet hätte. Sie war eine große Blondine mit sonnengebräunter Haut und blauen Augen, die so hell waren wie dickes Eis. Sie reichte aus, um in einem Mann den Wunsch aufkommen zu lassen, mit Surfen anzufangen.

Auf dem Namensschild auf ihrem Schreibtisch stand LAURIE ANDERS, und Trace staunte über einen weiteren kalifornischen Namen. Wo steckten all die ethnischen Gruppen in Kalifornien? Was war nur aus all den Carluccis geworden?

»Kann ich Ihnen helfen?«

»Ich würde gerne Mr. Rose sprechen«, sagte Trace.

»Haben Sie einen Termin?«

»Nein.«

»Er ist im Moment in einer Besprechung. Um was handelt es sich denn? Vielleicht kann Ihnen auch einer unserer Repräsentanten weiterhelfen?«

»Das glaube ich kaum«, sagte Trace. »Es handelt sich um eine persönliche Angelegenheit. Ich bin ein Freund von Mrs. Collins.«

»Oh«, sagte sie, und Trace meinte, eine leichte Wolke über den Sonnenschein auf ihrem Gesicht ziehen zu sehen.

»Wenn Sie warten wollen, denke ich, daß Mr. Rose schon bald Zeit für Sie haben wird«, sagte sie.

Trace folgte ihrem Blick zu einem Sofa an der Wand neben der Tür. Er setzte sich, ging den Stapel Illustrierte durch. Er kannte sie schon alle. Er schaute auf und bemerkte, daß die junge Frau ihn beobachtete.

»Ist Mr. Collins heute da?« fragte er beiläufig.

Sie schüttelte ihren Kopf. »Ich habe Sie gar nicht nach Ihrem Namen gefragt«, sagte sie.

Trace gab ihr eine seiner Visitenkarten und fragte, ob er ihr einen Kaffee besorgen könnte.

»Nein«, sagte sie.

»Kann ich dann vielleicht nach nebenan gehen und Ihnen einen Film holen?«

»Nein, danke«, sagte sie und erhob sich hinter ihrem Schreibtisch und ging mit seiner Visitenkarte in der Hand in den rückwärtigen Teil des Gebäudes.

Als sie ein paar Minuten später zurückkehrte, saß Trace wieder auf der Couch. »Mr. Rose ist jetzt frei«, sagte sie.

»Vielen Dank.« Er folgte der jungen Frau, die einen langen Korridor hinunterwackelte, vorbei an einer

Menge kleiner Kabäuschen-Büros, wie sie Verkäufer bei einem Neuwagen-Händler hatten.

»Ich bin wirklich froh, daß Sie nicht gesagt haben ›Gehen Sie bitte so‹ «, sagte Trace.

»Ich weiß, Sie würden sich eine Hüfte ausrenken«, sagte sie. »Ich kenne diesen Groucho Marx-Witz auch.«

»Wie wär's mit Chico?« sagte Trace. »Ich kann genau wie Chico Marx Klavier spielen. Haben Sie zwei Zitronen, und ich zeig's Ihnen.«

»Wir haben hier kein Klavier«, sagte sie.

»Auf einem Schreibtisch geht's genausogut. Ich spiele auf dem Schreibtisch mit Zitronen, und ich bin wirklich richtig gut dabei, selbst wenn ich damit meiner beruflichen Karriere ein Ende gemacht habe.«

»Wie wär's mit Harpo?« sagte sie.

»Wie meinen Sie das?« fagte Trace.

»Den Mund halten«, sagte sie.

»Tja, wenn Sie das so sehen«, sagte Trace.

Sie führte ihn in ein Büro, in dem ein dunkelhaariger Mann in einem tadellosen Nadelstreifenanzug mit einer dezent gemusterten dunklen Krawatte an einer Seite eines langen Konferenztisches genau gegenüber der Tür saß.

»Das ist Mr. Tracy«, sagte Laurie. Trace bemerkte, daß er Traces Visitenkarte in der Hand hielt.

»Danke. Mr. Tracy, darf ich Ihnen einen Kaffee anbieten?« fragte Rose.

»Nein, mit Kaffee kann ich nicht auf dem Schreibtisch spielen. Nur mit Zitronen«, sagte Trace.

»Entschuldigen Sie?«

»Ach, schon gut«, sagte Trace. Er bemerkte, daß Laurie lächelte.

»Danke, Laurie, das wäre dann alles«, sagte Rose. Er stand weder auf, noch bot er Trace seine Hand an.

Seine Fingernägel waren manikürt und glänzten, und Trace hatte den Verdacht, daß Rafe Rose womöglich ein Gesundheits- und Sauberkeitsfanatiker war, der aus Angst, sich eine unheilbare Krankheit zu holen, nicht jedem die Hand schüttelte.

»Laurie sagte, Sie wären ein Freund von Mrs. Collins?« sagte Rose.

»Ein Bekannter«, korrigierte Trace.

»Wohnen Sie hier in der Gegend?«

»Nein. Las Vegas.«

»Nun, irgendein Bekannter von et cetera, et cetera«, sagte Rose. Wobei allerdings auch nicht die Spur eines Lächelns über sein Gesicht huschte, bemerkte Trace. »Also, was kann ich für Sie tun?«

»Mrs. Collins hat mich gebeten, ihren Mann zu suchen«, sagte Trace.

»Ist er denn nicht zu Hause? Dort ist er normalerweise immer«, sagte Rose.

»Ich denke, Sie würden es wohl wissen, wenn er zu Hause wäre«, sagte Trace. »Er ist nicht besonders oft hier im Büro, richtig?«

»Nein, es gibt lange Phasen, da ist er überhaupt nicht hier. Sagen Sie, worum geht es hier überhaupt? Wo ist Judith?«

»Judith ist zu Hause. Sie hat ihren Mann seit einer Woche nicht mehr gesehen«, sagte Trace. »Ich habe ihr gesagt, daß ich ihn suchen würde.«

Um Roses Augen tauchten kleine Fältchen auf. »Das könnte ernst sein«, sagte er, »oder?«

Trace nickte.

»Hat sie die Polizei verständigt? Sie waren noch nicht hier«, sagte Rose.

»Ich glaube, sie hat Angst, das zu tun. Sie verhält sich ein wenig ängstlich, soweit es ihren Mann betrifft.«

»Das kann ich sehr gut verstehen«, sagte Rose. »Warten Sie.« Er tippte zwei Zahlen in das Telefon ein und sagte: »Laurie, wann haben Sie das letzte Mal mit Thomas gesprochen?« Er nickte und sagte: »Wissen Sie von irgendwelchen Terminen, die er während der vergangenen Woche außerhalb der Stadt hatte? Ich möchte ihn sprechen.«

Er wartete eine Weile, bedankte sich dann und legte auf.

»Laurie ist unser Büromanager, aber sie ist gleichzeitig auch Thomas' Sekretärin, wenn er im Büro ist. Aber sie hat seit einer Woche nicht mehr mit ihm gesprochen, und sie weiß nichts von irgendwelchen Terminen, die er hatte. Wissen Sie, Judith hat mich vergangene Woche angerufen und gefragt, ob Thomas hier wäre. Ich hielt das allerdings nicht für weiter wichtig.«

»Vielleicht ist es das auch jetzt noch nicht«, sagte Trace. »Hat Collins an irgendeiner besonderen Sache gearbeitet, von der Sie wissen? Eine Sache, wegen der er möglicherweise die Stadt verlassen mußte?«

»Thomas ist ziemlich verschlossen. Für gewöhnlich kommt er erst dann mit einem Deal hier an, wenn er alles unter Dach und Fach hat, und *dann* streiten wir uns darüber. Daher würde ich normalerweise auch von keiner besonderen Sache etwas wissen, an der er arbeitet.«

»Das hört sich für mich ganz so an, als würden Sie den Großteil der Arbeit hier erledigen«, sagte Trace.

Rose zuckte mit den Achseln. »Ich investiere auf jeden Fall die meiste Zeit, das ist mal sicher. Aber Thomas' Geschäfte bringen unserer Firma eine Menge Geld ein, wahrscheinlich machen sie den größten Teil unseres Umsatzes aus. Daher geht die Rechnung schon auf.«

»Wie lange sind Sie beide schon Partner?« fragte Trace.

»Elf Jahre. Wir hatten beide kleine Maklerbüros und haben uns dann zusammengetan. Ich habe den normalen Alltagskram übernommen, und Thomas hat die großen Jobs bekommen.«

»Finden Sie das fair?«

Rose nickte. »Wir kommen heute beide erheblich besser klar als früher, als wir noch alleine waren. Tut mir leid, Mr. Tracy, ich wünschte, ich könnte Ihnen sagen, wo zum Teufel Thomas im Augenblick steckt.«

»Vielleicht möchten Sie Mrs. Collins anrufen und sich von ihr bestätigen lassen, daß ich in Ihrem Auftrag hier bin«, sagte Trace.

»Wozu? Ich habe keinerlei Veranlassung, Ihnen nicht zu trauen.«

»Okay. Ich wollte Ihnen nur die Gelegenheit dazu geben«, sagte Trace, »denn manchmal werden Fragen ein wenig heikel.«

»Wie zum Beispiel?« fragte Rose.

»Treibt Collins seine kleinen Spielchen? Hat er vielleicht irgendwo eine kleine Freundin, wo er sich jetzt krank oder was weiß ich versteckt?«

Rose drehte sich um und starrte auf die Wand, an der gerahmte Urkunden von einem halben Dutzend Makler-Vereinigungen hingen. Dann drehte er sich langsam wieder zu Trace um.

»In Ordnung«, sagte er. »Thomas würde eine Schlange bumsen, wenn er seinen Körper tief genug runter kriegte. Er macht eine Menge Geschäftsreisen, aber erheblich mehr Reisen macht er zu seinem eigenen Vergnügen. Tatsache ist, ich habe ihn immer beneidet. Er reist nach Las Vegas, tut so, als wäre es eine Geschäftsreise, und landet für das Wochenende mit irgendwem im Bett. Ich würde es auch so machen, wenn ich nicht glauben würde, daß meine Frau sofort dahinterkommen und mich auf der Stelle umbringen würde. Er ist ein wahrer Weltmeister als Sexprotz, Mr. Tracy. Hilft Ihnen das weiter?«

»Es würde mir noch mehr helfen, wenn Sie mich auf ein paar seiner Gespielinnen aufmerksam machen würden«, sagte Trace.

»Bei Thomas kann man das nie so genau sagen«, sagte Rose. »Keine von ihnen bedeutet ihm etwas. Ich meine, Frauen sind eben einfach nur Frauen. Er spricht nicht besonders viel über sie, außer, tja, Sie wissen schon, um über die Titten von der einen oder anderen zu prahlen. Das übliche Umkleideraum-Gerede. Einen Namen könnte ich Ihnen nicht nennen.«

»Sind seine Frauen immer von außerhalb?« fragte Trace. »Vielleicht hat er ja auch hier in der Stadt eine heimliche Freundin?«

»Könnte sein, aber ich weiß es wirklich nicht«, sagte Rose.

»Was ist hier im Büro? Hat er hier jemanden? Was ist mit Laurie? Hat sie vielleicht eine kleine Sache mit ihm laufen?«

Einen Augenblick lang sah Rose verdutzt aus, als würde er jetzt zum ersten Mal über diese Möglichkeit nachdenken und als würde ihm das gar nicht gefallen. Schließlich sagte er: »Nein, ich glaube eigentlich nicht. Nicht Laurie. Sie mag Thomas überhaupt nicht.«

»Hat sie das schon mal gesagt?«

»Das muß sie gar nicht. Er macht dauernd irgendwelche Bemerkungen über ihren Arsch oder ihre Beine oder sonst irgendwas, und ich sehe, daß ihr das nicht besonders gefällt. Und sonst gibt es hier im Büro niemanden, mit dem Thomas rumalbern würde. Wissen Sie, er hat mal zu mir gesagt, wenn du anfängst, deine Sekretärin zu bumsen, weiß deine Frau zehn Tage später schon Bescheid, weil sich deine Sekretärin nämlich auf einmal am Telefon ganz anders anhört. Frauen können gar nicht anders, sie müssen immer irgendwelche feinen Andeutungen fallen lassen, hat er gesagt.«

»Stimmt wahrscheinlich«, sagte Trace. »Männer prahlen und Frauen lassen Andeutungen fallen. Und unter dem Strich kommt immer dasselbe raus. Jeder bumst jeden und jeder weiß es. Haben Sie ihn schon mal über ein Mädchen namens Mandy reden hören?«

»Nein, kann ich wirklich nicht sagen«, sagte Rose.

»Wissen Sie vielleicht irgendwas über eine Farm, die er besuchen oder zu der er fahren könnte? Oder von irgendeinem Freund, der möglicherweise eine Farm besitzt?«

Wieder sah Rose verdutzt aus. Er hatte so eine Art, Falten an seinen Augenwinkeln zu bekommen, wenn ihm Fragen unangenehm waren, doch er antwortete schnell. »Nein. Aber ich weiß sehr wohl, daß diese doch sehr genauen Fragen von jemandem kommen, der behauptet, er wüßte nichts über Thomas' momentanen Aufenthaltsort.«

»Da war ein Brief von jemandem mit dem Namen Mandy. Darin wurde erwähnt, mit Collins auf irgendeiner Farm gewesen zu sein. Eine Farm mit einem Whirlpool.«

»Davon weiß ich nichts«, sagte Rose.

»Meinen Sie, Laurie könnte etwas wissen?«

»Vielleicht. Sie macht nicht viel für Thomas, außer seine Anrufe entgegenzunehmen, aber Sie könnten sie ja fragen. Soll ich sie reinrufen?«

Trace sah kurz auf seine Uhr. »Nein«, sagte er dann. »Beschweren Sie sich einfach nur nicht, wenn sie mit mir zu Mittag essen geht.«

»Soll ich für Sie die Partnervermittlung spielen?« fragte Rose lächelnd.

»Ich glaube kaum, daß das bei meinem Charme nötig sein wird«, sagte Trace.

»Okay. Werden Sie ihr sagen, daß Thomas sich aus dem Staub gemacht hat?«

»Nicht, wenn's nicht unbedingt sein muß«, sagte Trace. Er stand auf und ging zur Tür. »Eins noch«, sagte er zu dem Makler.

»Sicher. Was ist es denn?«

»Wieso ist jeder so förmlich, soweit es Collins betrifft? Wieso nennt ihn jeder Thomas?«

»Würden Sie denn Tom Collins genannt werden wollen?« fragte Rose.

»So schlecht ist das auch wieder nicht. Ich kannte mal eine Stripperin, die hieß Brandy Alexander«, sagte Trace.

9

Laurie Anders konnte Trace erst dazu bewegen, das zitronengelbe Restaurant zu betreten, das sich mit »täglichen frischen Sojabohnenkeimen« brüstete, als sie ihm versicherte, daß es an der Bar richtige alkoholische Getränke gab.

Der Laden war ein bißchen im Stil von Old New York, dachte Trace. Weil die Wände aus Formica waren und die Decke aus Holz, und es in dem ganzen Laden nicht einen Vorhang oder einen Teppich oder sonst irgendwas gab, das Lärm absorbieren oder dämpfen konnte, herrschte hier eine Akustik wie in der Kombüse eines chinesischen Passagierdampfers –

oder wie im alten *Sardi's*. Der einzige Unterschied bestand darin, daß sie in New York die Tische dichter zusammenpackten, und hier in Kalifornien war wenigstens genügend Platz zwischen den einzelnen kleinen Tischen, daß man mit seinem Ellenbogen nicht automatisch im Blue Cheese-Dressing seines Nachbarn landete.

Trace haßte den Laden. Er war zu hell, zu laut und zu gottverdammt selbstbewußt fröhlich für einen Mann, der normalerweise seine Mittagspause nur ein klein wenig deprimiert in einem Raum mit der Atmosphäre eines Kerkers verbrachte. Ein bißchen Feuchtigkeit würde auch nicht schaden, beschloß er. Jedes Restaurant sollte ein kleines Leck im Keller haben. Raffiniert wie er war, schaltete er seinen Kassettenrecorder ein.

»Ist Laurie Anders Ihr richtiger Name?«

»Natürlich. Wieso?«

»Es klingt wie ein kalifornischer Name. Wie ein Name auf einer Kinomarkise. Ich hatte gehofft, Sie würden mir sagen, Ihr richtiger Name wäre Angelina Baccigalupa.«

»Sorrry«, sagte sie. »Der Name ist echt. Alles in Kalifornien ist echt, wußten Sie das nicht?«

»Muß mir irgendwie entgangen sein«, sagte Trace. »Hat Mr. Rose Ihnen gesagt, daß Sie mit mir sprechen sollen?«

»Nein. Nachdem ich Sie aus dem Büro geführt habe, hat er mir gesagt, ich sollte mit Ihnen zu Mittag essen gehen. Von Reden hat er nichts gesagt. Ich war sehr verärgert, wissen Sie.«

»Gott, so hausbacken und reizlos bin ich doch gar nicht«, sagte Trace.

»Nein, es klang für mich wie: ›Unterhalten Sie den reichen Kunden von außerhalb.‹ So was mache ich nämlich nicht.«

»Beruhigen Sie sich wieder«, sagte Trace. »Ich bin kein reicher Kunde von woher auch immer. Genaugenommen habe ich mir sogar schon überlegt, wie ich Ihnen die Rechnung für das Mittagessen unterjubeln kann. Hat Rose Ihnen gesagt, was ich will?«

»Nein. Er hat mich einfach nur gebeten zu versuchen, Ihnen behilflich zu sein. Das hat mich ja gerade so sauer gemacht«, sagte Laurie.

»Sie dachten, ich würde Sie für zwei Stunden voller Spaß und ausgelassener Spielchen ins *Econoline Six Motel* schleifen?«

»So was in der Richtung«, sagte sie.

»Ich gehe nirgendwohin, was ich nicht wenigstens für drei Stunden mieten kann«, sagte Trace.

»Ihre Frauen müssen sehr glücklich sein«, sagte sie.

Trace schüttelte seinen Kopf. »Tatsächlich ist es so, daß ich zweieinhalb Stunden brauche, um wieder nüchtern zu werden.«

Die junge Frau hatte wirklich wunderbare blaue Augen, und als er ihr jetzt gegenübersaß, zog der leichte Duft ihres Parfums in Traces Nase. Es war ein natürlicher, frischer Duft. Zuviel Parfum roch nach ranzigem Blüten-Brotaufstrich. Trace mochte Parfums, die ihn an Bäume und Weiden erinnerten, an sanfte Brisen und warmes Sonnenlicht, besonders, da er normalerweise Bäume, Weiden, Brisen oder Sonnenlicht nur durch Parfums kannte.

»Weswegen *gehen* Sie denn mit mir zum Mittagessen aus? *Und* bezahlen die Rechnung?« fragte Laurie. Ihre Stimme war genauso sanft wie ihr gutes Aussehen. Sie trug eine beigefarbene Bluse und einen braunen Rock, der sich eng um ihre Hüften schmiegte. Das war wieder etwas, das er nicht ausstehen konnte: Ballon-Röcke, die die Formen einer Frau wie buschige Nadelkissen aussehen ließen.

»Ich bin gekommen, um Sie beim Film unterzubringen«, sagte Trace.

»Hat Ihnen irgendwer von meinen Kazoo-Soli erzählt? Neuigkeiten verbreiten sich hier bei uns wirklich sehr schnell. Kommen Sie, verkaufen Sie mir eine Versicherung und lassen Sie mich anschließend wieder an meine Arbeit gehen.«

»Ich bin Ermittler«, sagte Trace. »Nun ja, so eine Art Ermittler.«

»Ich habe Ihre Visitenkarte gelesen. Sie arbeiten für die Garrison Fidelity«, sagte Laurie.

»Ich untersuche hin und wieder mal irgendwelche Sachen für sie, wenn mir danach ist.«

»Und im Augenblick ist Ihnen danach, richtig?«

»Ja. Ich suche Thomas Collins«, sagte Trace. »Und ich weiß, ich sollte zu Hause nach ihm suchen, aber er ist nicht zu Hause, und kein Mensch hat ihn seit einer Woche gesehen. Ich dachte, Sie könnten mir vielleicht ein bißchen weiterhelfen.«

»Ich habe ihn auch seit einer Woche nicht mehr gesehen«, sagte sie. »Hilft Ihnen das weiter, wenn alle das gleiche sagen?«

»Nein, nicht sehr«, sagte Trace. Ein leichtes Lächeln lag auf Lauries Gesicht; es war dieser Ausdruck, den Frauen hatten, die schön waren, immer schon schön gewesen waren und schon immer gewohnt waren, Männer um ihren Finger zu wickeln. Trace war das egal.

»Hat er Ihnen gesagt, daß er die Stadt verlassen würde oder irgend etwas in dieser Richtung?« fragte er.

»Nein«, sagte sie, ließ ihre Gabel über dem großen Chef-Salat schweben, den sie sich bestellt hatte, eine unappetitliche Mischung scheinbar ungenießbarer Objekte, die aussahen wie Weinkorken und Froschinnereien. Sie schaute wieder auf, fixierte ihn mit ihren klaren, kalten Augen.

»Ist er wirklich der Typ, der einfach so verschwindet? Wird die Polizei ihn in fünfzehn Jahren unter Gedächtnisschwund leidend in Dubuque wiederfinden?«

»Die Polizei ist noch nicht verständigt worden. Möglicherweise werden sie ihn nie irgendwo finden«, sagte Trace.

»Ist das nicht merkwürdig? Nicht die Polizei zu verständigen, meine ich?« fragte sie.

»Ich denke, sie hat einfach Angst davor, ihn sauer zu machen, falls er doch einfach nur geschäftlich unterwegs ist. Apropos, Sie fungieren auch als seine Sekretärin, richtig?«

»Ich nehme Nachrichten für ihn entgegen. Wenn er im Büro ist, was nicht sonderlich oft der Fall ist, tippe ich auch das eine oder andere für ihn.«

»Würden Sie etwas davon wissen, falls er die Stadt verlassen würde?« fragte Trace.

»Kein Mensch weiß irgendwas darüber, wohin er geht und was er macht. Er sagt es ja nicht einmal Mr. Rose, daher wird er es mir wohl erst recht nicht verraten.«

»Sie wissen nichts? Sie wollen damit sagen, ich gebe drei Dollar für diesen Kaninchenfraß aus, und es bringt mir noch nicht mal was ein?« sagte Trace.

»Ich fürchte, so sieht's wohl aus«, sagte sie.

»Denken Sie, daß er vielleicht auf die Farm gefahren sein könnte?« fragte Trace.

»Nicht für eine ganze Woche«, sagte sie.

»Wieso nicht?«

»Ich habe so das Gefühl, daß er dort nur hinfährt, um . . . Nun ja, ab und zu mal, Sie wissen schon, nur über Nacht.«

»Waren Sie auch schon dort?« fragte Trace.

Die junge Frau errötete einen Augenblick, sah nicht mehr ganz so selbstsicher wie noch vor ein paar Minuten aus, und sagte: »Ich weigere mich, darauf zu antworten, da meine Antworten dazu tendieren könnten, mich in diese Sache hineinzuziehen.«

»Gehört die Farm ihm?« fragte Trace.

»Ich denke, ja. Ich habe nie gefragt.«

»Wissen Sie, seine Frau und sein Partner wissen nichts davon«, sagte Trace.

»Wovon?«

»Davon, daß Collins eine Farm besitzt.«

»Woher wissen Sie es dann?« fragte Laurie.

»Sie haben es mir gerade eben gesagt«, sagte Trace.

Die junge Frau trank einen kleinen Schluck von ihrem Perrier. »Und ich dachte, Sie wären auch wieder nur ein hübscher, aber dummer Bursche«, sagte sie.

»Hinter diesem hübschen Gesicht lauert ein messerscharfer Verstand«, sagte Trace. »Erzählen Sie mir von der Farm.«

»Muß ich? Es ist . . . es ist so billig.«

»Entweder mir oder schließlich doch der Polizei«, sagte Trace. »Und ich bin die bessere Wahl. Wo liegt die Farm?«

»Über die Brücke, ungefähr eine halbe Autostunde von hier. In der Nähe eines Ortes namens Nicasio. Es ist nichts Großes, ein kleines Haus, ein paar Nebengebäude. Angebaut wird dort nichts.«

»Wieso hat er die Farm gekauft?« fragte Trace.

»Das wissen Sie nicht?« Trace schüttelte seinen Kopf, und sie sagte: »Vielleicht sind Sie doch nicht so clever. Thomas benutzt sie, um seine Spielchen zu treiben. Er fährt mit Frauen dorthin.«

»Und Sie waren eine dieser Frauen«, meinte Trace,

sagte es leise, achtete darauf, daß keinerlei Vorwurf in seiner Stimme lag, daß es nichts anderes als einfach nur eine schlichte Feststellung von Tatsachen war.

»Nur einmal«, sagte sie.

»Wann war das?«

»Vor ungefähr einem Jahr, unmittelbar nachdem er sie gekauft hatte.«

»War das das einzige Mal, daß Sie mit ihm geschlafen haben?« fragte Trace.

»Ja.«

»Wie hat er nur seine Finger von Ihnen lassen können? Rose hat mir erzählt, was für ein Typ er ist. Wieso hat er kein Mordstheater um Sie veranstaltet?«

»Er hat«, sagte sie. »Seit meinem ersten Arbeitstag hier tatscht er dauernd an mir rum, grabscht mir an den Hintern, macht dauernd irgendwelche unsittlichen Anträge. Zuerst dachte ich ja, er wäre nur wieder einer dieser tumben Spießer, doch dann wurde mir klar, daß er es ernst meinte. Werden Sie ihm etwas von dem erzählen, was ich Ihnen jetzt sage?« fragte sie plötzlich.

»Auf keinen Fall«, sagte Trace. »Ihm nicht und auch sonst niemandem.«

»Ich schätze, ich glaube Ihnen«, sagte sie. »Sollte ich?«

»Kann gar nichts passieren«, sagte Trace.

Sie dachte darüber eine ganze Weile nach, lange genug für Trace, der Kellnerin ein Zeichen zu geben, einen weiteren Drink zu bringen.

»Okay, Collins ist ein echtes, ausgemachtes Arschloch. Er hört nie auf, läßt einen nie in Ruhe, gleichgültig, wie oft man ihm sagt, daß er es sein lassen soll, gleichgültig, wie oft man klipp und klar nein sagt. Er ist sich nicht zu schade, einem immer wieder zu sagen, daß er der Boss ist, und daß es einem helfen würde, wenn man ein bißchen nett zu ihm ist.«

»Wenn das Ihre Meinung von ihm ist, wieso sind Sie dann mit ihm dort gelandet?«

»Ich habe ihn mir drei Jahre lang von der Pelle gehalten, und dann wurde ich eines Abends schwach. Ich hatte gerade mit einem Freund Schluß gemacht; es war ziemlich chaotisch, und ich fühlte mich beschissen. Thomas war an diesem Abend ziemlich lange im Büro, und ich auch, und, na ja, eins führte zum anderen.«

»Warum hat er Ihrer Meinung nach niemandem davon erzählt?« fragte Trace.

Laurie zuckte mit den Achseln. »Wenn er seiner Frau von der Farm erzählt hätte, was hätte sie ihm dann noch groß genützt?«

»Aber wieso hat er es Rose nicht erzählt? Sie sind schließlich Partner. Haben sie Geheimnisse voreinander?«

»Ich weiß es nicht«, sagte sie.

»Welchen Typ Frauen hat Collins denn so angemacht?« fragte Trace.

»Häßliche.«

»Anwesende ausgenommen«, sagte er lächelnd.

»Sie müssen begreifen, daß wir uns nicht nahe gestanden haben«, sagte sie.

»Selbstverständlich. Ich wäre Ihnen für alles, was Sie mir sagen können, dankbar, und werde es auch für mich behalten.«

»Er läßt sich mit jeder Frau ein, die sich mit ihm einläßt«, sagte sie.

»Professionelle? Nutten?« fragte Trace.

»Ich weiß es nicht. Ich glaube eigentlich nicht. Ich meine, dieser Mann hat ein paar Mäuse, ich glaube nicht, daß er sich mit Nutten einlassen würde. Aber mit Kellnerinnen, Verkäuferinnen, einfach mit jeder, dieser Mann kennt keine Grenzen.«

»Und immer nur One-night Stands?« fragte Trace. »Was ist mit Romanzen? Längeren Verhältnissen? Irgendwas in der Richtung?«

»Ich weiß nicht. Wir sind kaum so was wie Freunde.«

»Wie haben Sie sich ihn denn vom Leib gehalten, nachdem Sie mit ihm auf die Farm gefahren waren?« fragte Trace.

»Nach dieser Sache hat er mich wie die iranische Armee bedrängt, überraschend und mit viel Gebrüll, aber ich habe ihm klipp und klar nein gesagt, nie wieder, es war ein Fehler, und er sollte mich in Ruhe lassen.«

»Und das hat er dann«, sagte Trace.

»Nein, keine Sekunde. Er war immer hinter mir her, aber ich bin nicht weich geworden.«

»Hat er Ihnen gegenüber je über irgendwelche anderen Frauen gesprochen? Erinnern Sie sich an irgendwelche Namen?«

»Er hat an einem Streifen geredet, aber Namen sind nie gefallen. Wissen Sie, es war dieses typische witzelnde Gerede, mit dem ein Salonlöwe einen vollquatscht, mitsamt den hochgezogenen Augenbrauen und dem Zwinkern und all dieser Scheiße, aber immer mit eingebauter Hintertür. Männer wie der können einer Frau jederzeit sagen, sie hätten ja nur Spaß gemacht. Es war Umkleideraum-Gerede, peinlich, aus dem Mund eines sexbesessenen Bürschchens. Ich frage mich, ob Männer wissen, wie sehr Frauen diese Scheiße verabscheuen.«

»Männer, die so reden, sind zu dumm, als daß sie sich dafür interessieren würden«, sagte Trace, kam sich dabei sehr nobel vor. »Hat er je eine Frau namens Mandy erwähnt?«

»Nein. Keine Namen. Vielleicht hat er irgendwann im Verlauf seiner Protzerei so was gesagt, aber ich könnte mich nicht mehr daran erinnern. Gibt es einen besonderen Grund, warum Sie fragen?«

»Ich habe einen kurzen Brief gefunden, in dem stand, daß jemand mit dem Namen Mandy zusammen mit ihm auf der Farm war«, sagte Trace.

»Tut mir leid. Der Name sagt mir nichts.«

»Was halten Sie von Mrs. Collins?« fragte Trace.

»Sie ist Ihre Klientin. Was kann ich sagen?«

»Die Wahrheit ist normalerweise gut«, sagte Trace.

»In Ordnung. Schlagen Sie in jedem x-beliebigen Wörterbuch das Wort ›mausgrau‹ nach, und Sie finden ihre Beschreibung. Wissen Sie, wenn sie im Büro anruft, dann läuft das ›flüster, flüster, tut mir schrecklich leid, stören Sie ihn bitte nicht, aber kann ich Thomas vielleicht mal kurz sprechen, wenn er im Augenblick nicht zu beschäftigt ist.‹ So in der Richtung.«

»Dann ist sie also keine Freundin, mit der Sie am Telefon plaudern könnten?«

»Nein. Ich sehe sie einmal im Jahr auf Büro-Parties. Vielleicht zweimal, wenn wir einen Ausflug oder so machen.«

»Sie und Collins kommen miteinander aus?« fragte Trace.

»Ich denke. Allerdings glaube ich nicht, daß ihre Tocher Collins besonders mag.«

»Wie kommen Sie darauf?«

»Sie ist einmal zusammen mit ihrer Mutter ins Büro gekommen, als Thomas dort war. Die Blicke, die sie ihm zugeworfen hat, haben mich auf diesen Gedanken gebracht.«

»Was halten *Sie* von Collins?« fragte Trace.

»Ich verabscheue ihn«, sagte sie.

»Wie läuft die Partnerschaft? Mit Rose, meine ich. Verdienen sie Geld?«

»Mr. Rose ist ein wunderbarer Chef. Ich glaube, er und Collins kommen ganz gut miteinander aus, aber ob sie Geld machen, kann ich Ihnen wirklich nicht sagen. Mr. Rose beklagt sich praktisch pausenlos, aber das ist in der Immobilienbranche andererseits auch wieder völlig normal.«

»In Ordnung. Und jetzt die wirklich wichtige Frage«, sagte Trace.

»Die wäre?«

»Was hat ein hübsches Mädchen wie Sie an so einem Ort zu suchen?«

»Es ist ein guter Job, und ich kann damit mein Jurastudium finanzieren, das ich nach Feierabend mache«, sagte sie.

»Mein Gott. Noch ein Anwalt. Haben wir denn nicht schon genug Anwälte?«

»Nicht genug gute. Von guten Sachen gibt es nie genug«, sagte sie.

»Genau das sage ich auch immer meiner Freundin. Stehen Sie kurz vor dem Examen?«

»Noch ein Semester.«

»Noch eins«, sagte Trace. »Sie waren wirklich sehr offen und ehrlich zu mir, und das mußten Sie nicht. Wieso?«

»Das juckt mich nicht«, sagte sie. »Was werden sie schon groß tun, mich feuern? Ich habe ihnen sowieso bereits angekündigt, daß ich Ende des Monats gehe.«

Trace nickte, und sie machten noch ein bißchen Smalltalk, er bestellte sich noch einen weiteren Drink und bedankte sich schließlich bei ihr für ihre Hilfe.

Tatsächlich hatte sie ihm vor allem dadurch geholfen, daß sie die Existenz der Farm bestätigt und ihm gesagt hatte, wo sie lag.

Jetzt wollte er in irgendeine ruhige Bar gehen, sich hinsetzen und darüber nachdenken, ob er mit dieser Information etwas anfangen wollte oder nicht.

10

Trace fand Chico in der Cocktail Lounge des Hotels, wo sie an einem Tisch in der Ecke saß, große Hände voll Austern-Cracker in sich hineinstopfte, Tee schlürfte und in Lichtgeschwindigkeit auf Japanisch mit Mr. Nishimoto redete.

Als er Trace sah, stand er auf und verbeugte sich leicht. »Ahhh«, sagte er. »Bataan. Schade, wil uns nicht begegnet.«

»Ganz meinerseits«, sagte Trace. »Und ich hoffe, wir begegnen uns schon sehr bald wieder nicht.« Er rutschte neben Chico auf die Sitzbank, und Mr. Nishimoto verbeugte sich und ging schnell fort.

»Was hat das zu bedeuten?«

»Ich hab's dir doch schon gesagt . . . Er ist an meiner Mutter interessiert«, sagte Chico.

»Wenn er so an ihr interessiert ist, wieso redet er dann nicht mit ihr?«

»Das wäre unhöflich«, sagte Chico. »Er rechnet damit, daß ich meine Mutter wissen lasse, daß er an ihr interessiert ist. Auf diese Weise kann sie ihn, falls sie nicht interessiert ist, weiterhin ignorieren, ohne ihn dadurch zu beleidigen, daß sie ihn zurückweist.«

»Und wenn sie interessiert ist?« sagte Trace.

»Dann kann sie nett zu ihm sein, ohne das Risiko einzugehen, selbst zurückgewiesen zu werden und Selbstmord begehen zu müssen«, sagte Chico.

»Das ist mir einfach zu gottverdammt unergründlich, und ich dachte, daß ich nach drei Jahren Zusammenleben mit dir ziemlich viel hätte ergründen können«, sagte Trace.

»Vertrau mir. So wird es eben gemacht«, sagte Chico.

»Mir gefällt die Vorstellung nicht, daß du den Partnerschaftsvermittler für deine Mutter spielst«, sagte er.

»Warum nicht?«

»Angenommen, sie kommt auf die Idee, das gleiche für dich zu tun?« sagte er. »Wo bleibe ich dann?«

»Verkneif dir diesen Gedanken, Barbar«, sagte sie.

Chico hatte die Fisch-Cracker aufgegessen, und Trace bat die Kellnerin, neue zu bringen, zusammen mit einem doppelten Wodka on the rocks.

»Wo bist du gewesen?« fragte sie, als er an seinem Drink nippte.

»Der Laden hier hat mich gelangweilt, daher bin ich raus auf die Straße, um mal zu sehen, ob ich vielleicht Glück bei einer dieser nordkalifornischen Schönheiten habe, aber die beiden anderen nicht schwulen Burschen hier in der Stadt hatten für heute schon alles ausgebucht, daher bin ich zu dir zurückgekommen.«

»Sollte ich micht jetzt geschmeichelt fühlen?«

»Und ich dachte mir, Trace, dachte ich, was soll der Scheiß, dich nach Hamburgern umzusehen, wenn du doch Filet im Hotel hast. Genau das hab' ich gedacht, wirklich.«

»Auf solch wunderbare Weise bin ich noch nie ein Stück Fleisch genannt worden«, sagte sie.

»Du hast ein Talent, bei allem die Schattenseite zu sehen«, sagte er. »Jedenfalls dachte ich mir: Wieso gehst du nicht einfach deinen Schatz retten, der diesen Kongreß doch inzwischen gründlich satt haben muß und der höchstwahrscheinlich mal was Abwechslung gebrauchen könnte, und wieso machst du nicht einfach mit ihr eine kleine nette Spritztour aufs wunderschöne kalifornische Land?«

»Die große Geste«, sagte sie. »Ich liebe es. Dann los.«

»Kommt deine Mutter alleine klar?« fragte er.

»Ja. Sie ist gerade bei einem Vortrag über Blumenstecken in einer sich verändernden Welt.«

»Hmmm, bist du sicher, daß du nicht auch hin willst?«

Trace genoß es, in San Francisco Auto zu fahren. Bei seinem ersten Besuch in dieser Stadt war er von seinem Hotel aus zu Fuß irgendwohin gegangen. Wie die meisten New Yorker hatte er seinen Fuß vom Bordstein auf die Straße gesetzt, bevor die Ampel auf Grün umgeschlagen war, um einen Vorsprung vor den anderen zu bekommen. Schlagartig hatten Autos, die aus allen vier Richtungen kamen, mit quietschenden Reifen angehalten. Trace war ganz perplex gewesen: Eine Panzersperre, die von Transvestiten errichtet worden war, konnte in Manhattan den Verkehr nicht aufhalten. Aber ein Mann, der neben ihm stand, erklärte es: »Sie haben angehalten, weil Sie auf die Fahrbahn getreten sind.«

Trace sprang auf den Bürgersteig zurück, und augenblicklich erwachte der Verkehr wieder brüllend zum Leben. Dieses beinahe mystische Wissen verlieh ihm ein wunderbar wahnsinniges Gefühl der Macht, und Trace machte sich höfliches Verhalten im Verkehr zum Hobby: »Nach Ihnen!« »Nein, bitte . . . nach *Ihnen*. Ich bestehe dauraf.« Meilenweit verstopfte Straßen.

Seinem Zeitvertreib auch hinter dem Steuer nachzugehen war ausgemachte Sache: Jedesmal, wenn er fuhr, hielt er nach Leuten Ausschau, die am Bordstein standen – ja sogar lagen –, damit er anhalten und ein Verkehrschaos veranstalten konnte.

Genau das machte er auch jetzt wieder, und Chico sagte: »Als du gesagt hast, du wolltest eine Spazierfahrt mit mir machen, dachte ich nicht, daß du damit meintest, an jeder Ecke anzuhalten.«

»In Ordnung«, sagte er. »Ein Bursche kann nicht mal ein bißchen Spaß haben.«

Als sie über die Golden Gate Bridge fuhren, erzählte er ihr von Thomas Collins, von dem Brief einer gewissen Mandy und von seinem Mittagessen mit Laurie Anders.

»Das hört sich für mich ganz so an, als hätte er seine Frau verlassen«, sagte Chico.

»Das denke ich auch«, sagte er, »obschon ich nicht weiß, wo er ein besseres Geschäft machen will. Er ist kein Supertyp, und seine Frau ist ein leichtgläubiges Opfer. Eine wie die findet er so schnell nicht wieder.«

Sie fuhren durch das Marin County und bogen kurz vor Nicasio auf eine kleine Straße ab. Trace versuchte, die Richtungsangaben zu lesen, die auf Betonpfosten gepinselt worden waren, die an den Straßenecken standen, doch die Schrift war verblichen und undeutlich, und er konnte nichts entziffern.

»Ich dachte, wir würden ein bißchen rausfahren«, sagte Chico.

»Was glaubst du denn, was wir hier machen, im Weltraum spazierengehen, oder was?«

»Ich glaube, daß du an jeder Ecke abbremst und nach irgendwas suchst. Das ist keine Fahrt, das ist eine Mission.«

»Ich suche nach Collins' Farm«, sagte er. »Ich

dachte mir, es wäre vielleicht nett, da mal vorbeizuschauen.«

»Meinst du, er hat Ziegen und Hühner?« fragte sie.

»Ja. Und Pferde und Esel und Schafe und große Muh-Kuhs und einen sehr gemeinen Bullen, dem keiner zu nahe kommen darf.«

»Gut. Wo ist die Farm?«

»Ich hab' keine Ahnung. Ich kann die Hinweisschilder nicht lesen«, sagte er.

»Halt an und frag nach dem Weg.«

»Das funktioniert doch nie.«

»Was soll das heißen, das funktioniert doch nie«, fragte Chico.

»Jedesmal, wenn ich anhalte und irgendwen nach dem Weg irgendwohin frage, stellt sich dieser jemand als der einzige Mensch in den Staaten heraus, der kein Wort Englisch spricht. Oder er ist, falls er Englisch spricht, nur zu Besuch hier und hat keinen Schimmer, wo was ist. Oder wenn er Englisch spricht und nicht nur auf Besuch hier ist, dann ist er mit Sicherheit der blödeste Bastard, der je gelebt hat, und er könnte nicht mal seinen eigenen Fuß in seinem Schuh finden, wenn man ihm nicht genau sagen würde, wo er suchen müßte.«

»Tja, dann frage ich eben«, sagte Chico. »Ich hab' wirklich Glück bei solchen Dingen. Und da haben wir ja auch schon einen Einheimischen.«

Trace fuhr an den Straßenrand, als ihnen ein Mann den schmalen Bürgersteig neben der Straße hinunter entgegenkam.

»Wie heißt das, wonach wir suchen?« fragte Chico.

»Es heißt die alte Walters Farm. Sie liegt an der Palmer Road.«

»Paß jetzt genau auf, wie ich's mache«, sagte sie.

Chico kurbelte das Seitenfenster herunter, und als

der Mann auf einer Höhe mit dem Wagen war, rief sie: »Entschuldigen Sie bitte, Sir.«

Der Mann blieb stehen und sah sie an. Er war in den Sechzigern, und er trug einen dunkelbraunen Anzug, der schmutzig war und nicht paßte. Unter der Jacke trug er ein T-Shirt.

»Gott kommt bald«, intonierte der Mann. »Werden Sie dann bereit sein?«

Trace lachte. Chico stieß ihm mit ihrem spitzen kleinen Ellbogen in die Rippen. »Halt's Maul, du Heide«, zischte sie.

»Wir werden versuchen, dann bereit zu sein. Werden es wirklich versuchen«, sagte sie zu dem Mann.

»Es ist schon zu spät. Alle sind verdammt.« Der Mann hob eine Hand über seinen Kopf, deutete zum Himmel, als wollte er zeigen, wo das Schicksal herkam.

»Tja, wenn wir sowieso alle verdammt sind«, sagte Chico, »wüßte ich wirklich keinen besseren Ort, um verdammt zu sein, als die alte Walters Farm an der Palmer Road. Wo ist das überhaupt?«

»Es gibt kein Versteck«, brüllte der Mann.

»Wir wollen uns da ja auch nicht verstecken. Wir wollen einfach vor dem Armageddon noch die Kühe melken«, sagte Chico.

»Kann ich jetzt weiterfahren?« sagte Trace.

»Kommt gar nicht in Frage. Wir kommen der Sache näher. Ich kann es spüren«, sagte Chico.

Der Mann plapperte immer noch, jetzt über das Armageddon.

»Die alte Walters Farm. Wir treffen uns alle dort. Wo ist sie?« fragte Chico den Mann.

Mitten im Satz hörte er auf zu sprechen. »Wer trifft sich dort?«

»Die Kinder der Bibel«, sagte Chico. »Oh, die Macht, die uns gehört. Die ewige Herrlichkeit. Wo liegt die alte Walters Farm?«

»Die ewige Herrlichkeit«, sagte der Mann. Er fuchtelte mit seinem Arm die Straße hinunter. »Da unten rechts. Eine halbe Meile. Da steht ein Schild.«

»Gelobt sei der Herr«, sagte Chico. »Danke.«

»Das Ende naht«, sagte der Mann.

»Und nicht einen Augenblick zu früh«, sagte Chico.

»Ehre sei Gott in der Höhe«, sagte er.

»Halleluja, Halleluja«, sagte Chico.

»Einen schönen Tag noch«, brüllte Trace dem Mann zu und fuhr los.

Die Farm lag genau dort, wo sie nach Angaben des Irren liegen sollte, auf der rechten Seite, am Ende einer langen unbefestigten Zufahrt, die eine leichte Anhöhe zu der Stelle hinaufführte, wo das Haus oberhalb des Weges lag.

Es gab keine Garage; der Weg hörte einfach neben dem Haus auf. Links neben dem Gehöft, etwa dreißig Meter entfernt, bemerkte Trace ein wackeliges Holzgebäude, das, seinen Abmessungen nach, wie eine Kreuzung zwischen Scheune und Geräteschuppen aussah. Soweit er das erkennen konnte, wurde auf dieser Farm, abgesehen von ein paar Obstbäumen, nichts angebaut, und die sahen aus, als wären sie sich selbst überlassen worden. Wildblumen und hohes, lange nicht gemähtes Gras wucherten um ihre Stämme.

»Wonach suchst du?« fragte Chico.

»Collins' Wagen. Weit und breit nichts davon zu sehen. Ich schätze, er ist nicht hier«, sagte Trace.

»Alles, was das sagt, ist, daß sein Wagen nicht hier ist«, sagte Chico. »Laß uns mal nachsehen, ob irgendwer daheim ist. So sagen wir Leute vom Land das. ›Daheim.‹ «

Die Haustür lag zum Weg hin. Sie war ebenerdig, hatte nicht mal eine einzige Stufe, die zu einer Veranda hinaufführte. Niemand antwortete auf ihr Klingeln, und die Tür war verschlossen.

Auf der Rückseite des Hauses entdeckten sie eine weitere Tür. Als sie durch die Glasscheibe blickten, sahen sie, daß sie in die Küche führte, doch auch hier reagierte niemand auf ihr Klopfen und auch diese Tür war abgeschlossen.

»Tja, zu schade«, sagte Trace. »Meine einzige Hoffnung war, daß wir einen Treffer landen und ihn hier oben finden würden.«

»Ja, wirklich zu schade«, sagte Chico. »Nettes kleines Haus. Würdest du gerne auf dem Land leben, Trace?«

»Wenn das Ungeziefer und die Mäuse ausgezogen sind«, sagte Trace.

»Dumm. Das macht doch gerade einen Teil des Reizes das Landes aus.«

»Wenn's so reizend ist, wieso hast du dann gedroht, den Verwalter unseres Hauses umzubringen, als du eine Maus in der Wohnung entdeckt hast?«

»Das war was anderes. Das war ganz sicher eine Stadtmaus. Hier draußen kommen die Mäuse direkt von Walt Disney. Sie singen dir nachts ein Schlaflied«, sagte Chico.

»Tja, das wäre vielleicht mal eine hübsche Abwechslung«, sagte Trace. »Jemand Nettes, der mit mir mein Schlafzimmer teilt. Es schafft einen ganz schön, zwei schnarchende Asiaten im Nachbarzimmer zu haben.«

»Aaaah, dir fehlt der Sinn für Romantik, Trace.«

»Mein Sinn für Romantik ist übermäßig stark ausgeprägt. Deswegen hasse ich es ja auch, allein zu schlafen«, sagte er.

Chico ließ ihn stehen und begann wieder auf die Vorderseite des Hauses zurückzugehen. Als er sie schließlich wieder einholte, stand sie vor der Haustür und hatte dieses bösartige Lächeln auf dem Gesicht, das er kennen und dem zu mißtrauen er gelernt hatte.

»Wieso grinst du so süffisant?«

»Komm mal her, Dummi«, sagte sie.

Er trat neben sie vor die Tür, und sie sagte: »Wenn du ein Hausschlüssel wärst, wo würdest du dich dann verstecken?«

Trace sagte: »Unter der Fußmatte.«

»Hier gibt's keine Fußmatte.«

»Dann eben in der Milchkiste«, sagte er.

»Dito die Milchkiste.«

»Okay, okay, keine Milchkiste. Dann eben über der Tür. Definitiv über der Tür.«

»Dann streck mal deinen Arm aus und sieh selbst nach«, sagte sie.

Er ließ seine Hand über den Türrahmen gleiten.

Kein Schlüssel.

»Das ist mit Abstand das Blödeste, das ich je für dich machen mußte«, sagte er. »Das einzige, was dabei rausgekommen ist, sind dreckige Finger.«

»Dein ganzes Denken ist in der Vergangenheit verwurzelt«, sagte sie. »Heutzutage verstecken die Leute ihre Schlüssel nicht mehr unter der Fußmatte oder über der Tür.«

»Wo tun sie sie denn dann bitte schön hin?« fragte er.

»Sie verstecken sie in kleinen künstlichen Steinen. *Voilá.*«

Sie zog ihre Hand hinter ihrem Rücken hervor. Darin lag ein grauer Stein genau wie die anderen grauen Steine, die einige der Büsche und Sträucher einfaßten, die vor dem Haus wuchsen. In Gedanken drehte sie den Stein um. Darunter befand sich eine kleine Fiberglasscheibe, die an einem Ende mit einer Schraube befestigt war, die wiederum in den Stein eingelassen worden war.

Sie schob die Fiberglasscheibe zurück, und darunter kam ein Hausschlüssel zum Vorschein.

»Sehr clever«, sagte Trace.

»Danke.« Sie gab ihm den Schlüssel. »Na los, mach schon. Du brichst ein. Falls Nachbarn die Cops rufen sollten, möchte ich nichts damit zu tun haben.«

»Aha, du meinst also, du wärst ganz besonders raffiniert, was das Gesetz angeht, hm?« sagte Trace. »Aber du wirst trotzdem immer noch ein Komplize sein.«

»Ich werde einfach behaupten, du hättest mich entführt. Ich war einfach nur auf einem kleinen Kongreß, und dann hast du mich gezwungen, mit dir zu kommen. Du hast gesagt, wenn ich nicht mit dir kommen würde, dann würdest du es an dem armen Mr. Nishimoto auslassen.«

Trace schob die Haustür auf und rief hinein: »Ist jemand zu Hause?«

Keine Antwort.

»Juuuuhuuuu. Die Begrüßungstruppe ist da. Jemand zu Hause?«

»Keiner ist zu Hause«, sagte er zu Chico, als sie hineingingen.

Durch die Haustür gelangte man direkt in ein kleines Wohnzimmer, das mit Abstand der unordentlichste Raum war, den Trace je gesehen hatte. Überall verstreut lagen Zeitungen herum. Halbleere Kaffeetassen standen auf Beistelltischen, verrotteten langsam vor sich hin. Ein einziger Aschenbecher floß über vor Kippen. Staubknäuel lagen in den Ecken, die Couchkissen lagen schief; die nach hinten hinausführenden Fenster, durch die die Nachmittagssonne trüb hereinfiel, sahen aus, als wären sie noch nie geputzt worden.

»Sieh's dir genau an, Trace«, sagte Chico. »So wirst du auch leben, falls du dich je entschließen solltest auszuziehen.«

»Verdammt unwahrscheinlich«, sagte er. »Ich besorg' mir einfach eine andere ordentliche Zimmergenossin.«

»Hund«, sagte sie.

Rechts vom Wohnzimmer befanden sich zwei kleine Schlafzimmer; die Tür auf der linken Seite führte in eine große Eß-Küche, in deren gegenüberliegender Ecke eine Tür ins Bad führte.

Die Küche war genauso schmutzig wie das Wohnzimmer. Geschirr stapelte sich in der Spüle und auf dem Tisch. Töpfe auf dem Herd sahen aus, als wären sie wiederholt benutzt, aber nie gespült worden.

Chico nahm einen Schwamm, feuchtete ihn unter dem Wasserhahn an und begann zu wischen, während sie in dem Raum herumwanderte.

Trace kehrte ins Wohnzimmer zurück. Hinter sich hörte er Chico schimpfen, daß nichts Anständiges zu essen im Haus war. Dann steckte sie ihren Kopf durch die Tür zwischen den beiden Zimmern.

»Hast du vielleicht langsam Hunger?« fragte sie.

»Hast *du* schon wieder Hunger?«

»Ich hab' seit . . .«

»Seit dem Mittagessen nichts mehr gegessen. Vor zwei Stunden. Kriegst du eigentlich nie genug?« fragte er.

»Vielleicht nur ein kleines Häppchen. Meinst du, er hätte was dagegen, wenn ich uns eine Kleinigkeit zaubern würde?«

»Nein. Was zum Teufel. Wir suchen ihn schließlich.

Wenn er auftaucht, wird er über mehr zu reden haben als über die Tatsache, daß du seine letzte Dose Schweinefleisch mit Bohnen vernichtet hast.«

»Gut überlegt, Trace.«

Trace warf einen Blick durch das schmutzige Fenster auf das Gelände hinter dem Haus. Er sah den kleinen Geräteschuppen ein Stückchen weiter links und dann die Bäume, die überall dort auf dem Grundstück wuchsen, wohin der Samen auch immer fiel. Es gab keine Zäune und keinerlei Anhaltspunkt darauf, wo dieses Grundstück aufhörte und das Land des Nachbarn begann.

Die einzigen beiden von dort aus sichtbaren Häuser standen weit auseinander und lagen wenigstens fünfhundert Meter entfernt.

Trace fand, daß das Wohnzimmer wie eine miese billige Absteige aussah, nur nicht ganz so ordentlich. Was wußte er denn schon, unter all diesen Zeitungen konnte gut und gerne eine Leiche liegen.

Er schob Sachen zur Seite, räumte ein wenig auf, während er durch den Raum ging, fand unter der oberen Schicht Staub und Unordnung jedoch nichts außer alten Tageszeitungen und Illustrierten.

Das Bett im ersten Schlafzimmer war ungemacht. Im Kleiderschrank befand sich nur eine Jeans von Calvin Klein, Herrengröße, bemerkte Trace angewidert. Abgesehen von etwas Herrenunterwäsche und ein paar einfachen grauen Sweatshirts war auch die Kommode leer.

Das andere Schlafzimmer war als kleines Büro eingerichtet worden. Dort stand ein einfacher Holzschreibtisch, klein, einer, von der Sorte, wie sie häufig in Kinderzimmern benutzt wurden. Auf diesem Schreibtisch stand ein Telefon, das funktionierte. In den Schreibtischschubladen fand er nur die üblichen

Büroutensilien: Kugelschreiber, Blöcke, eine Heftmaschine, eine Schachtel Büroklammern, vier Immobilien-Handbücher.

Ganz hinten im Schreibtisch, unter einer Zeitung, fand er einen Rolodex. Er schlug ihn bei den *M*s auf. Keine Mandy. Er ging sorgfältig alle Einträge durch, doch dort befanden sich nur etwa ein Dutzend Namen, die anscheinend ausnahmslos irgendwelchen Immobilienmaklern und Anwälten gehörten und rein geschäftlicher Natur waren.

Es sah ganz einfach wie ein Außenbüro von Thomas Collins aus. Und doch schien irgendwas zu fehlen, obschon Trace nicht einfiel, was es war.

Er kehrte ins Wohnzimmer zurück und hörte Chico in der Küche herumwerkeln und leise vor sich hin summen. Sie schien immer dann am glücklichsten zu sein, dachte Trace, wenn sie aß oder ein Essen vorbereitete. Falls sie genügend gutes Karma entwickelte, dann mochte sie in ihrem nächsten Leben sehr gut als Gottesanbeterin zurückkommen, jeden Tag das Zehnfache ihres eigenen Gewichtes vertilgen und nonstop von morgens bis abends essen.

Frau zu sein war, alles in allem, schon eine ziemlich gute Sache, dachte er. Mach dir einfach nur Gedanken über das Essen und ignoriere die wirklich großen Fragen wie Wahrheit, Gerechtigkeit, Haushaltsdefizite und Moral. Wenn er zurückkam, dann würde er vielleicht als Frau wiedergeboren werden.

Seine Ex-Frau vielleicht auch, dachte er.

»Das Essen ist in einer Minute fertig«, rief Chico.

»Du veranstaltest doch wohl kein Durcheinander in dieser Küche, oder?«

»Du wirst sie nicht wiedererkennen«, hörte er sie sagen.

Der Whirlpool. Das war's. In dem Brief von Mandy

war der Whirlpool auf der Farm erwähnt worden, aber wo war in diesem Chaos noch Platz für einen Whirlpool?

Er öffnete die Tür aus dem Wohnzimmer auf die Rückseite des Hauses und fand die Redwood-Wanne ein Stück zur Seite, eingelassen in eine kleine Holzplattform und umgeben von hohen Sträuchern. Im Osten verwendete man Fiberglas; in Kalifornien tat es nichts unter einer großen organischen Wanne aus organischem Holz. Auf der Wanne lag eine hölzerne Abdeckung wie ein überdimensionaler Kanaldeckel. Er schob ihn zur Seite. Das Wasser war ruhig und klar und, als er einen Finger hineinsteckte, kalt.

Er fand die Kontrollinstrumente in einem wetterfesten Schaltkasten neben einer Bank auf der kleinen Plattform und schaltete den Whirlpool ein. Augenblicklich zischten starke Wasserstrahlen aus drei verschiedenen Düsen in die Wanne, und Trace dachte: Zum Teufel auch, wieso eigentlich nicht?

Wieder im Haus brüllte er: »Frau, gibt's in diesem Haus hier irgendwo Wodka?«

»Woher soll ich das wissen? Ich bin auf das Stehlen von Lebensmitteln spezialisiert, nicht auf Alkohol.«

Nachdem er ergebnislos die Schränke durchsucht hatte und Chico dabei in die Quere gekommen war, fand Trace schließlich versteckt unter der Spüle den Alkohol. Wieder ein Minuspunkt für Thomas Collins. Alkohol sollte offen und stolz aufbewahrt werden, als eine Art Totem des zivilisierten Mannes, der ein zivilisiertes Leben führt. Menschen, die Alkohol unter der Spüle versteckten, waren schmutzige, kleine bösartige Trinker, die glaubten, daß Alkohol im Grunde etwas Schädliches und Verwerfliches war. *Drano* gehörte unter die Spüle; Alkohol gehörte deutlich sichtbar auf die Arbeitsfläche.

Und noch ein schwerwiegender Punkt gegen Thomas Collins. Er hatte keinen Wodka. Er hatte eine Flasche billigen Rum, noch billigeren Scotch und einen Rye, der so zwielichtigen Ursprungs war, daß Trace aufrichtig überrascht war, daß er überhaupt noch braun war.

Er fing mit dem Scotch an, mischte ihn mit Wasser aus dem Kran und warf ein paar Eiswürfel aus der Eisschale des winzigen alten Kühlschranks hinein, der kaum groß genug für eine Stange Zigaretten war.

Die Küche war bereits auf dem besten Weg zu einem sauberen Zustand. Der größte Teil des Mülls war zur Seite geräumt worden; Geschirr stand ordentlich gestapelt auf der Spüle, und der kleine Küchentisch war abgewaschen und mit zwei Tellern, Besteck und Papierservietten gedeckt worden. Chico hatte Papierhandtücher zu Platzdeckchen umfunktioniert. In der Mitte des Tisches stand eine Schüssel mit irgendwas Grünem und Dampfendem.

»Setz dich und iß«, sagte Chico, als sie sich setzte. »Ich verhungere. Kochen macht mich immer unglaublich hungrig.«

Er setzte sich ihr gegenüber an den Tisch, den Scotch in der Hand, und schaute wenig begeistert zu, wie sie eine Portion des Essens auf seinen Teller lud. Sie trank wie immer zum Essen einen Schluck aus einem großen Glas Wasser.

»Nam, nam«, sagte Trace. »Was ist das für ein Pamp?«

»Das ist eine japanische Spezialität«, sagte sie.

»Wo ist der rohe Fisch?«

»Kein lohel Fisch. Das sind Leste. Hühnelklein und tiefgeflolenes Gemüse, das Ganze in einel speziellen Soße eigener Kreation.«

»Ich kann diesen Schlabber nicht essen«, sagte er.

»Gut. Mehr für mich.«

Er aß ein paar Gabeln von dem Essen, leerte sein Glas und ging zur Arbeitsfläche, um sich einen neuen Drink zu mixen. Als er sich umdrehte, hatte Chico ihre Teller vertauscht und aß jetzt seine Portion. Ihr leerer Teller stand auf seinem Platz.

»Ich dachte, du wärst fertig«, nuschelte sie mit vollem Mund.

Er lehnte sich gegen die Spüle und schaute ihr beim Essen zu. Es war so ähnlich, als würde man sich einen Zeitrafferfilm ansehen – Tausende von Jahren komprimiert auf ein paar Sekunden –, der zum Beispiel zeigte, wie sich der Colorado durch Hunderte Meter Fels schnitt, um schließlich den Grand Canyon zu bilden. Chicos Art zu essen hatte etwas genauso Unaufhaltsames. Es war wie eine Naturgewalt.

»Du ißt wie jemand, der mit vierzehn Geschwistern aufgewachsen ist«, sagte er.

Sie brummte zustimmend.

»Im Armenhaus«, sagte er.

Sie nickte zustimmend, ohne auch nur eine Sekunde mit Kauen aufzuhören.

»Wenn Dickens dich gekannt hätte, hätte er garantiert ein Buch über dich geschrieben. Du wärst dann heute ein großer Star. Du würdest sogar einen eigenen Fernsehfilm kriegen. *Das Ding, das die Welt auffraß.*«

Schließlich würgte und schluckte sie noch einmal und stand auf. »Verschwinde von hier, und geh Detektiv spielen. Ich will jetzt abwaschen.«

Das Wasser im Whirlpool war inzwischen deutlich wärmer geworden, so daß Trace jetzt seine Kleider auszog, sie auf einen Haufen auf die kleine Bank neben der Wanne warf und sich in das wärmer werdende Wasser setzte. Er streckte seinen Arm aus und drückte auf einen der Schalter in dem Schaltkasten, und schon begann heißes Wasser durch die Düsen auf dem Boden der Wanne aufzusprudeln. Der Motor, der das Luft-Wasser-Gemisch pumpte, hörte sich wie ein Staubsauger an, mit dem Heftzwecken aufgesaugt wurden. Es dauert nicht lange, bis Chico aus dem Haus kam , um nachzuschauen, was dieses Geräusch verursachte.

Sie schob ihren Kopf durch die Büsche und sah ihn in der Wanne.

»Komm auch rein, das Wasser ist prima«, sagte er.

»Also, du bist doch wohl abartig, oder?« sagte sie.

Sie riß ihm das Scotchglas aus der Hand und ging wieder. Als sie ein paar Minuten später wieder auf die Plattform zurückkehrte, war sie nackt und hielt ein frisches Glas in der Hand.

»So mag ich dich am liebsten«, sagte Trace, als Chico ihm das Glas reichte und sich ins warme, sprudelnde Wasser hinabsinken ließ. »Ohne Kleider und ohne große Ambitionen, wie du deinen Mann bedienst.«

»Hättest du wohl gerne«, sagte sie. »Ich hoffe nur, daß dieser Bursche keinen Herpes hat.«

»Auf dich kann man sich wirklich verlassen, wenn man einen Weg sucht, wie man einen romantischen Augenblick versauen kann«, sagte Trace.

»Fein, fein, Mr. Tracy, nachdem Sie sich jetzt in unserem kalifornischen Körper-Therapieinstitut vollkommen entspannt haben, wie wär's, wenn Sie mir jetzt verraten würden, was genau Ihr Problem ist?« sagte Chico.

»Ich bin völlig normal.«

»Erste Regel in unserem Körper-Therapieinstitut ist: Niemand ist vollkommen normal. Jeder ist krank.

Andernfalls, wieso sonst hat Gott Kalifornien erfunden? Wieso sind Sie nicht verheiratet?«

»Ich war verheiratet, aber es hat eben nicht geklappt.«

»Warum denn nicht?«

»Meine Frau wollte, daß ich mit ihr schlafe.«

»Und Sie mögen keinen Sex?«

»Ich mochte meine Frau nicht«, sagte Trace. »Sie hatte diese beunruhigende Angewohnheit, schwanger zu werden.«

»Dann haben Sie also Kinder?«

»Ach. Ich meine, ja. Zwei Kinder. Wie-heißt-er-noch-gleich und das Mädchen.«

»Welcher Art ist Ihre Beziehung zu ihnen?«

»Sie ist sehr gut«, sagte Trace.

»Erzählen Sie mir davon.«

»Ich habe sie seit vier Jahren nicht mehr gesehen.«

»Wie können Sie so etwas für eine gute Beziehung halten?«

»Wie kann man das für weniger als einfach nur perfekt halten?« fragte Trace.

»Und seit Sie sich von ihnen haben scheiden lassen ist Ihr Leben glücklich und erfüllt gewesen?«

»Nein, es ist trist und erbärmlich gewesen«, sagte Trace. »Zuerst war ich Steuerberater, dann Spieler, und aus dem Spieler wurde schließlich ein Süchtiger. Sie müssen wissen, ich bin an diese verrückte eurasische Frau gekettet worden, die meine Lebenssäfte aussaugt. Und wenn das noch nicht erniedrigend genug ist, ich muß jeden Tag wenigstens drei gestohlene Fernseher verhehlen, nur um sie im Futter zu halten.«

»Die Diagnose ist ziemlich klar«, sagte Chico. »Sehr klar sogar.«

»Ja? Was kann ich tun, Doktor?«

»Haben Sie schon mal etwas von Selbstmord gehört?« sagte Chico.

»Weißt du, Chico, du bist besser als die meisten anderen Therapeuten. Du empfiehlst Selbstmord schon bei der ersten Sitzung. Denk an all das viele Geld, das du deinen Patienten sparst.«

»Bei uns ist der Kunde immer König«, sagte sie. Sie schaute zu einem Vogelschwarm auf, der geräuschvoll über den Himmel flatterte. Eine sanfte Brise raschelte in den Sträuchern, die den Whirlpool umgaben. »Du tust dir wirklich richtig leid, stimmt's?« sagte sie.

»Andere Leute tun mir mehr leid.«

»Wie zum Beispiel wer?«

»Frauen, die Bodybuilding machen«, sagte Trace.

»Wieso?«

»Sie fangen alle mit Bodybuilding an, um größere Titten zu kriegen, und wenn sie fertig sind, dann haben sie große häßliche Bizeps und immer noch keine richtigen Titten. So, und ich finde, das ist mein Mitleid wert. Das, und ein leeres Glas.« Er zeigte ihr sein Glas, richtete sich in der Wanne auf und patschte mit nassen Füßen ins Haus zurück.

11

Wieder angezogen, saß Chico auf dem Sofa, blätterte, ohne sich viel dabei zu denken, einen Stoß alter Magazine und Zeitungen durch, die auf dem schäbigen Couchtisch lagen.

»He, Trace«, sagte sie. »Willst du dir mal deine Rohre reinigen lassen?«

»Das hier ist doch nicht mal mein Haus«, sagte Trace.

»Sag das Monica. Sie hat hier eine Anzeige drin, in der sie damit wirbt, einem die Rohre zu reinigen und die Abzüge zu fegen.«

Sie schlug eine Seite um, und Trace konnte sehen, daß sie ein Sex-Blättchen las, das unter dem Stapel Illustrierte auf dem Tisch gelegen hatte. »He, hier ist eine für dich, falls du dir einen am Telefon runterholen willst.«

»Das würde ich nie tun«, sagte Trace.

»Warum denn nicht?«

»Dann kriegt der nächste, der das Telefon benutzen will, einen klebrigen Hörer in die Hand«, sagte Trace. »Ich geh' mal zur Scheune raus.«

Trace warf einen Blick durch ein Fenster in den kleinen Geräteschuppen hinter dem Haus. Kein Traktor zu sehen. Auf der gegenüberliegenden Seite des Fensters hingen ein paar Werkzeuge an der Wand. Ein großer Haufen Blätter und gemähtes Gras beanspruchte einen großen Teil des Bodens in der Mitte des Schuppens.

Trace entfernte den Riegel, mit dem die Tür verschlossen war, und das Holztor des Schuppens, das doppelt so groß war wie eine normale Haustür, schwang leicht und lautlos auf.

Ein scharfer, stechender Geruch sprang ihm aus dem Gebäude in die Nase, und einen Augenblick lang würgte er und drehte sich fort. Er hatte eine grobe Vorstellung davon, was diesen Gestank verursachte, denn wenn man so was einmal gerochen hatte, vergißt man es nie wieder.

Er atmete einen tiefen Zug Frischluft ein, atmete langsam wieder aus und holte ein zweites Mal tief Luft, hielt sie dann an und ging in den Schuppen zu dem Grashaufen auf dem Boden. Er stieß ihn mit seiner Schuhspitze an und schob etwas von dem Abfall zur Seite. Er drückte seinen Fuß tiefer hinein und stieß mit seiner Zehenspitze gegen etwas Unnachgiebiges, Hartes. Er trat das Gras zur Seite und sah das Bein eines Mannes.

Trace ging nach draußen, um wieder Luft zu holen, hielt sie wieder an, kehrte in den Schuppen zurück und schob das Gras mit seinem Schuh weiter weg.

Unter dem Grashaufen lag ein toter Mann auf seinem Rücken, schwarz gewordenes, getrocknetes Blut auf einer Seite seines Kopfes. Er trug ein weißes Hemd, Jeans und kunstvoll gepunzte Cowboy-Stiefel. Sein sich lichtendes weißes Haar war zu lang. Es war Thomas Collins.

Trace drehte sich um, als er hinter sich ein Geräusch hörte, und sah Chico im Scheunentor stehen. Er lief schnell nach draußen an die frische Luft und schnappte tief nach Luft.

Chico sah ihn fragend an.

»Du willst bestimmt nicht da reingehen«, sagte er.

»Warum denn nicht? Was stinkt hier so?« fragte sie. Sie hielt ihr Schmierblättchen in der Hand.

»Das ist Thomas Collins.«

»Was hat er denn?« fragte Chico.

»Hauptsächlich Fliegen und Maden. Was meinst du damit, was hat er denn?«

»Wie ist er gestorben? Kannst du das erkennen?«

»Eine Seite seines Kopfes ist eine klaffende Wunde«, sagte Trace. »Ich würde sagen, er ist erschlagen worden.«

»Vielleicht ist er gestürzt? Vielleicht hat er sich den Kopf aufgeschlagen?« schlug sie vor.

»Ich hatte eigentlich noch keine Gelegenheit, mich gründlich umzuschauen, aber nein, ich glaube eigentlich nicht. Es sieht nicht danach aus, als gäbe es da drinnen irgendwas, an dem man sich seinen Kopf aufschlagen kann.«

»Ich schätze, wir sollten die Polizei verständigen«, sagte Chico.

»Laß uns jetzt nichts überstürzen«, sagte Trace. Er schloß das Scheunentor, legte jedoch den Riegel nicht wieder vor. Er sah, daß Chico ihren Kopf schüttelte.

»Typisch«, sagte sie. »Da fahre ich mit dir in Urlaub, und was kommt dabei raus? Wieder ein Mord. Ich bin es langsam satt, jedesmal in einen Mord reinzuschlittern, wenn ich mit dir irgendwohin fahre.«

»Ich finde ja selbst, daß es langsam abgedroschen wird«, sagte Trace. »Ich will nichts anderes, als jetzt nach San Francisco zurückfahren und mir den nächsten Vortrag über die Zukunft der japanischen Lebensversicherung in einer sich verändernden Welt anhören. Wieso schleppst du diese Zeitung da mit dir rum?«

»Oh.« Sie gab sie Trace. Eine Annonce war mit rotem Marker umkringelt worden. Sie lautete: »Leb Deine sexuellen Phantasien aus. Verbring eine Nacht mit Mandy.« Darunter eine Telefonnummer aus San Francisco.

»Wieso hast du das rot umkringelt?« fragte Trace.

»Hab' ich nicht«, sagte Chico. »Die Anzeige war schon umkringelt, als ich sie gefunden habe.«

Trace wählte die Nummer in San Francisco.

Eine Frau meldete sich, ihre Stimme weich und rauchig.

»Hallo. Ich hoffe, ich kann irgendwas für Sie tun.«

»Hallo«, sagte Trace. »Hier ist Thomas Collins.« Er sprach nicht weiter und wartete.

Schließlich sagte die Frau: »Und?«

»Spreche ich mit Mandy?«

»Ja, das tun Sie.«

»Hier ist Thomas Collins«, sagte Trace wieder.

Die Frau kicherte. »Ich brauche deinen Namen nicht, Schätzchen. Nur deinen Kontostand. Was kann ich für dich tun?«

»Ich wollte dir sagen, daß ich den Manschettenknopf zurückbekommen habe.«

»Manschettenknopf? Welchen Manschettenknopf?«

»Den, den du mir geschickt hast?« sagte Trace.

»Hören Sie, Mr. Collins, oder wie auch immer Sie heißen, ich habe Ihnen keinen Manschettenknopf geschickt. Wollen Sie sonst noch irgend etwas von mir?«

»Tut mir leid, Mandy. Ich dachte, du wärst das Mädchen, das die Nacht auf meiner Farm in der Nähe von Nicasio verbracht hat.«

»Das falsche Mädchen, aber es klingt wie eine tolle Idee«, sagte sie. »Besonders, wenn Sie auch einen Heuboden haben.« Sie lachte wieder, und Trace fand, daß sie ein wunderbares kehliges, sexy Lachen hatte.

»Ich ruf' dich später noch mal an«, sagte er.

»Klar, Schätzchen, mach das«, sagte sie, wobei ihre Stimme ungläubig klang. »Ruf mich an, wann immer du Lust hast.«

Trace legte auf und drehte sich vom Telefon fort. Es war höchstwahrscheinlich nicht besonders clever gewesen, sie anzurufen, denn jetzt würde das Telefonat mit Mandy auf Collins' Telefonrechnung auftauchen, doch als er es getan hatte, war es ihm richtig vorgekommen.

Chico hatte ihn von der Schlafzimmertür aus beobachtet. »Und?« sagte sie.

»Ich glaube, wir haben die falsche Mandy«, sagte er.

»Wirst du jetzt die Polizei anrufen?«

»Ich weiß nicht. Ich glaube, ich würde ganz gerne nicht in diese Geschichte reingezogen werden«, sagte Trace. »Laß uns einfach hier verschwinden und jemand anderen zu einer anderen Zeit die Leiche finden lassen.«

»Du wirst letzten Endes trotzdem was damit zu tun haben«, sagte Chico. »Wenn die Leiche gefunden wird, wird irgendwer mit Mrs. Collins reden, und sie wird deinen Namen erwähnen, und dann werden sie sich auf dich stürzen. Es gibt kein Entrinnen, Trace.«

»Himmel, es ist verdammt deprimierend, mit dir zu reden«, sagte er.

»Ich bin gerade noch mal zur Scheune gegangen.«

»Das mußtest du nicht.«

»Ja, ich hab's getan. Ich wollte sehen, was die Leiche trug«, sagte Chico.

»Und, was trug sie?«

»Einen Manschettenknopf«, sagte Chico.

»Dann würde ich mal vermuten, daß es wohl Collins ist, oder? Ich hatte schon gehofft, es wäre vielleicht jemand anderes.«

»Nein, er ist es«, sagte Chico. »Ich hab' auch seine Brieftasche überprüft. Sein Führerschein steckt drin.«

»Sonst noch was?«

»Kreditkarten, Visitenkarten, ein paar Dollar, aber nichts Persönliches. Keine Telefonnummern oder sonst was«, sagte sie. »Ich denke, ich habe auch die Mordwaffe gefunden.«

Trace schaute von dem kleinen Schreibtisch auf, und Chico nickte. »Draußen hinter der Scheune liegt ein blutverschmierter Baseballschläger«, sagte sie.

»Meine Güte, was bist du doch für eine entsetzliche Nervensäge«, sagte Trace.

»Ich weiß. Ruf die Polizei an.«

»Später vielleicht«, sagte er.

12

Trace ging wieder hinaus zu der kleinen Scheune, öffnete das Tor, holte tief Luft, ging dann hinein und trat das Gras wieder über Collins' Leichnam.

Er verschloß die Tür wieder, fand dann den blutverschmierten Baseballschläger in dem hohen Gras hinter dem kleinen Nebengebäude. Es war ein kurzer, schmaler Schläger mit einem fünfzehn Zentimeter langen, verschmierten, klumpigen, fleischigen getrockneten Blutflecken über dem Firmenschild des Schlägers. Schlechter Schlagstil, dachte er.

Als er ins Haus zurückkehrte, fragte er Chico: »Hast du den Schläger angepackt?«

»Nein. Ich wollte keine Fingerabdrücke hinterlassen.«

»Gut. Was machst du da?«

»Ich will hier drinnen auch keine Fingerabdrücke hinterlassen«, sagte sie. »Ich mache sauber.«

Trace schaute sich in der Küche um und war davon überzeugt, daß der Raum seit dem Tag, an dem das kleine Haus gebaut worden war, nicht mehr so sauber gewesen war. Das Geschirr war ordentlich auf der Spüle aufgestapelt, der Tisch und die Arbeitsflächen waren gereinigt worden, und jetzt kehrte Chico den Boden.

»Ich kann mich nicht daran erinnern, wie du deine Fingerabdrücke auf den Fußboden gekriegt haben könntest«, sagte er.

»Man kann nicht vorsichtig genug sein. Ich möchte nicht des Mordes beschuldigt werden«, sagte sie.

»Hör auf, so dramatisch zu sein, Chico. Du hast jede einzelne Oberfläche in diesem Raum abgeschrubbt. Kein Fingerabdruck, der was auf sich hält, würde es wagen, hier aufzutauchen.«

»Werd nicht frech. Es gibt einen Zeugen, weißt du«, sagte sie.

»Wen?«

»Dieser Bekloppte, den wir nach dem Weg gefragt haben«, sagte sie. »Bei unserem Glück hat er den ersten klaren Augenblick seit vierzig Jahren, und er gibt den Cops unsere Personenbeschreibung und unsere Autonummer. Wir werden im Knast vermodern, bis unsere Haut die Farbe von Fischbäuchen angenommen hat.«

»Und das alles ist dann einzig und allein deiner Schuld«, sagte Trace. »Wenn du nicht auf deine stündlichen Fütterung bestanden hättest, hätten wir kommen und gehen können, und kein Mensch hätte je was davon erfahren. Wenn die Cops uns jetzt finden, dann nur deshalb, weil die Küche viel zu sauber ist. Sie brauchen nur einmal kurz hinzuschauen und schon wissen sie, daß die *Gelbe Gefahr* mit ihrem Killer-Putzlappen hier war.«

Sie rauschte an ihm vorbei ins Wohnzimmer, das Putztuch in der Hand. Er nutzte die Gelegenheit, sich einen weiteren Drink zu mixen, doch weil er wußte, daß sie Fragen stellen würde, wischte er den Wasserhahn und die Scotch-Flasche ab und trug das Glas, nachdem er ein Papierhandtuch drumgewickelt hatte.

Im Wohnzimmer hatte sie in der Zwischenzeit den Stapel Zeitungen und Illustrierte ordentlich zusammengestoßen und wischte jetzt den Couchtisch ab.

»Geh und wisch auch die Bedienungsschalter des Whirlpools ab«, sagte sie.

Er tat, was ihm befohlen wurde. Als er ins Haus zurückkehrte, war Chico im Schlafzimmer und rief ihn herein.

»Fällt dir irgendwas auf?« sagte sie.

»Gib mir einen Tip.«

»Diese schmutzigen Vorhänge«, sagte sie.

»Du wirst hier nichts waschen, und das war's denn auch schon«, sagte Trace kategorisch.

»Nein. Komm her und schnupper mal.«

»Ich hab' schon lange damit aufgehört, an Gardinen zu riechen. Fahrradsitze sind doch erheblich dankbarer«, sagte Trace.

Er ging hinüber, und sie führte seinen Kopf zu den Rüschen am unteren Ende der Vorhänge.

»Bemerkst du nichts?« sagte sie, umklammerte seinen Nacken dabei mit ihren winzigen, stahlharten Fingern. »Da ist doch ein Geruch. Riechst du es?«

»Nein«, sagte er. »Mir ist das ganze Blut meines Körpers in den Kopf gestiegen. Ich hab' viel zuviel damit zu tun, nicht bewußtlos zu werden, um noch groß irgendwas riechen zu können.«

»Jeder, der eine Nase besitzt, die nicht durch zwanzig Jahre lange Inhalation von Wodkadämpfen abgetötet worden ist, könnte es riechen«, sagte sie.

»Was riechen?«

»*Abend in Byzanz,* Dummkopf.« Sie schob ihn zur Seite und kniete sich neben das Fenster.

»Was hat Byzanz denn mit allem zu tun?« fragte Trace. »Und wieso hockst du da auf deinen Knien und erweist Collins' Schlafzimmerwand deine Ehrerbietung?«

»*Abend in Byzanz* ist ein Parfum«, sagte sie. »Patschuli, Zimt, Zitronengras, ein Hauch Tuberose und ein leicht metallischer Akzent«, sagte sie.

»Ist ja sagenhaft, Chico. Wenn du keine Lust mehr hast, als Blackjack-Geber zu arbeiten, kannst du dich vielleicht an die Hundestaffel verdingen, um Sprengstoff aufzuspüren.«

»Die Nase lügt nicht«, sagte sie. »Hier.« Sie deutete auf den Boden, und Trace ließ sich neben ihr nieder.

Er folgte mit seinen Augen ihrem Finger und sah ein paar winzige Glassplitter auf dem schäbigen, abgetretenen Teppichboden.

»Gut«, sagte er. »Du glaubst doch nicht etwa, daß Thomas Collins mit einer Parfumflasche erschlagen worden ist, oder? Was ist mit dem Baseballschläger?«

»Du bist doch hier der große Detektiv, nicht ich«, sagte sie. »Du bist doch hier derjenige, der aus allem schlau werden soll. Ich weiß nur, daß irgendwer eine Flasche teures Parfum gegen diese Wand geknallt hat.«

»Aber das Glas ist weg«, sagte Trace.

»Würdest du denn Glassplitter auf dem Boden deines Schlafzimmers liegen lassen? Tja, du wahrscheinlich schon, aber die meisten Menschen jedenfalls nicht. Ich hab' auch Glassplitter im Mülleimer in der Küche gesehen.«

Trace zuckte mit den Achseln. »Das kann vielleicht schon vor Monaten passiert sein.«

»Nein. Es ist kürzlich passiert. Der Duft wäre nach ein paar Wochen längst verflogen«, sagte sie.

»Wenn du das sagst«, sagte Trace. »So, und wenn Chico Chan jetzt fertig ist, nach irgendwelchen Spuren zu suchen, dann würde ich gerne hier verschwinden.«

»Die Polizei willst du immer noch nicht anrufen?«

»Jetzt noch weniger als vorhin«, sagte Trace.

13

Wieder zurück im Hotel am Rand von San Franciscos Chinatown entfernte Trace den Kassettenrecorder unter seinem Hemd, während Chico im Nebenzimmer mit ihrer Mutter sprach.

Trace duschte, um die klebrigen Reste des Heftpflasters von seiner Seite zu bekommen, und als er wieder aus dem Bad kam, saß Chico auf einem Sessel und starrte aus dem Fenster.

»Wir haben ein Problem«, sagte sie.

»Und das wäre?« fragte er. Er hatte sich ein Handtuch um die Hüfte geschlungen und holte jetzt frische Unterwäsche aus der Schublade der Kommode.

»Meine Mutter. Mr. Nishimoto hat versucht, sie ins Bett zu kriegen.«

»Ich finde, Emmie kann ganz gut auf sich selbst aufpassen«, sagte Trace.

»Das ist es ja gerade. Er hat sich heute nachmittag zur Cockstail-Stunde auf sie gestürzt, und sie hat ihm den Orangensaft an den Kopf geschmissen.«

»Kein schlechtes Manöver«, sagte Trace und schlüpfte in seine Unterhose.

»Aber jetzt fühlt sie sich schrecklich schlecht, weil sie ihn in eine peinliche Lage gebracht hat, daß sie meint, sie müßte sich umbringen. Im Augenblick versucht sie dahinterzukommen, wie sie es am besten machen könnte.«

»Der einzige Unterschied zwischen deiner Mutter und meiner«, sagte Trace, »besteht darin, daß deine Mutter viermal am Tag mit Selbstmord droht. Ich dachte eigentlich, du hättest dich inzwischen schon daran gewöhnt.«

»Das ist nicht der einzige Unterschied«, sagte Chico. »Meine Muter ist nett.«

Trace nickte. »Das stimmt«, sagte er. »Und sie ist klein. Meine Mutter sieht aus wie eine Planierraupe.«

»Ich finde, du solltest mal mit meiner Mutter reden«, sagte Chico.

»Über was denn?«

»Sag ihr, daß sie gar nicht so schlecht ist.«

»Fühlst du dich dann besser?« fragte Trace.

»Ich mich, und sie sich auch«, sagte Chico.

»Schläfst du dann auch mit mir?«

»Ich werde es ernsthaft in Erwägung ziehen«, sagte Chico.

»Ernsthaft in Erwägung ziehen ja oder ernsthaft in Erwägung ziehen nein?«

»Ernsthaft in Erwägung ziehen vielleicht«, sagte Chico.

»Ich hatte heute noch keine besseren Angebote«, sagte Trace.

Sie fanden Chicos Mutter unter einer Bananenstaude im Hotelfoyer. Sie schrieb irgendwas in ein Notizbuch. »Hi, Emmie«, sagte Trace. »Was gibt's?« Er setzte sich neben sie auf ein kleines Sofa. Chico setzte sich ihnen gegenüber auf der anderen Seite des kleinen Cocktail-Tisches in einen Sessel.

»Hallo, Du«, sagte Emmie. »Ich schleibe Gedicht«. Vergnügt fügte sie hinzu: »Todes-Gedicht.«

»Wieso?« fragte Trace.

»Ich es zulücklassen.« Sie zeigte ihm die Seite des Notizbuches, die mit japanischen Schriftzeichen bedeckt war. »Abel ist unwüldig«, sagte sie. Das Lächeln auf ihrem Gesicht verkehrte sich in sein Gegenteil. »Mr. Nishimoto wild beschämt sein, wenn el es kliegt, und dann ich mich nicht noch mal töten können fül zweite Beschämung.«

»Immer nur eins pro Kunde, das sagt man jedenfalls immer«, sagte Trace. Er schaute auf und sah, daß Chico ihn wütend anfunkelte.

»Du wissen, Du, ich schleckliche Sache Mr. Nishimoto angetan. Ich ihn beschämt vol ganzel Kongleß. Deshalb gloßes Todes-Gedicht nötig.«

Trace nahm ihr das Notizbuch behutsam aus der Hand und legte es auf den Cocktail-Tisch, dann hielt er ihre Hände fest.

»Vielleicht in Japan, Emmie, aber nicht hier. Ich weiß zufälligerweise ganz genau, daß Mr. Nishimoto ein Todes-Gedicht nicht gut findet, ganz zu schweigen einen Tod.«

Mrs. Manginis Augen weiteten sich überrascht. »Nein? Walum nein, Du?«

»Weil ich selbst einmal das gleiche bei einer Frau versucht habe, was er mit Ihnen versucht hat.«

»Das hast du?«

Er nickte. »Mitten im *Araby Casino* war's. Es war auch eine japanische Frau. Na ja, wenigstens zum Teil eine Japanerin.«

»Sie dich auch beschämt?« erkundigte sich Chicos Mutter, wobei sie ihre Augenbrauen fragend hochgezogen hatte.

»Sie hat mehr getan, als mich nur zu beschämen. Sie hat mich mit ihren spitzen kleinen Fäusten geschlagen.«

»Und sie keinen Selbstmold gemacht?«

»Nein«, sagte Trace feierlich. »Aber sie hat versprochen, daß sie den Rest *ihres* Lebens damit verbringen würde, mir *mein* Leben zur Hölle zu machen.«

»Schamlos«, sagte Mrs. Mangini. »Sie sich hätte töten sollen.«

»Nein, nicht hier in Amerika. Das versuche ich dir doch klarzumachen, Emmie. In Amerika macht man so was nicht mehr. Auf jeden Fall nicht wegen einem Orangensaft. Ich meine, es war ja nicht so, daß du einen richtigen Drink vergeudet hättest.«

»Aha«, sagte Chicos Mutter. »Langsam ich velstehe. Selbsttötung nicht nötig fül alle Getlänke in diesem Land.«

»Absolut nicht. Du bist eine freie Frau, Emmie.«

Sie drückte seine Hand. »Ich glücklich, Du«, sagte sie. »Abel was ist aus Flau gewolden, die dich beschämt? Was ist aus ihl gewolden?«

Chico kam Trace zuvor, bevor er etwas sagen konnte. »Er hat sich revanchiert, Mutter. Er hat all die Jahre seitdem damit verbracht, sie zu beschämen.« Sie funkelte Trace wütend an.

Mrs. Mangini schüttelte ihren Kopf. »Ihl Amelikanel seid sehl komplizielt. Selbstmold scheint mil viel einfachel zu sein.«

»Nein, nicht hier in Amerika«, sagte Trace. »Vertrau mir.«

»Ich dil veltlauen, Du. Ich jetzt glücklich. Komm. Wil zusammen in gloße Glück in Kino gehen.«

Bevor Trace ablehnen konnte, nahm Chico für sie beide die Einladung an. »Trace liebt japanische Filme über alles. Wir kommen sehr gerne mit.«

»Warum hast du das getan«, flüsterte Trace ihr zu, als sie zu dem Raum gingen, wo der Film gezeigt wurde. »Ich hasse japanische Filme. Jeder brüllt jeden pausenlos immer nur an.«

»Das gehört zu meinem lebenslangen Plan, dir dein Leben zur Hölle zu machen«, sagte Chico honigsüß.

Der Film hatte bereits angefangen. Dutzende Männer in Kimonos, mit weiß geschminkten Gesichtern, droschen auf der Leinwand aufeinander ein, während das Publikum in anerkennendem Schweigen still dasaß und zuschaute.

»Wie heißt der Streifen?« flüsterte Trace.

»*Die achtzehn Samurai*«, sagte Chico. »Es ist der elfte Film in einer Serie, die mit *Die sieben Samurai* begonnen hat.«

»Wenigstens müssen wir uns nicht auch noch die ersten zehn ansehen«, sagte Trace.

»Keine Angst. Es gibt noch einunddreißig weitere«, sagte Chico.

Trace rutschte unruhig auf seinem Platz herum. Der Film war nicht untertitelt, offensichtlich, weil jeder hier bis auf Trace Japanisch sprach.

»Wie hält man die Schauspieler auseinander?« fragte er. »Sie sehen alle gleich aus.«

»Wie unterscheidet man Alec Guiness von Prince?« zischte Chico ihn an.

»Das ist leicht. Prince trägt Leoparden-Unterwäsche. Was ich wirklich nicht verstehe ist, wieso jeder so still ist?«

»Du meinst, außer dir«, sagte Chico.

»Richtig. Wir haben jetzt gesehen, wie fünf Schauspielern der Kopf abgehackt worden ist, und nicht mal ein Pfeifen. Man sollte doch meinen, sie wären froh oder traurig oder sonst was. Glaubst du, daß hier alle schlafen?«

»Nein«, sagte Chico. »Japaner sind dazu erzogen, ihre Gefühle nicht zu zeigen. Öffentliche Zurschaustellung von Gefühlen sind nur etwas für Barbaren wie dich.«

»Oh.« Trace ließ sich das einen Moment durch den Kopf gehen. »So wie die völlig gefühllose Art und Weise, wie du mich immer mißbrauchst.«

Chico schnaubte verächtlich.

»Tja, ich glaub's nicht«, sagte Trace. »Ich glaube vielmehr, daß die meisten Leute auch nicht mehr als ich durchblicken, was hier eigentlich gespielt wird. Sie sind einfach nur höflich, sitzen still auf ihren Plätzen, warten den richtigen Augenblick ab, bis sie zur Bar gehen und sich einen Drink besorgen können. Genau das denke ich.« Er stand auf.

»Was hast du vor?« fragte Chico.

»Ich gehe schon mal vor, damit ich gleich nicht in den allgemeinen Ansturm auf die Bar gerate.«

Zwei *Finlandias* später waren die achtzehn nicht identifizierbaren Samurai nicht mehr als nur ein böser Traum, doch die Erinnerung an Thomas Collins' madenzerfressene Leiche war immer noch klar und deutlich. Er war ermordet worden, und sein Mörder lief immer noch frei herum.

Trace wollte nichts mit dieser Geschichte zu tun haben. Dieser Fall hatte nichts mit ihm zu tun, und nach allem, was er so gehört hatte, hätte er Thomas Collins, den alten Drecksack, höchstwahrscheinlich auch gar nicht ausstehen können.

Aber mit einem Mord ungeschoren davonzukommen, ging ihm einfach gegen den Strich.

Von einem öffentlichen Telefon in der Cocktail Lounge rief er Mrs. Collins an.

»Haben Sie schon irgend etwas herausgefunden?« fragte sie. Ihre Stimme klang angespannt, als hätte sie schon den ganzen Tag neben dem Telefon darauf gewartet, etwas von ihrem Mann zu hören.

Trace hatte sie mit der festen Absicht angerufen, ihr zu sagen, wo – und in welchem Zustand – er ihren Gemahl gefunden hatte, doch als er ihre Stimme hörte, hielt ihn irgend etwas zurück.

»Ich ermittle noch«, sagte er. »Aber ich bin immer noch der Meinung, daß Sie die Polizei verständigen und Ihren Mann als vermißt melden sollten.«

»Oh, aber ich kann doch nicht . . .« Ihre Stimme verklang kläglich.

»Es ist jetzt schon eine Woche her. Das ist lange genug, daß sich jeder Sorgen machen würde. Er wird bestimmt nicht wütend auf Sie sein.« Trace dachte an Thomas Collins, der mit eingeschlagenem Schädel in der Scheune lag. »Ich bin absolut sicher, daß er nicht wütend auf Sie sein wird. Und außerdem haben Sie selbst gesagt, daß Sie die Polizei anrufen würden.«

»Nun, vielleicht, wenn Sie wirklich meinen, ich sollte das tun.«

»Genau das meine ich, ja«, sagte Trace.

»Wenn ich es mache, werden Sie ihn dann trotzdem weiter suchen?« fragte sie ängstlich.

Trace wußte, wann er geschlagen war. »Ja, das werde ich«, sagte er. »Bislang hat noch niemand von ihm gehört? Nicht mal Ihre Tochter?«

»Nein, ich habe gestern abend mit Tammy gesprochen. Sie hat Thomas mit keiner Silbe erwähnt.«

»Vielen Dank, Mrs. Collins. Und rufen Sie die Polizei an.«

Trace legte auf, bevor er in weitere Verhandlungen geriet, die er dann doch verlor.

Trace drückte die Gabel des Telefons runter, rief dann Michael Mableys Büro an und wiederholte den gleichen kläglichen Keine-Fortschritte-Bericht.

»Das ist aber wirklich zu schade«, sagte Mabley. In seinem Tonfall lag ein enttäuschter Vorwurf, worüber Trace sich ärgerte. Selbst Mableys enttäuschte Stimme reizte ihn.

»Tja, so läuft's eben manchmal«, sagte Trace. »Ich habe Mrs. Collins gesagt, sie solle die Cops verständigen.«

»Ich schätze, das ist wahrscheinlich das beste. Heute hat eine Story in der Zeitung gestanden, die Sie vielleicht interessieren wird.«

»Ich vermute, die stand nicht auf den Sportseiten«, sagte Trace. »Ich lese immer nur die Sportseiten.«

»Nein. Es stand im Wirtschaftsteil. Die Meldung lautete, daß *Collins and Rose* sich als Finanziers aus einem Einkaufszentrum in der Nähe des Presidio zurückgezogen haben.«

»Was hat das zu bedeuten?« fragte Trace. »Ich werde Wirtschaft nicht verstehen, bevor sie sie auf die kompakten Informationen einer Baseballtabelle verdichten können.«

»Was das sehr gut bedeuten könnte, ist, daß Collins und Rose in ernsten finanziellen Schwierigkeiten stecken. Zeitungen schreiben in solchen Fällen niemals alle Einzelheiten, aber genau das ist es, was es bedeuten könnte. Collins und Rose haben sich übernommen und sind kapitalschwach.«

»Glauben Sie, das könnte etwas damit zu tun haben, daß Collins vermißt wird?« fragte Trace.

»*Sie* sind hier der Detektiv. Aber vielleicht hat Collins ja den Gashahn aufgedreht oder was weiß ich.«

»Hoffen Sie's«, riet Trace. »Dann werden wir die Versicherungpolice nämlich nicht auszahlen müssen.« Vielleicht war Mabley ja doch kein so großer Trottel, dachte Trace. »Danke, daß Sie die Augen offengehalten haben«, sagte er.

»Hab' nur versucht, dem besten Mann der guten alten *Gone Fishing* ein bißchen zu helfen«, sagte Mabley mit einem leisen Lachen, woraufhin Trace ihn sofort wieder nicht mehr mochte.

14

Traces Aufzeichnungen: Dienstagabend, Band Nummer eins in der Sache Thomas Collins. Ich habe Gott verspottet und verloren.

Was ich getan habe, war, ich habe diesen gottverdammten Kassettenrecorder an meiner Seite getragen, und Gott hat mich gesehen, und er hat gesagt: Oho, oho, wenn Trace dumm genug ist, diesen gottverdammten Kassettenrecorder an seiner Seite zu tragen, dann laß uns mal schön dafür sorgen, daß ihm das Ding nichts nützt.

Und jetzt sieh mich an. Ich habe gegen das gottverdammte Gesetz verstoßen, indem ich der Polizei eine Leiche nicht gemeldet habe, die wir gefunden haben; ich verplempere meine kostbare Zeit auf einem Kongreß, indem ich arbeite; und das Allerschlimmste ist: Ich bin gezwungen, wiederholt mit einer Kreatur in Kontakt zu treten, die anscheinend auch noch stolz darauf ist, ein Freund von Walter Marks zu sein.

Das ist wirklich nicht fair, Gott, und ich möchte, daß du weißt, daß ich von jetzt an die Punkte schreibe. Vielleicht kommst du ja bei Hiob mit diesem Schicksalsschlag-Zeug durch, bei mir jedenfalls läuft das so nicht.

So große Sorgen mache ich mir nämlich deswegen nicht, daß ich gegen das Gesetz verstoßen habe. Ich denke, irgendwie werde ich das Chico schon in die Schuhe schieben können. Falls die Cops kommen, werde ich ihnen einfach sagen: Klar, ich war mit ihr draußen auf der Farm, einfach nur, um meine Unreinheiten im Whirlpool zu pochieren. Aber ihr solltet mal lieber die Brieftasche des toten Burschen unter die Lupe nehmen und so, ich mache jede Wette, da sind ihre Fingerabdrücke drauf. Und wenn das nicht funktioniert, mache ich einfach ihre Flasche von *Abend in Byzanz* kaputt und gebe den Cops die Scherben und sage ihnen, sie sollen mal an den Vorhängen im Schlafzimmer riechen. Von mir aus kann Chico ruhig schmoren. Das hat sie dann davon, daß sie mich mit in diese Irrenanstalt geschleppt hat, nur um mir Samurai-Filme ansehen und ein Auge auf Mr. Nishimoto werfen zu müssen, den Mann der wandernden Hände. Und dafür zu sorgen, daß Emmie nicht Selbstmord begeht. Es hat keinen Sinn, wegen verschüttetem Orangensaft zu sterben.

Warum ausgerechnet ich, Gott? Ich weiß es nicht, Trace.

Vielen Dank, Groucho, daß du mir Mike Mabley gegeben hast. Billiger Schmuck, Gucci-Latschen, kleine Galoschen in seinem stinkenden neuen Wagen, um seine kleinen Schühchen vor den Unbilden der Welt zu schützen. Und einen dankbaren Klaps auf den Rücken für Mabley, daß er mich mit Mrs. Collins, dem Prügelknaben, bekannt gemacht hat. Ich hab' ja schon mal was von Pantoffelhelden gehört, aber was ist sie dann? Eine Pantoffelheld*in*? Ich habe den starken Verdacht, daß Tom Collins – ja, richtig gehört, der Bastard ist tot, und ich werde ihn Tom nennen, ob ihm das jetzt paßt oder nicht –, jedenfalls, ich habe also den starken Verdacht, daß Tom Collins ein erstklassiger Frauen-Verprügler ist – halt, war.

Und ihm gehörte eine Farm, von der seine Frau nicht mal was wußte, also lassen wir das doch mal die Frage beantworten, ob er seine Angetraute nun betrogen hat oder nicht. Er hat. Wenigstens einmal, mit Laurie Anders, der Haus-Schönheit des Immobilienmaklerbüros Collins-Rose, und mit allen anderen in der Stadt, wenn man Laurie und Rafe Rose darüber reden hört.

Mehr Beweise. Der Manschettenknopf. Lach nicht, großer Knabe, das ist bislang unsere heißeste Spur. Wir haben einen Manschettenknopf, der zusammen mit einem ordentlich in Druckschrift geschriebenen und mit *Mandy* unterschriebenen Brief an Collins' Postfachadresse geschickt worden ist. Dazu nehmen wir dann eine Kleinanzeige in irgendso einer Wichser-Zeitung für eine Nutte namens Mandy, die nicht wußte, von was ich überhaupt geredet habe.

Punkt zwei. Also, dann befindet sich Collins' Leiche auf der Farm, aber wo ist sein Auto?

Punkt. Ich würde das ja jetzt Punkt drei nennen, aber ich glaube eigentlich nicht, daß es überhaupt schon einen Punkt eins gegeben hat. Jedenfalls, Punkt, Chicos Nase – eine tödliche Waffe, geschärft durch jahrelanges Aufspüren von Lebensmittelvorräten – sagt, daß jemand erst kürzlich eine Flasche Parfum in Collins' Schlafzimmer auf der Farm zerbrochen hat. Wieso?

Wer weiß?

Wen interessiert's?

Der einzige Grund, wieso ich überhaupt mit dieser ganzen Sache was zu tun habe, ist dieser mißgestaltete Liliputaner-Schwanz, genannt Walter Marks, und jetzt mache ich mir eben einfach Sorgen, daß die Cops, wenn sie die Leiche erst mal gefunden haben, mit Mrs. Collins sprechen werden und sie mich ihnen dann auf einem Melamin-Tablett präsentieren wird.

Punkt irgendwas oder weiß der Teufel. Mabley hat einen Artikel in der Zeitung erspäht, in dem steht, daß die Immobilienagentur sich aus einem Geschäft zurückgezogen hat, und das könnte möglicherweise bedeuten, daß sie ein bißchen knapp bei Kasse sind. Rafe Rose schien bei der Vorstellung nicht direkt am Boden zerschmettert zu sein, daß Collins sich in die Legion der Vermißten eingereiht hat. Vielleicht ist es ja schon schlimm genug, daß Rose den größten Teil der Immobilienarbeit tut und fünfzig Prozent an Collins abgeben muß, aber falls Collins sich mit Geld, das der Firma gehört, in den Süden absetzt, könnte Rose doch sauer genug werden, um Collins' Schädel mit einem harten *line-drive* über das Spielfeld zu pfeffern.

Laurie Anders kann Collins nicht ausstehen. Und seine Frau genausowenig, die drauf und dran ist, jetzt Zweihunderttausend aus seiner Versicherungspolice einzusacken. Und dann haben wir da noch seine Stieftochter Tammy, auf dem Hollyhope College, die Collins, laut Laurie, ebenfalls haßte. Ja, warum auch nicht? Ich hasse mich selbst, weil ich mir das alles antue.

Und dann ist da natürlich Mandy, die Nutte. Man hat schon von Leuten aus ihrer Branche gehört, daß sie hin und wieder mal die Wahrheit ein wenig strapazieren. Vielleicht wäre ein kleiner persönlicher Besuch in Ordnung, falls ich Chico davon überzeugen kann, daß diese Sache ausschließlich in Ausübung meiner beruflichen Tätigkeit geschieht.

Eine nette Art für einen anständigen, wohlmeinenden jungen Mann, seinen Urlaub zu verbringen, häh? Ich bin wirklich nicht besonders glücklich über diese Entwicklung der Dinge, Gott, und wenn ich du wäre, dann würde ich ab und zu mal über meine Schulter blicken, weil du nämlich jetzt auf meiner Liste stehst.

Meine Unkosten, vielen Dank, Mr. Walter Marks, belaufen sich auf eine phänomenal hohe Summe und sind viel zu umfangreich, um hier näher spezifiziert werden zu können. Daher wisse, daß sich meine Rechnung bislang auf eintausend Dollar beläuft, und das sind ausschließlich die Unkosten. Ich bin sicher, es wird noch einiges dazukommen, das wir berücksichtigen müssen, während die Zeit voranschreitet.

Nein, Moment, halt. Morgen werden die Unkosten auf geradezu dramatische Weise fallen. Ich werde einen Zettel ans Schwarze Brett des Hotels heften: Meine Gemahlin Michiko Mangini wird, nachdem sie meinen Tisch und mein Bett verlassen hat, ganz allein für jede eventuelle Rechnung über Lebensmittel verantwortlich sein, die durch sie gemacht worden ist.

Verdammt auch, das dürfte die Frage des Haushaltsdefizites unseres Landes klären.

Wo ich gerade daran denke, Mandy klingt verlokkender denn je.

Gute Nacht, Welt. Und, Gott, falls du mir gerade zuhörst, dir ein schönes Pffffft.

15

Trace wurde mit einem Klingeln in seinen Ohren wach. Es gab nur eine einzige vernünftige Erklärung: Der Glockenchor der Wiener Sängerknaben übte in seinem Kopf. Da, wieder. Und sie trugen alle Golfschuhe.

Er stöhnte. Wenigstens funktionierte seine Kehle noch gut genug, um ein halbwegs menschliches Geräusch zu produzieren.

»Iß das hier«, sagte Chico. Sie saß auf der Bettkante und zwängte zwei Aspirin in den ausgetrockneten Schlitz seines Mundes. Dann wuchtete sie seinen Kopf hoch und schüttete Wasser aus einem Glas zwischen seine Lippen. Als sie seinen Kopf wieder losließ, fiel er wie eine Kanonenkugel auf das Kissen zurück.

Er stöhnte wieder.

»Geht es dir so schlecht, hm?« sagte sie.

»Es ist das Wasser. Ich hasse Wasser. Es verdünnt einem sämtliche lebenswichtigen Säfte, die man im Körper hat.«

»Die einzige Flüssigkeit in deinem Körper ist Alkohol«, sagte Chico. »Du hast schon mal den Spruch gehört: ›Mir ist das Blut erstarrt‹, ja? Deins ist nicht erstarrt, deins hat absoluten Gefrierschutz. Vielleicht haben die alten Ägypter so ihre Mumien konserviert.

Füll die Leute mit Wodka ab und halt sie fünftausend Jahre lang alkoholisiert. Los, setz dich auf. Ich hab' Frühstück bestellt.«

»Kann nicht sitzen«, sagte Trace. Er spürte, wie sich die Aspirin auf seiner Zunge auflösten. Irgendwie mußte der Wasserschwall sie verpaßt haben. »Ich höre Glöckchen. Das ist das Ende. Petrus ruft mich.«

»Das sind die Glocken von irgendeiner Kirche den Block runter«, sagte Chico. »Walter Marks hat angerufen. Er will, daß du ihn zurückrufst, sobald du wach bist.«

»Scheiß auf Walter Marks. Das ist alles nur seine Schuld. Ich spreche nie wieder mit ihm. Scheiß auf ihn.«

»Nein, danke. Aber er ist dein Boß.«

»Wieder eine von Gottes schweren Proben«, sagte Trace.

Trace lag immer noch im Bett, als der Zimmerservice-Kellner kam. Chico ließ den Mann einen Servierwagen, beladen mit genug zu essen für ein ganzes Pfadfinder-Fähnlein, rüber ans Fenster rollen, dann entließ sie ihn mit einem großzügig bemessenen Trinkgeld, das sie aus Traces Brieftasche nahm.

»Wenn du schon mein Geld ausgibts, immer zu wenig Trinkgeld geben«, sagte Trace zu ihr. »Ich kann sowieso nichts essen.«

»Wer sagt denn, daß du mußt?« Sie warf ihm ein Brötchen zu. Er versuchte es zu fangen, was ihm nicht gelang, und das Brötchen erwischte ihn genau zwischen den Augen. »Das ist für dich«, sagte sie. »Das und die beiden Würstchen. Der Rest gehört mir. Du magst doch Würstchen, oder?«

»Nein«, sagte Trace.

»Gut. Mehr für mich.« Chico setzte sich an den Tisch und begann mit den Tellern *French Toast*, den

Omeletts, dem Frühstücksspeck, den Würstchen und dem Gebäck, beschwerte sich bitter darüber, daß das Hotel zum Toast nur Apfel- und Kirschmarmelade zu bieten hatte. »Weit und breit kein Traubengelee zu entdecken«, sagte sie.

»Gott, du bist ekelhaft.«

»Ich stärke mich nur«, sagte sie. »Die Fahrt zum Hollyhope College heute wird lang und anstrengend. Ich habe auf der Landkarte im Foyer nachgesehen, wo es liegt, und wir werden wohl ein paar Stunden unterwegs sein. Ich weiß ja, wie griesgrämig du immer wirst, wenn du unterwegs zu einem kleinen Imbiß anhalten mußt.«

»Korrektur«, sagte Trace. »*Ich* werde unterwegs sein. Du wirst hiersein und dir mit deiner Mutter *Die siebenundzwanzig Samurai* ansehen. Und sowieso, woher weißt du überhaupt was von dem Hollyhope College?«

»Ich hab' mir heute morgen deine Aufzeichnungen angehört«, sagte Chico.

Trace richtete sich im Bett auf. »Ich sage dir immer und immer wieder, daß diese Bänder streng persönlicher Natur sind. Mein Eigentum. Finger weg. Hast du denn überhaupt keine Moral im Leib?«

Chico hörte einen winzig kleinen Augenblick auf zu essen. »Ich glaube nicht, nein«, sagte sie. »Mit Tammy Collins zu sprechen ist eine gute Idee, aber Mandy, die Nutte, scheint mir doch keine besonders vielversprechende Spur zu sein.«

»Das, meine Liebe, werde ich selbst beurteilen, wenn du nichts dagegen hast«, sagte Trace. »Ich bin hier der Ermittler, so überraschend dir das vielleicht auch erscheinen mag.«

»Ich bin nicht überrascht«, sagte sie, leckte sich die Finger ab. »Du hast wahrscheinlich schon mehr

Stunden mit der Untersuchung solcher Typen wie dieser Mandy verplempert als jeder andere Detektiv westlich des Mississippi.«

»Die Eifersucht reckt ihr Würstchen gefülltes Haupt«, sagte Trace. Er versuchte, aus dem Bett aufzustehen. »Und außerdem bin ich kein Detektiv«, sagte er.

»Was bist du dann?«

»Was ich bin, meine liebe Chico, ist, Gott helfe mir, ein Mann mit einem Kater. Normalerweise kriege ich keinen Kater, aber hier bin ich, und, das glaube ich wenigstens, ich habe einen.«

»Tut mir leid, Trace«, sage Chico ernst. »Ich weiß, was das für deine Karriere als Trinker bedeutet.«

»Mach keine Witze. Das hier ist ernst. Wenn ich einen Kater kriege, wie kann ich dann soviel trinken?«

»Vielleicht schickt Gott dir eine Botschaft, daß du ein bißchen kürzer treten sollst«, schlug sie vor.

»Es muß wohl die Macht-Devlin-Tracy-fertig-Woche im Himmel sein«, sagte Trace. »Wieso läßt Gott mich nicht einfach in Ruhe? Hat er denn nicht schon genug getan?«

»Von deinen Problemen mit Gott weiß ich nichts«, meinte sie. »Aber paß auf, ich schlage dir ein Geschäft vor«, sagte sie, als sie aufstand und sich das Brötchen von Traces Bett klaute. »Du kannst ruhig zu Mandy gehen, wenn du Lust hast, aber ich komme mit zum Hollyhope College. Okay?« Sie vertilgte das Brötchen.

»In Ordnung«, gab er nach. »Aber da du jetzt alles aufgegessen hast, werden wir unterwegs irgendwo auf ein Sandwich anhalten müssen.«

»Von mir aus gerne«, sagte Chico. »Ich sterbe vor Hunger.«

16

Tammy Collins lebte in einer Wohnung über einem Fitneß-Center mit dem wunderschönen Namen *Der Ewige Körper*. Das Gebäude war in Neonlila gestrichen und mit weißen Silhouetten unmöglich ausgestatteter Männer und Frauen verziert.

Als sie die Tür im Erdgeschoß öffneten, wurden sie von einem Geruch überwältigt, der auf seine Art genauso übel war wie der in Thomas Collins' Scheune.

Chico rümpfte ihre Nase. »*Scha-weiß*«, trällerte sie.

»Stopf dir was in deine empfindliche asiatische Nase«, riet Trace. »Du warst schließlich diejenige, die darauf bestanden hat, unbedingt mitzukommen.«

Er ging die Treppe hinauf, vorbei an der Tür zum Fitneß-Center auf der rechten Seite, zum Flur auf der ersten Etage. Er klopfte an.

Er dachte, der Geruch würde hier oben weniger penetrant sein, doch als dann die Wohnungstür geöffnet wurde, schreckte selbst Traces abgestumpfter Riechkolben angesichts des reifen Gestankes schwitzender Leiber entsetzt zurück, obschon er sich die größte Mühe gab, ihn einfach nicht zu beachten.

Die junge Frau, die vor ihm stand, wäre überall als Schönheit durchgegangen, aber wie es aussah, ging sie sowohl was ihr Make-up als auch was ihre Kleidung anbelangte, bei ihrer Mutter in die Schule. Sie trug kein Make-up, ihre Haare waren ungekämmt, und sie trug einen formlosen Kaftan. Und sie schwitzte überhaupt nicht. Ihre Augen waren das einzig Lebendige an ihr, zeigten unverhohlene und pulsierende Feindseligkeit.

Trace stellte sich und Chico vor.

»Ich weiß, wer Sie sind«, sagte Tammy Collins mit mürrischem Erkennen. »Meine Mutter hat mich gewarnt, daß Sie möglicherweise hier aufkreuzen könnten.«

»Hat sie inzwischen die Polizei eingeschaltet?« fragte Trace.

Tammy zuckte mit den Achseln. »Ich hoffe nicht. Sie sollte ihm eine Chance geben.«

»Eine Chance, um was zu tun?« fragte Trace.

»Tot zu sein.« Sie lächelte, zeigte dabei perfekt geformte, perlweiße Zähne. »Sie brauchen mir nicht zu sagen, was Sie jetzt denken. Das Mädchen haßt ihren Stiefvater, stimmt's, Sherlock?«

»Richtig, Lucretia«, sagte Trace.

»*Touché*. Haben Sie sich auch auf Sarkasmus spezialisiert?«

»Nur wenn ich einen Kater habe. Ich wollte mit Ihnen über Ihren Stiefvater sprechen.«

»Sie verschwenden nur Ihre Zeit«, sagte die junge Frau, »aber kommen Sie trotzdem rein.« Sie lud sie mit einer Handbewegung ein, sich auf eine Couch zu setzen, die dermaßen fleckig und schmutzig war, daß Trace und Chico gleichzeitig, ohne sich vorher abgesprochen zu haben, beschlossen, daß sie lieber stehen würden.

In der Wohnung war der Geruch genauso schlimm, nachdem die Tür nun geschlossen worden war.

»Sie verschwenden Ihre Zeit, *Hawkshaw*. Ich habe seit Monaten nicht mehr mit meinem allerliebsten Daddy gesprochen. Nicht, seit die Schule wieder angefangen hat. Und davor auch verdammt wenig, wenn es sich irgendwie vermeiden ließ.«

Aus einem Nachbarzimmer drang ein Grunzen und dann ein lautes Bumsen von etwas Schwerem, das hart auf dem Boden abgesetzt wurde.

»Was war das?« fragte Trace.

»Ach, das war nur Julio, der Typ, mit dem ich hier wohne. Wollen Sie ihn kennenlernen?«

»Ich verzichte«, sagte Chico, wobei sie mit ihrer Nase in der Luft schnupperte.

Trace kniff sie heimlich und sagte: »Lieber würden wir uns mit Ihnen unterhalten. Es sei denn, Julio weiß irgendwas.«

Und dann kam ein junger Mann in Badehose und mit einem breiten Gewichthebergürtel in das Zimmer marschiert. Er war der kleinste, häßlichste schwitzende Mensch, den Trace jemals gesehen hatte, abgesehen natürlich von Walter Marks. Und wahrscheinlich abgesehen von Traces Ex-Frau.

»Das ist Julio?« sagte Trace.

Tammy nickte, und Trace sagte: »Julio weiß nichts.«

»Julio Hernández, darf ich vorstellen, Dick Tracy«, sagte Tammy selbstgefällig.

»Ich mag keine Schnuffler«, knurrte Julio.

»Es heißt *Schnüffler*, Stinkbombe«, sagte Trace geduldig.

Julio machte ein paar drohende Schritte auf ihn zu, wie ein wandernder Heuhaufen, immer ein bebender Muskel nach dem anderen. Trace trat von der Fensterbank zurück, gegen die er sich gelehnt hatte, doch Chico stellte sich schnell zwischen sie und baute sich vor Julio auf.

»Sie haben die am besten ausgebildeten Trapezius-Muskeln, die ich je gesehen habe. Wie machen Sie das nur?«

»Achselzucken«, sagte er. »Mit großen Gewichten.« Er beugte sich wie der Unglaubliche Hulk vornüber, so daß sich seine Trapezius-Muskeln zwischen Nacken und Schultern aufblähten. Trace war vergessen, als Julio sich auf die einzige wirklich wichtige Sache in seinem Leben konzentrierte: auf seinen eigenen Körper und darauf, was andere Leute davon hielten.

»Ich würde gerne mal Ihre Ausrüstung sehen«, sagte Chico.

Julio kicherte. »Kommen Sie mit rüber«, sagte er.

Trace warf einen schmutzigen Blick in Chicos Richtung, als sie den kompakten jungen Mann aus dem Zimmer begleitete.

»Sehen Sie nur«, sagte er. »Von hinten bilden die zwei die Zahl zehn.«

»Ein Pluspunkt für sie«, sagte Tammy. »Die meisten Menschen kriegen ihn nicht in den Griff. Wahrscheinlich hat sie Ihnen das Leben gerettet.«

»Das bezweifle ich«, sagte Trace. »Je dümmer sie sind, desto tiefer ist ihr Fall. Was studiert er im Hauptfach? Suspensorium-Jucken?«

»Oh, Julio studiert nicht. Er trainiert auf den Mister Universum. Deswegen wohnen wir ja auch hier. Es ist die einzige Wohnung in der ganzen Stadt, in der er mit seinen Hanteln trainieren darf.«

»Wieso geht er nicht einfach runter ins Fitneß-Center im Erdgeschoß?« fragte Trace.

»Julio arbeitet gerne mit seiner eigenen Ausrüstung«, sagte Tammy. Sie lümmelte sich auf die Couch zurück, zeigte dabei eine ganze Menge eines sehr hübschen linken Beines unter ihrem Kaftan. »Was seins ist, ist seins.«

»Sie eingeschlossen?«

Das Gesicht der jungen Frau verhärtete sich. »Ich dachte, Sie wären gekommen, weil Sie über meinen Stiefvater sprechen wollten.«

»In Ordnung. Vielleicht fangen Sie damit an, indem Sie mir verraten, warum Sie ihn hassen.«

Sie atmete langsam aus. »Das würde mehr Jahre dauern, als Ihnen auf dieser Welt noch bleiben.«

»Wie wär's mit den wichtigsten Punkten?« sagte Trace.

»Reicht Vergewaltigung?«

»Er hat Sie vergewaltigt?« fragte Trace.

»Er hat's versucht, dieser Drecksack. Erst letzten Sommer. Wir waren allein im Haus. Mutter war mit dieser bescheuerten Kunsthandwerker-Gilde unterwegs und hat versucht, etwas von ihren Arbeiten zu verkaufen. Sie muß allein für meine Ausbildung aufkommen. Jedenfalls, er hat mir einen Drink angeboten. Das war die erste nette Sache, die er je getan hat. Ich habe mich bedankt, und dann hat er angefangen, mich abzuknutschen, ganz nett natürlich, so wie ein lieber alter Dad so was eben macht, hat dauernd gesagt, was für ein braves Mädchen ich doch wäre. Und dann ist er über mich hergefallen.«

»Was haben Sie da getan?«

»Ich hab' ihm mein Knie in die Eier geknallt. Dann bin ich nicht mehr ins Haus gegangen, bis meine Mutter zurückkam.«

»Haben Sie es ihr gesagt?« fragte Trace.

»Natürlich habe ich. He, Dick Tracy, das war nicht das einzige Mal. Dieser Mann hat mehr Anlässe gefunden, meinen Arsch zu tätscheln oder ganz zufällig an meinen Titten langzustreichen, als ein Stachelschwein Stacheln hat. Aber dieses Mal habe ich es ihr gesagt.«

»Und wie hat sie darauf reagiert?«

»Gar nicht. Sie macht nie irgendwas. Sie läßt sich von ihm schlagen, um Himmels willen. Er kommt mit Lippenstift auf dem Kragen und Kratzspuren auf dem Rücken nach Hause, und er geht wieder, ohne ihr je irgendwas gesagt zu haben, und sie sagt niemals auch nur ein Wörtchen. Ja, ich habe es ihr gesagt, aber sie hat nichts getan, und ich habe auch nicht erwartet, daß sie was tün würde.«

»Und, was haben Sie dann gemacht?«

»Ich habe meine Tasche gepackt und bin hierher zurückgekommen. Es war noch ein bißchen früh, weil die Schule noch nicht wieder angefangen hatte, aber ich hatte Glück. Ich hab' einen Job unten im Fitneß-Center gefunden, und dort habe ich dann Julio kennengelernt. Also verdiene ich mir ein paar Bucks, leg es zu dem, was meine Mutter mir schickt, und bezahle meine Schulden für die höhere Ausbildung. Verstehen Sie jetzt, warum ich meinen Stiefvater hasse?«

»Ich kriege so langsam eine Vorstellung«, sagte Trace. »Sie sagten, er wäre mit Lippenstift und Kratzern nach Hause gekommen. Ist er ein Schürzenjäger?«

»Der schlimmste«, sagte sie.

»Ist das Hörensagen? Oder *wissen* Sie es? Kennen Sie irgendwelche Namen?«

Sie zuckte mit den Achseln. »Ich kenne keine Namen, aber ich erkenne eine Ente, wenn ich eine Ente sehe.«

»Haben Sie in Verbindung mit Collins schon mal was von einer Frau namens Mandy gehört?«

»Nein, aber wenn es sie gibt, dann hoffe ich, daß sie ihm einen Tripper anhängt.«

»Sie sagen, Sie kommen für Ihre Ausbildung selbst auf, Sie und Ihre Mutter. Wieso unterstützt Collins Sie denn nicht?«

»Ich habe eines Abends gehört, wie er zu meiner Mutter gesagt hat, daß ich nicht seine richtige Tochter bin, warum sollte er also für ihre Fehler bezahlen? Stellen Sie sich so was mal vor, so stinkreich wie dieser Bastard ist!«

»Netter Kerl«, sagte Trace.

»Ja, so welche wie den gibt's heute nicht mehr. Das ist mal sicher.«

»Was studieren Sie eigentlich?« fragte Trace.

»Wirtschaft. Julio und ich werden unser eigenes Studio aufmachen, wenn ich erst mein Examen habe.«

»Womit denn? Man braucht Geld, wenn man ein Fitneß-Center aufmachen will.«

Sie lächelte eisig. »Bis dahin wird Julio Mr. Universum sein«, sagte sie.

»Oder vielleicht wird Collins auch sterben und Ihnen und Ihrer Mutter einen Haufen Geld aus Lebensversicherungen hinterlassen.«

Das kalte Lächeln verschwand keine Sekunde aus dem Gesicht der jungen Frau. »Auch das wäre nicht übel«, sagte sie. »Besonders, soweit es den Teil betrifft, daß er abkratzt. Zu schade, daß er meine Mutter oder mich nicht genug mag, um eine Lebensversicherung abzuschließen.«

»Jetzt irren Sie sich aber«, sagte Trace. »Das hat er bereits getan.«

Einen Augenblick später kam Chico, die nicht im geringsten mitgenommen aussah, aus dem anderen Zimmer zurück, und dann gingen sie und Trace zur Tür.

Bevor sie gingen, fragte Trace Tammy noch: »Haben Sie Collins irgendwann mal was davon erwähnen hören, daß er auf irgendeine Farm wollte?«

Sie schüttelte ihren Kopf und erhob sich von der Couch. Sie hätte wirklich richtig hübsch sein können, erkannte Trace, wenn da nicht dieser harte und bittere Zug um ihren Mund und in ihren Augen gewesen wäre.

»Er ist wohl kaum der Bursche vom Lande«, sagte sie.

»Vielen Dank«, sagte Trace.

»Bedanken Sie sich bei der Japse. Sie ist diejenige, die Sie vor Julio gerettet hat«, sagte Tammy.

»Und jetzt können Sie die Welt vor ihm retten«, sagte Trace.

»Wie das?«

»Versuchen Sie mal, ob Sie ihn in die Badewanne kriegen können.«

17

Nach nur zehn Minuten Fahrt sah Chico bereits hungrig aus. Trace versuchte, ihre Gedanken von Lebensmitteln abzulenken. »Und was hast du mit diesem muskulösen Zwerg so lange in dem Zimmer gemacht?« Es war das erste Mal, daß er etwas zu ihr sagte, seit sie Tammy Collins' Wohnung verlassen hatten.

»Trainiert«, sagte Chico nichtssagend.

»Jede Wette. Der alte Beckenstoß, häh?«

»Du hast nicht nur eine schmutzige, sondern auch eine mißtrauische Phantasie. Ich würde mich nie mit jemandem einlassen, der so übel riecht wie der.«

»Nein?«

»Nicht, wenn du im Nachbarzimmer bist«, sagte Chico.

»Haha, sehr komisch«, sagte Trace.

»Ich habe mir von ihm auch ihr Schlafzimmer zeigen lassen«, sagte sie.

»Ich bin sicher, du wirst auch nicht ein einziges peinliches Detail auslassen, oder?« sagte Trace.

»Ich wollte wissen, ob dieses kleine Miststück vielleicht *Abend in Byzanz* hatte, Trace. Ich habe, wie üblich, gearbeitet.«

»Und? Hatte sie?«

Chico verzog angewidert ihren Mund. »Nein. Sie hatte irgendso ein mieses billiges Toilettenwasser aus dem Supermarkt um die Ecke. Zwei Bucks die Gallone. Aber Julio fand ich eigentlich überaus attraktiv.«

»Nur zu, weiter«, sagte Trace. »Warte nur bis zu meinem Rendezvous mit Mandy.«

»Falls sie das gleiche Deo wie Julio benutzt, gerne, mach ruhig. Ich habe ihm Tammys Toilettenwasser über den Kopf gekippt, bevor ich gegangen bin.«

»Hast du wirklich?«

»Entweder das oder sterben«, sagte sie. »Und zum Sterben bin ich noch viel zu jung.«

»Tja, du hast wieder so viel Wirbel um dich veranstaltet«, sagte Trace. »Vergiß das bitte nicht, denn ich werde es ganz bestimmt nicht vergessen.«

»Als wenn ich das nicht wüßte«, sagte sie.

»Ich muß es ja zugeben. Ich hatte durchaus meine Gewissensbisse bei dem Gedanken, mich mit einem hübschen Callgirl zu treffen. Aber das war vor der Sache mit dir und Julio. Jetzt gehe ich mit klarem Verstand und gezückter Lanze.«

Trace bog von der Hauptstraße ab, und Chico sagte: »Wo fährst du hin? Du versuchst doch nicht etwa, mich an irgendeinen abgeschiedenen Flecken wegzuzaubern, um Lanzenstechen für Mandy zu üben, oder?«

»Hättest du wohl gerne«, sagte Trace. »Nein, ich denke, Mandy wird mit der Lanze schon recht gut allein fertigwerden. Wir werden einen kurzen Abstecher zur Collins-Farm machen.«

»Wozu?«

»Es ist kein besonders großer Umweg. Wir könnten beim letzten Mal Spuren unseres Besuches hinterlassen haben. Ich will mich nur vergewissern, daß alles sauber ist.«

Chico schüttelte den Kopf. »Genau so verhalten sich Kriminelle immer. Sie kehren zum Schauplatz des Verbrechens zurück. Immer. Jeder weiß doch, daß man das nicht tun sollte. So erwischen sie die Leute immer.«

»Gut«, sagte Trace. »Vielleicht erwischen wir ja jemanden.«

Obschon das Haus genauso war, wie sie es verlassen hatten, gingen Trace und Chico noch einmal durch alle Räume, wobei Chico mit einem feuchten Lappen alles abwischte, das sie beim letzten Mal vielleicht vergessen haben konnte.

Wieder draußen, gingen sie zur Scheune, und Chico sagte: »Das ist aber komisch.«

»Was denn?«

»Das Scheunentor ist nicht verschlossen«, sagte sie, deutete auf den Riegel. »Wir haben aber abgeschlossen, als wir gegangen sind. Ich erinnere mich genau daran, daß ich das noch mal nachgeprüft habe.«

Trace schob Chico zurück, holte dann tief Luft, öffnete die Tür und ging hinein.

Nachdem er überprüft hatte, daß nichts in der Scheune verändert worden war, trat Trace etwas von dem Gras zur Seite, das die Leiche bedeckte. Collins' Leichnam lag noch haargenau so da, wie er dort gelegen hatte, sah allerdings ein wenig mitgenommener als beim ersten Mal aus.

Dann sah er irgend etwas durch eine dünne Lage gemähtes Gras glitzern.

Während er sich bemühte, nicht zu kotzen, öffnete er Collins' geballte Faust. Auf seiner verschrumpelten Handfläche lag die Halskette einer Frau, ein Diamant-Schmetterling an einem Goldkettchen.

Trace wischte sie mit etwas Gras ab und nahm sie mit nach draußen, wo er gierig die frische Luft einsaugte.

»Das hier hatte er in der Hand«, sagte er zu Chico, hielt ihr die Kette hin.

»Wie haben wir das beim ersten Mal übersehen können?« sagte sie.

»Keine Ahnung. Es war schwer zu sehen. Vielleicht

ist das Licht heute nur aus dem richtigen Winkel draufgefallen«, sagte er. Sie schüttelte ihren Kopf. »Oder sie war vorher nicht da«, sagte sie.

»Wahrscheinlich war sie da. Sonst ist nichts angerührt worden.«

»Bis auf das Tor«, sagte sie. »Wir haben es verriegelt, aber jetzt war es nicht mehr verriegelt. Und ich habe mir diese Leiche angesehen, Trace. Ich habe seine Brieftasche inspiziert, um Petrus' willen. Eine Kette wäre mir hundertprozentig aufgefallen, wenn er eine in der Hand gehabt hätte.«

»Wieso versuchst du, alles immer noch komplizierter zu machen?« fragte Trace. »Hab' ich denn nicht so schon genug Probleme? Warum sollte jemand einer Leiche eine Diamant-Kette unterschieben?«

»Ganz offensichtlich doch wohl, um eine falsche Spur zu legen«, sagte Chico selbstgefällig.

»Du solltest besser dabei bleiben, Zwerg-Hydranten zu verführen«, sagte Trace. Er verstaute die Kette in seiner Tasche.

»Du wirst das Ding doch wohl nicht behalten wollen, oder?«

»Nicht richtig behalten«, sagte er, »nur ausleihen.«

»Du bist von Grund auf schlecht, Trace. Zuerst rufst du die Cops nicht an, wie es doch eigentlich deine Pflicht ist. Und jetzt entfernst du ein Beweismittel vom Tatort. Du wirst für mindestens zwanzig Jahre den Jordan runtergehen. Fünfzig, wenn ich für die Anklage aussage und dich verpfeife.«

»Keine Angst. Ich werde die Halskette schon noch bei den Cops abliefern. Alles zu seiner Zeit.«

»Zu welcher Zeit?« fragte sie.

»Wenn ich Zeit genug hatte herauszufinden, wie sie dorthingekommen ist, wenn sie das letzte Mal noch nicht dort war.«

»Ich weiß, wie sie da hingekommen ist. Wer auch immer Collins ermordet hat, hat sie dort hingetan, damit irgendein Verrückter sie sich einsteckt und dann bei den Cops seinen Kopf dafür hinhalten muß.«

»Ich weiß ja, daß es manchmal ziemlich schwer für Frauen ist, aber bitte versuch doch, ganz logisch zu denken«, sagte Trace selbstgefällig. »So wie ich. Ich beabsichtige, Mandy die Nutte mit diesem Halskettchen zu konfrontieren und die Wahrheit aus ihr herauszuholen.«

»Halt sie unten, Trace. Du kommst immer besser mit Frauen klar, wenn du sie unten hältst.«

»Sei nicht schon wieder eifersüchtig. Das bekommt dir nicht«, sagte Trace.

»Krieg Krebs und kratz ab«, sagte Chico.

Im Hotel wählte er wieder Mandys Telefonnummer. Dieses Mal jedoch gab er nicht vor, Thomas Collins zu sein, sondern nannte seinen richtigen Namen. Mandy sagte, sie würde sich wahnsinnig gerne in einer Stunde mit ihm auf einen Cocktail treffen und gab ihm eine Adresse in der Nähe des Russian Hill.

Er klemmte sich gerade sein Froschmikro an die Krawatte, als Chico ins Zimmer kam.

»Wie geht's deiner Mutter?« erkundigte er sich.

»Ihr geht's gut. Hat sich wieder voll gefangen. Gehst du jetzt zu Mandy?«

»Alles nur Teil meines Jobs, rein geschäftlich. Ich verspreche dir, ich werde auch nicht eine einzige Minute genießen.« Er machte ein Polaroid-Foto von dem Schmetterlings-Halsband und steckte es sich in die Tasche.

»Für mich putzt du dich nie so raus«, sagte Chico.

»Ich sehe immer so aus. Haargenau so gut wie jetzt.«

»Den Teufel tust du. Ich sehe dich immer nur in zerrissenen Jeans und mit fettigen Haaren.«

»Nichts gegen meine Jeans. Es hat Jahre gedauert, bis sie endlich so aussahen.«

»Vielleicht sollte ich mitkommen«, sagte Chico.

»Nein, das denke ich nicht.«

»Könnte gut sein, daß sie dich mit ihrem Sex-Appeal einseift«, sagte Chico. »Du wirst einen kühleren Kopf in der Nähe gut gebrauchen können, als einer von euch ihn haben wird.«

»Hm, hm, das geht wirklich nicht, Chico. Das könnte eine sehr gefährliche Mission sein.«

»Stimmt«, sagte Chico. »Das sehe ich an deinem kampfbereiten Seidentaschentuch.«

»Sei nicht so. Wenn du dich dann besser fühlst, dann möchte ich, daß du weißt, daß ich jeden einzelnen ekstatischen Augenblick immer an dein verhärmtes, kleines, mit Essen vollgestopftes Gesicht denken werde.« Er küßte sie auf beide Wangen und salutierte. »Wir, die wir uns gleich entkleiden werden, grüßen dich.«

»Laß den Reißverschluß zu, Trace«, warnte sie.

»Das werde ich.«

»Wenn nicht, ich werd's wissen.«

»Woher willst du das denn wissen?« fragte er.

»Ich weiß es immer.«

Trace warf ihr einen Kuß zu und ging. Sie hatte recht: Sie wußte es immer.

18

Der Name auf der Klingel lautete M. REESE. Trace wurde von einem Dienstmädchen in die Wohnung eingelassen. Sie war weiß, mittleren Alters, hatte ein Schweinegesicht, trug eine schwarze Nylon-Uniform und praktische weiße Schuhe mit Rippensohlen.

Er wurde gebeten, es sich für ein paar Minuten in einem Wohnzimmer bequem zu machen, dessen Prunk den Raum im *Araby Casino*, in dem die hochkarätigen Spiele liefen, vergleichsweise wie ein Büro auf dem Sozialamt aussehen ließ. Durch zahllose Spiegel schien sich der Raum über mehrere Blocks zu erstrecken, protzte mit einer Menge moderner Möbel und verschiedenen riesigen Arrangements exotischer Blumen. Trace berührte eine davon. Die Blumen waren getrocknet, und er dachte, das sei ein gutes Symbol für eine Edelnutte: Exotisch und getrocknet.

Mandy Reese schwebte wie Loretta Young in den Raum, die ein Comeback inszenierte. Sie trug ein Abendkleid im griechischen Stil, das auf einer Schulter von einer mit Diamanten und Perlen besetzten Spange gerafft wurde. Sie war eine atemberaubend schöne Frau, attraktiv genug für die Cover von Hochglanzmagazinen, hatte große graue Augen und volle Lippen und die Art patrizischer Nase, die – so beschloß Trace – noch nie Sauerkraut gerochen hatte.

Trace wollte etwas sagen, doch sie hob einen Finger an ihre Lippen, um ihn zum Schweigen zu bringen, während sie zur Bar ging und ihnen Drinks in geschliffene Kristallgläser einschenkte. Sie drückte auf einen Knopf, und leise romantische Musik umhüllte sie aus im ganzen Raum versteckt plazierten Lautsprechern.

Als sie ihm sein Glas reichte, sagte Trace: »Danke. Nett hier.«

Er nippte an seinem Drink. Es war Scotch, aber guter Scotch und daher erträglich.

»Danke«, sagte sie. »Es ist eben ein Zuhause mit jedem erdenklichen Komfort. Wie zum Beispiel Betten. Wußtest du, daß es mich zweihundert Dollar die Stunde kostet, diese Wohnung hier zu mieten? Dann gibt es noch Extras wie zum Beispiel Badewannen und Massageräume und Saunen. Hier nur eine einzige Stunde zu leben kostet mich, wenn ich alle Extras einschalte, ungefähr dreihundert Dollar.«

Sie strahlte Trace mit einem atemberaubenden Lächeln an. Ihre Stimme war sanft und leise, und Trace tippte auf die Neu England-Staaten. Er vermutete, daß er sich wahrscheinlich irrte. Wenn sie wirklich aus New England stammte, dann hätte sie jetzt schon sein Geld in ihrem Strumpfband oder wo auch immer sie es aufbewahrte.

Trace nahm seine Brieftasche heraus und legte drei Einhundert-Dollar-Scheine auf einen verspiegelten Couchtisch.

»Ist das für mich?« sagte sie. Ihre Augen lächelten zusammen mit ihrem Mund.

»Ja«, sagte Trace.

»Ein kleines Geschenk für mich?« wiederholte sie.

Trace begann sich langsam zu fragen, wieso er sich überhaupt die Mühe gemacht hatte, seinen Kassettenrecorder einzuschalten. Mandy Reese schnitt ganz offensichtlich selbst diese Unterhaltung mit, nur um zu beweisen, daß sie niemanden mit der Absicht der Prostitution zur Unzucht aufgefordert hatte. Nur für den Fall, daß diese Frage jemals ihr häßliches Haupt erheben sollte.

»Ja, ein kleines Geschenk für dich«, sagte Trace.

»Bereitwillig und gerne und ohne versteckte Anspielung oder ein Versprechen auf zukünftige Erwägungen gegeben. Aus tiefster Güte meines Herzens heraus, welches sowohl in seiner Größe wie auch in seiner Fähigkeit zu Mitleid und Verständnis groß und gewaltig ist.«

Mandy Reese lachte. Sie lachte ungezwungen. Eine sehr selbstsichere Frau. Sie nahm die drei Scheine, steckte sie in eine kleine steinerne Vase auf dem gekachelten Kamin, drehte sich dann um und sagte: »Es ist immer gut, diese Dinge frühzeitig aus dem Weg zu räumen. So, und welche Art Party stellst du dir denn nun vor?«

»Setzen wir uns doch einfach und genießen wir unsere Drinks«, sagte Trace. Er machte eine lässig ausholende Geste über die Wohnung. »Du scheinst in einer Stadt mit dem Ruf San Franciscos ganz gut klarzukommen. Stell dir doch nur mal vor, wie du am Klondike klarkommen würdest.«

»Gib mir für immer diese langen Winternächte«, sagte sie leichthin. »Aber du hast schon recht. Vierzig Prozent der Männer in dieser Stadt sind schwul. Die anderen sechzig Prozent sind pleite. Aber dann gibt es noch eine Handvoll verheirateter Männer, die nicht schwul sind und die Geld haben. Genau das sind Freunde nach meinem Geschmack«, sagte sie.

»Polizei?« fragte Trace. »Arbeitest du nicht ziemlich offen?«

»Die würden mich nicht belästigen. Ich meine, dies hier ist eine Stadt, in der die Homosexualität mittags um zwölf auf der Main Street offen zur Schau gestellt wird. Glaubst du, da würden sie mich belästigen, nur weil ich für ein bißchen altmodisches Er-und-Sie-Spielen die Werbetrommel rühre?« Sie setzte sich neben Trace auf das Sofa und schlug ihre Beine übereinander, wodurch ihr Kleid von einem creme-weißen Oberschenkel rutschte.

»Wo wir gerade von dem Er-und-Sie-Spiel sprechen, was hättest du denn gerne so?« fragte sie mit seidenweicher Stimme.

»Eigentlich, also, eigentlich würde ich mich gerne ein bißchen unterhalten.«

»Klar. Sechzig Minuten lang können wir uns über alles mögliche von italienischen Sonetten bis zu den Quarks unterhalten. Ich gehöre ganz dir, Devlin. Plaudere nur munter drauflos.«

»Nenn mich Trace«, sagte er.

Sie legte ihre rechte Hand leicht auf seinen linken Oberschenkel. »Ganz wie du willst, Trace. Ganz wie du willst.«

»Ich hatte gehofft, daß du das so sehen würdest. Also, im Grunde möchte ich gerne mit dir über Versicherungen reden.« Er sah sie an und beobachtete, wie sich ihr Gesicht von Kerzenlicht zu geschmolzenem Stahl veränderte.

»Wenn du dich über Versicherungen unterhalten möchtest, solltest du vielleicht besser mit meinen Partnern sprechen«, sagte sie. Sie begann sich von der Couch zu erheben, doch Trace hielt ihr Handgelenk fest.

»Nein, nicht die Art von Versicherungen. Keine Gaunereien, keine Erpressung und solches Zeug. Mandy, ich arbeite für eine Versicherungsgesellschaft.«

Sie wurde wieder sanft und setzte sich wieder hin. Dann lachte sie. »Du hast doch wohl nicht diese dreihundert Dollar investiert, nur um zu versuchen, mich dazu zu überreden, dir eine Versicherung abzukaufen, oder? Wenn das der Fall ist, dann mußt du mit Abstand der dümmste Versicherungsvertreter auf der ganzen Welt sein.«

»Nein. Ich arbeite als Ermittler bei einer Versicherungsgesellschaft, und ich untersuche gerade einen Fall, und ich dachte mir, daß du mir vielleicht die eine oder andere Information geben könntest.«

»Welche Art von Information könnte das denn wohl sein?«

»Nichts Großartiges und Vertrauliches«, sagte Trace.

Sie schwieg, während sie drei Schlucke von ihrem Drink nahm. Dann lehnte sie sich entspannt zurück und sagte: »Ich trau' dem Braten zwar nicht, aber warum versuchst du's nicht einfach mal?«

»Das ist fair«, sagte Trace. »Sagt dir der Name Thomas Collins irgendwas?«

»Ein Drink, von dem man Zahnschmerzen bekommt«, sagte sie.

»Nein, ein Mann«, sagte Trace.

»Nein.«

»Den Namen noch nie zuvor gehört?« fragte er.

»Noch nie.«

»Mandy, das ist nicht ganz richtig. Ich habe dich vor zwei Tagen angerufen und dabei diesen Namen benutzt.«

»Trace, ehrlich. Wenn du mich gefragt hättest, ob ich einen John Smith kennen würde, dann würde ich dir auch mit nein antworten, und ich bekomme jeden Tag fünfzig Anrufe, bei denen jemand diesen Namen benutzt. Wenn du mich angerufen und dich dabei Tom Collins genannt hast, hätte ich es nach zwei Minuten schon wieder vergessen.«

»Okay«, sagte Trace. »Das ist logisch, und ich entschuldige mich. Denk jetzt bitte trotzdem mal ganz scharf nach. Thomas Collins. Irgendwas in den Vierzigern, spitze Nase, dünnes, weißes Haar, ein bißchen zottelig und buschig um die Ohren, Immobilienmakler.«

»Vielleicht«, sagte sie. »Aber ich kann mich eigentlich wirklich nicht besonders gut an jeden erinnern, der zu mir kommt. Was ist denn mit ihm?«

»Er ist tot.«

»Hat das irgend etwas mit mir zu tun?« fragte sie.

»Er hatte deine Telefonnummer bei sich«, sagte Trace.

»Scheiße«, sagte sie. Sie stand auf und wanderte auf und ab. »Okay, ich erinnere mich an ihn. Aber am Telefon hast du etwas von Manschettenknöpfen geredet. Ich weiß nichts von irgendwelchen Manschettenknöpfen.«

»Dann erinnerst du dich also doch an meinen Anruf.«

»Wenn ich glaube, daß ich möglicherweise in irgend etwas hineingezogen werden könnte«, sagte sie, »steigert sich mein Erinnerungsvermögen beachtlich. Ich wußte sofort, daß du nicht er warst, weil er nämlich eine hohe, piepsige Stimme hatte.«

»Du wirst in nichts reingezogen, Mandy. Die Polizei weiß im Augenblick noch nicht mal was von dieser Sache, und soweit es mich betrifft, werden sie auch nie etwas davon erfahren.«

»Was ist mit diesen Manschettenknöpfen?« fragte sie.

»Er hatte einen Brief von jemandem namens Mandy in seiner Post. Bei diesem Brief befand sich ein Manschettenknopf.«

»Das falsche Mädchen«, sagte sie. »Ich gebe keine Geschenke zurück. Selbst dann nicht, wenn es nur ein Manschettenknopf ist.«

»Was ist mit einer Diamant-Halskette?« fragte Trace. Er suchte ihr Gesicht aufmerksam nach irgendeiner Reaktion ab, aber da war nichts.

»Wenn ich einen einzelnen Manschettenknopf

nicht zurückgeben würde, dann würde ich eine Diamant-Halskette erst recht nicht zurückgeben. Aber Tatsache ist, ich besitze keine.«

Er gab ihr das Polaroid der Schmetterlingskette.

»Hast du das schon mal gesehen?«

»Bitte«, sagte sie, gab ihm das Foto zurück. »Das ist zu billig für Peoria. Aber es ist ganz bestimmt etwas, das er kaufen würde.«

»Wieso sagst du das?«

»Es sieht aus, als stammte es aus einem Kaugummiautomaten. Das war Collins' Stil.«

»Erzähl mir von ihm«, sagte Trace. »Ist er oft hergekommen?«

»Hin und wieder mal während der letzten paar Jahre, aber ein Stammkunde ist er eigentlich nicht. Collins war so etwas wie ein Quartalsklient.«

»Wann war er das letzte Mal hier?«

»Vor ein paar Monaten, Anfang des Sommers, glaube ich. Er hat mich eingeladen, mit ihm nach Las Vegas zu fahren und mit ihm zu spielen. Als wenn ich mich mit diesem Schwein außerhalb der Wohnung sehen lassen würde.«

»Er war also, wenn ich das richtig verstehe, nicht gerade einer deiner Lieblingskunden«, sagte Trace.

Sie lachte trocken. »Er hatte kein Format, absolut keins. Er ist hier immer reingekommen und hat mit seiner Kohle rumgewedelt, als hätte er allein deswegen schon den größten Dong in ganz Kalifornien, und quasselte an einem Streifen über all die vielen Mädchen, mit denen er schon zusammengewesen war.«

»Irgendwer Besonderes?«

»Besonders wie?«

Trace trank einen Schluck. »Ich weiß nicht. Liebesbeziehungen vielleicht?«

Mandy schüttelte sich vor Lachen und setzte sich wieder neben Trace. »Verdammt, nein. Revuegirls, so was in der Richtung. Er hat behauptet, er wäre im *Fontana* in Vegas als hochkarätiger Spieler bekannt. Ich vermute, das Casino hat ihn mit Frauen versorgt. Ich kann mir einfach niemanden vorstellen, der mit ihm bumsen würde, sofern nicht irgendwer dafür bezahlt.«

»War er so schlecht?« fragte Trace.

»Im Bett? Eine absolute Null. Zuerst kriegte er nie einen hoch, und dann wurde er deswegen immer stinksauer und sagte, das läge nur daran, daß er während der letzten beiden Tage mit sechzehn Frauen zusammengewesen wäre.«

»Ist das für dich nicht ärgerlich?« fragte Trace.

Ihr Gesicht wurde wieder sanft, und sie schüttelte ihren Kopf. »Das gehört irgendwie dazu.« Sie streichelte seinen Schenkel. »Ich weiß, wie man mit solchen Dingen fertig wird. Noch irgendwelche Fragen?«

»Hat er dir je erzählt, daß er eine Farm besitzt?«

»Nein. Noch irgendwelche Fragen?«

»Wieso inserierst du in miesen kleinen Sexblättchen?« fragte Trace.

»Ich habe seit über einem Jahr nicht mehr inseriert. Soweit es um meine Finanzen geht, könnte man wohl sagen, ich stehe sicher auf meinen Beinen. Noch irgendwelche Fragen?«

»Könnte es irgendeinen Grund geben, warum Collins eine Kopie deiner Anzeige aufbewahrte?«

Sie schüttelte ihren Kopf. »Er hatte immer dieses kleine Adreßbuch in seiner Brieftasche. Sein kleines Buch der Lust, so nannte er es. Er hat gesagt, meine Nummer würde auch dort drin stehen. Außerdem findet man mich auch im Telefonbuch. Noch irgendwelche Fragen?«

»Ein paar. Hat er je über irgend jemanden geredet?«

»Wie zum Beispiel was? Wie zum Beispiel über wen?«

»Wie er zum Beispiel mit anderen Leuten klarkommt«, sagte Trace. »Wie zum Beispiel über seine Firma, seine Familie. Versuchen wir's mal mit seiner Frau.«

»Du meinst, abgesehen davon, daß seine Frau ihn nicht versteht«, sagte Mandy lachend.

»Vielleicht etwas ein wenig Originelleres«, sagte Trace.

»Gib mal her, laß mich dein Glas nachfüllen«, sagte sie. Mandy nahm Trace das Glas aus der Hand und ging zur Bar. Es war nett, sie von hinten anzusehen, und Trace hatte nichts gegen den Anblick, aber er fand, daß sie schrecklich lange brauchte, um einen Scotch und Eis in ein Glas zu füllen.

Sie versuchte, ihm eine Droge unterzujubeln. Trace wußte es. Sie hatte irgendeine ganz besonders üble Chemikalie in sein Glas geschüttet und würde jetzt umrühren, bis sich auch noch das allerletzte Körnchen aufgelöst hatte. Dann würde sie ihn das trinken lassen, und dann würde sie lachen, während er darum kämpfte, wach zu bleiben, bevor er schließlich bewußtlos auf der Couch zusammenbrach.

Und dann . . .

Und was dann?

Ganz bestimmt würde sie ihn nicht ausrauben. Sie hatte schon seine dreihundert Dollar, und Trace wußte, daß er nicht den Eindruck eines Mannes machte, der fünf Millionen Bucks in seinem Schuh mit sich durch die Gegend schleppte.

Ihn ermorden? Nicht, wenn sie nicht auch Collins ermordet hatte. War Trace mit seinen Fragen zu weit gegangen und hatte zu tief gebohrt? War's das jetzt für ihn? Würde man seine Leiche in drei Tagen aus der San Francisco Bay ziehen?

Vielleicht war sie ein Menschenhändler? Vielleicht wurde Trace jetzt mit irgendwelchen Drogen vollgepumpt und anschließend in den Laderaum eines Schafe-Frachters gesteckt und dann nach Saudi Arabien gekarrt, wo er den Rest seines Lebens damit verbringen mußte, mit fetten arabischen Prinzessinnen zu schlafen. Eine Konkubine in einem Land, in dem es keinen anständigen Drink gab.

Vielleicht sollte er verduften. Jetzt sofort zur Tür rennen und von hier verschwinden, solange er dazu noch in der Lage war.

Was würde ein richtiger Detektiv an seiner Stelle denn jetzt tun?

Er dachte darüber nach und beschloß, daß ein richtiger Detektiv sich noch einen Drink genehmigen würde. Und einen Trick.

»Nettes Parfum, das du da trägst«, sagte er gerissen. »Ist das zufälligerweise *Abend in Byzanz*?«

»Ich benutze kein Parfum«, sagte sie, hatte ihm immer noch den Rücken zugekehrt.

»Ich hätte schwören können, es wäre *Abend in Byzanz*«, sagte Trace verdrießlich. Was hatte Chico ihm noch gleich gesagt? »Patschuli, Zimt, Zitronengras und eine Spur von etwas anderem.«

»Was bist du? Parfum-Experte?« fragte sie über ihre Schulter.

»Ich verstehe ein bißchen davon«, sagte Trace bescheiden.

»Tja, ich hasse *Abend in Byzanz*. Das Parfum hat einen leicht metallischen Akzent, den ich einfach nicht ausstehen kann.«

Was war das hier, fragte sich Trace. Jeder auf der Welt außer ihm wußte alles über Parfum. Die einzigen beiden Gerüche, die er voneinander unterscheiden konnte, waren *Drano*-Dämpfe und übler Mundgeruch. Drei. Er konnte außerdem den Geruch von Leichen erkennen, Leichen, so reif wie sein eigener Kadaver bald sein würde, wenn Mandy nicht daran gehindert wurde, ihm dieses Gift in seinen Drink zu rühren.

Plötzlich drehte Mandy sich von der Bar um, kam zu ihm, drückte ihm das Glas in die Hand und sagte wie eine Frau, die gerade eine Entscheidung getroffen hatte: »In Ordnung. Warte einen Augenblick hier«, sagte sie.

Als sie am Ende des Zimmers durch eine Tür hinausging, hob Trace den Drink gegen das Licht. Da. Da war doch was drin. Wahrscheinlich ein Flöckchen des Giftes. Es sah aus wie eine Salzwasser-Garnele. Ein ziemlich großes Gift-Flöckchen. Für was für einen Idioten hielt sie ihn eigentlich?

Er ging zur Bar hinüber und schüttete den Drink in den Ausguß. Dann spülte er schnell das Glas aus, warf frische Eiswürfel hinein, füllte mit Scotch auf und beeilte sich, zu seiner Couch zurückzukommen. Er schlürfte fröhlich an seinem Glas, als Mandy wieder hereinkan.

Sie setzte sich neben ihn auf die Couch.

»Du hattest gerade etwas gefragt?« sagte sie.

Trace nickte. »Was Collins möglicherweise über sein Geschäft oder über seine Familie erzählt hat.«

»Okay«, sagte sie.

»Übrigens, ein guter Drink, das hier«, sagte er und suchte ihre Augen nach einer verdächtigen Reaktion ab.

»Der gleiche wie am Anfang auch. Es ist ziemlich schwer, bei Scotch auf Eis was falsch zu machen«, sagte sie.

»Aber da ist dieser ganz besondere metallische Akzent«, sagte er.

»Das kommt wahrscheinlich von meiner Eiswürfelmaschine. Ich glaube nicht, daß mein Mädchen die Eiswürfelschalen alle gründlich ausgespült hat. Ich entdecke immer wieder diese kleinen Flöckchen in meinen Drinks. Ich mußte drei Gläser für mich mixen, bevor ich einen klaren Drink hingekriegt hatte.«

»Oh«, sagte Trace. Soviel zu Mord und Sklaverei.

»Jedenfalls, Collins hat mir gegenüber nie über sein Geschäft gesprochen. Nur daß er ein großer, reicher Immobilienmakler wäre. Er hatte immer jede Menge Geld dabei, aber das war nur seine Masche, um mich zu beeindrucken.«

»Seinem Wesen treu bleiben«, sagte Trace, und Mandy nickte und trank einen Schluck von ihrem eigenen Glas.

»Aber über seine Familie hat er ab und zu geredet«, sagte sie.

»Ach, ja?«

»Er sagte, daß seine Frau, diese Judith, langweilig und uninteressant wäre.«

»Ich schätze, das wirst du schon öfters gehört haben«, sagte Trace.

»Er hat gesagt, daß sie eine echte Schönheit gewesen wäre, als er sie geheiratet hatte, daß sie sich dann aber gehen ließ. Sie benutze heute kein Make-up mehr; sie wolle Künstlerin werden und lege sich schon mal das entsprechende prätentiöse Künstleroutfit zu, also kein Make-up, die Haare einfach wachsen lassen, wie sie eben wachsen. Und er wollte nicht mal mehr mit ihr schlafen.«

»Hat er was davon gesagt, daß sie sich deswegen gestritten haben?«

»Er sagte, sie würden sich nie über irgendwas

streiten, daß sie Angst davor hätte, sich mit ihm zu streiten. Doch auf ihre schwächlich weiche Art war sie auch stur. Sie wollte einfach nicht das tun, was er ihr sagte, nicht einmal ihre Augenbrauen zupfen. Und dann war da noch Tammy. Das ist seine Tochter.«

»Stieftochter«, korrigierte Trace.

»Er haßte sie«, sagte Mandy.

»Wieso?«

»Er hat gesagt, sie wäre ein kleines Flittchen, das mit jedem ins Bett ginge. Er hat gesagt, er glaube, daß sie immer seine Brieftasche durchsuchen und Geld stehlen würde.«

»Was wäre sie auch für ein Kind, wenn sie nicht versuchen würde, Geld von ihren Eltern zu stehlen?« fragte Trace. »Besonders von so einem knauserigen Vater wie ihm.«

»Es steckte mehr dahinter als nur das«, sagte Mandy, als sie ihren Drink abstellte und ihre Hand leicht auf Traces rechten Oberschenkel legte.

»Wieso?« fragte Trace.

»Er hat gesagt, sie wäre eine . . . nun, der präzise Ausdruck lautete: schäbige kleine Schlampe. Er hat gesagt, daß die kleine Tammy, wann immer die Mutter nicht da war, nackt im Haus herumlaufen und versuchen würde, ihn scharf zu machen.«

»Und? Hat sie damit jemals Glück gehabt, frage ich mich?« sagte Trace.

»Einmal«, sagte Mandy. »Er hat gesagt, sie hätten einmal einen Nachmittag damit verbracht, ein bißchen herumzufummeln, und dann hat sie wohl versucht, ihn zu erpressen. Sie wollte, daß er ihr genug Geld lieh, um ein eigenes Geschäft aufzumachen, und wenn er das nicht täte, dann würde sie ihrer Mutter erzählen, daß er sie belästigt hätte.«

»Er hat sich aber nicht drauf eingelassen?«

»Nein. Und ihm zufolge hat er ihr auch gesagt, daß sie doch gehen und ihren Arsch auf der Straße verkaufen sollte.«

»Nette Leute«, sagte Trace. »Sonst noch was?«

»Mehr weiß ich nicht«, sagte Mandy. Sie machte mit ihrer Handfläche leichte, kreisförmige Bewegungen auf Traces Schenkel.

»Wenn du nichts dagegen hast, daß ich frage . . .«, sagte Trace.

Mandy rührte mit einem Finger ihren Drink um. »Nein. Du wirst mich jetzt fragen, wieso ich mich urplötzlich an all dieses Zeug erinnern kann. Ich könnte dir jetzt natürlich irgendeinen Mist erzählen, aber ich werde dir die Wahrheit sagen . . . Ich führe Buch über meine Stammkunden. Es ist besser für mein Geschäft, wenn ich ihre Sorgen kenne und in der Lage bin, Namen in die Unterhaltung einfließen zu lassen. Mit der Zeit sehen sie dann einen Freund in dir, jemanden, mit dem sie reden können, und das bewirkt, daß sie immer wieder zurückkommen. Als ich vorhin den Raum verlassen habe, bin ich kurz meine Unterlagen durchgegangen. Und das war alles, was ich über ihn darin stehen hatte.«

»Und du hast mir auch wirklich alles erzählt?« sagte Trace.

»He. Wenn schon, denn schon. Wenn ich dir schon überhaupt irgendwas erzähle – und das müßte ich wirklich nicht –, wieso sollte ich dir dann nicht auch alles erzählen?«

»Hmmm, klingt vernünftig«, räumte Trace ein.

Sie rieb immer noch sein Bein, und Trace wünschte, sie würde endlich damit aufhören. Er wünschte es sich allerdings nicht besonders stark; es war eben einfach nur ein kleiner Wunsch.

Sie beugte sich zu ihm herüber und küßte sein Ohr.

»Du hast immer noch zwanzig Minuten«, sagte sie leise. »Möchtest du was mit deiner Zeit anfangen?»

»Ja. Ich meine, nein.« Er wünschte sich, er hätte Chico Mangini und ihre telepathischen Schuldwellen niemals kennengelernt.

»Es ist dein Verlust«, sagte sie.

»Ja, da bin ich ganz sicher«, sagte Trace. Er kippte den Rest seines Scotch.

»Du bist einer von den vierzig Prozent, stimmt's?« sagte sie anklagend.

»Vierzig Prozent?«

»Die vierzig Prozent Schwulen in der Stadt«, sagte sie.

»Wenn's nur so wäre«, sagte Trace. »Wenn's nur so wäre.«

Sie sah ihn an und nickte. »Okay. Für dich werde ich ausnahmsweise einen Gutschein ausstellen. Was passiert mit Collins?«

»Zuerst wurde er vermißt, und jetzt ist er tot. Ich möchte nur herausfinden, ob an der Sache irgendwas faul ist, bevor meine Versicherungsgessellschaft die Police auszahlt.«

»Tut mir leid, daß ich dir nicht mehr helfen konnte«, sagte Mandy. »Collins war ein Stammkunde, aber er ist nicht pünktlich wie ein Uhrwerk gekommen. Und über Manschettenknöpfe habe ich mir nichts aufgeschrieben. Ich werde doch nicht in diese Geschichte reingezogen, oder?«

»Nicht, wenn es nach mir geht«, sagte Trace.

»Danke«, sagte sie. »Kann sein, daß ich dir am Ende vielleicht noch was schuldig bin. Ich hoffe, du kommst noch mal vorbei, um zu kassieren.«

Trace griff in seine Jackentasche und schaltete das Tonband aus, dann sagte er: »Kann gut sein, daß ich dich beim Wort nehmen werde.«

»Es wird dir bestimmt nicht leid tun«, sagte Mandy Reese.

Das Dienstmädchen begleitete ihn zur Tür. Als sich die Wohnungstür hinter ihm geschlossen hatte, schaltete Trace den Kassettenrecorder wieder ein und sprach dann in das Mikro an seiner Krawatte.

»Niemals«, sagte er. »Niemals könnte ich einen solchen Gedanken auch nur in Erwägung ziehen. Ich doch nicht, der die wunderbarste Frau der Welt zu Hause in seinem Zimmer auf sich warten hat. Ich fühle mich durch einen solchen Vorschlag, Madam, zutiefst gekränkt, und jetzt werde ich mich von Ihnen verabschieden. Good bye für immer.«

Er schaltete den Recorder wieder aus und betrat den Fahrstuhl, lächelte dabei süffisant und zufrieden. Sollte Chico sich dieses Band doch ruhig mal anhören. Das würde eine Lektion für sie sein – Chicos eigenes, maßgeschneidertes Seminar über den letzten ehrenhaften Mann in einer sich stetig verändernden Welt.

Wunderbar.

19

Trace war erleichtert, als er den rosafarbenen Mitteilungszettel aus dem Fach seines Zimmers hängen sah. Lieber als sich jetzt Chico und ihren unvermeidlichen Vorwürfen zu stellen, war Trace bereit, mit irgendwem zu telefonieren – Judith Collins inbegriffen.

»Ich habe die Polizei vom Verschwinden meines Mannes unterrichtet«, sagte Mrs. Collins.

»Gut. Was haben sie gesagt?«

»Nun, ich habe erst heute morgen mit ihnen gesprochen, aber sie schienen keine besonders großen Hoffnungen zu haben. Wie es scheint, verschwinden jedes Jahr eine ganze Menge Männer spurlos. Ehrlich, Mr. Tracy, ich glaube eigentlich wirklich nicht, daß sie mir viel weiterhelfen werden. Ich würde mich freuen, wenn Sie an der Sache bleiben würden. Natürlich bin ich bereit, Sie zu bezahlen, wie hoch Ihr Honorar auch immer ist.«

Trace ging seine Prioritätenliste durch. An erster Stelle stand der Kongreß, auf dem er zu endlosen Samurai-Filmen verdammt war und sich immer wieder von Mr. Nishimoto wegen Bataan belästigen lassen mußte. Das zu verpassen würde kein großer Verlust sein. Und wenn er Mrs. Collins ein Honorar abknöpfen konnte und dann auch noch ein Honorar von der Garrison Fidelity einsackte, würde dieser Fall ein doppelter Gewinn für ihn sein. Nicht schlecht für einen Absolventen der Schule harter Schicksalsschläge.

Und dann war da noch die unbestreitbare Tatsache, daß Thomas Collins ermordet worden war, und daß irgendwer irgendwo da draußen drauf und dran war, damit ungeschoren davonzukommen. Das beleidigte seinen Sinn für Sauberkeit und Ordnung.

Trace seufzte. Scheiß doch auf das Honorar. Finde diesen baseballschlägerschwingenden Bastard.

»Sind Sie noch da, Mr. Tracy?«

»Ja. Ich werde weiter nach Ihrem Mann suchen«, sagte Trace. »Und wegen dem Honorar machen Sie sich mal nur keine Gedanken.«

»Sie sind sehr freundlich. Viel zu freundlich.«

»Sagen Sie das dem Finanzamt, wenn ich sie bitte, mir Spenden zu schicken«, sagte er.

»Haben Sie schon irgend etwas in Erfahrung gebracht?« fragte sie hoffnungsvoll.

Trace hatte sich bereits dazu entschlossen, ihr nicht eher zu sagen, daß ihr Mann mausetot war, bis er schwungvoll verkünden konnte: »Und hier ist der verdammte Dreckskerl, der ihn umgebracht hat.« Es mochte ihren Schmerz ein wenig lindern, wenn er den irren Totschläger gleich mitpräsentierte, während sie leicht völlig zusammenbrechen mochte, wenn er einfach nur einen Leichnam präsentierte. Trace hatte keine Lust, mit einer hysterischen Frau am Telefon zu reden, nicht, wenn eine andere hysterische Frau ohne Zweifel gerade oben in seinem Zimmer darauf wartete, daß er sich zurückmeldete.

Trace sagte unverbindlich: »Ich bin auf ein paar Dinge gestoßen. Hat Ihr Mann Ihnen gegenüber jemals das *Fontana Hotel* in Las Vegas erwähnt?«

Sie dachte einen Augenblick nach. »Nein, ich glaube nicht«, sagte sie. »Ist das so ein Casino?«

»Ja, dort gibt es auch ein Casino.«

»Nun, nein, so etwas hat Thomas nie erwähnt. Wir sind keine Spieler, Mr. Tracy.«

»Wissen Sie, ob Ihr Mann ein kleines schwarzes Adreßbuch besitzt?« Er fand es recht schwer, von Collins andauernd im Präsens zu reden, als würde er nicht langsam in einer Scheune vor sich hin verrotten.

»Nein. Ich habe noch nie ein Adreßbuch bei ihm gesehen. In seinem Büro hat er den Rolodex. Brauchen Sie irgendeine Telefonnummer? Ich könnte nachsehen gehen.«

»Nein, danke. Nur eins noch. Haben Sie schon mal irgendwo eine Schmetterlings-Halskette gesehen?«

»Äh, nein, nein, ich glaube nicht. Woraus ist sie denn gemacht?«

»Oh, aus Glas. Straßsteine vielleicht. Ich dachte, Thomas hätte sie vielleicht Ihnen oder Ihrer Tochter geschenkt.«

»Nein, das sagt mir nichts. Thomas hält nichts davon, sein Geld für solch leichtfertige Dinge wie Schmuck auszugeben.«

»Nein. Das klingt vernünftig«, sagte Trace. Er versprach, sich sofort wieder mit ihr in Verbindung zu setzen, sobald sich irgend etwas Neues ergeben sollte, dann legte er das Telefon im Foyer des Hotels wieder auf. Es war ganz offensichtlich, daß Mrs. Collins weniger über ihren Gatten wußte, als so ziemlich jeder andere, der je etwas mit diesem Mann zu tun gehabt hatte.

Und jetzt Chico gegenübertreten.

Tja, was wollte sie eigentlich überhaupt von ihm? Es war ausschließlich seinem übergroßen Ehrgefühl zu verdanken, das ihn davon abgehalten hatte, mit Mandy Reese direkt auf ihrer gemieteten Couch zu kopulieren. Ganz sicher nicht lag die Ursache in der tiefen sexuellen Befriedigung, die er mit Chico erlebte, die, weil ihre Mutter im Zimmer nebenan schlief, Trace hinhielt und vertröstete. Ein Mann hatte schließlich seine Bedürfnisse, ja, wußte sie das denn nicht?

Ja, sagte er sich selbst, sie wußte es. Sie wußte außerdem, daß eines der größten Bedürfnisse eines Mannes darin bestand, am Leben zu bleiben, daher war er alles in allem ziemlich froh darüber, daß er bei Mandy nein gesagt hatte, und daß er zudem eine Bandaufnahme besaß, mit der er diese Tatsache auch beweisen konnte.

Trace blieb einen Moment vor seinem Zimmer stehen, ging noch einmal in Gedanken die Szene durch, die sich todsicher jeden Augenblick abspielen würde. Chico würde am Tisch sitzen, ein Buch lesen. Sie würde das Buch zur Seite legen, mit ihren spitzen kleinen Fingern auf den Tisch trommeln und ihn der Schwerenöterei bezichtigen.

Er würde gekränkt sein. Sie würde ihm nichts glauben.

Und dann würde er ihr das Tonband vorspielen, und sie würde vor seinen Augen zu schuldbewußtem Pulver zerbröseln.

Er dachte noch einmal darüber nach. Es klang ziemlich gut. Es müßte eigentlich funktionieren.

Er fand seinen Schlüssel und schloß die Tür auf. Chico saß nicht am Tisch. Statt dessen lag sie auf dem Bett, eine Vision wie aus einem Art-deco-Druck. Ihre Augen waren geschminkt wie die einer chinesischen Puppe, und ihre Lippen waren so rot wie Zuckeräpfel. Sie trug einen kurzen roten Seidenmantel, der ihre langen, glatten Beine gut zur Geltung brachte. Ihre Füße steckten in irgendeiner Art Hausschuh mit dichten Federn.

Sie sagte nichts, als er das Zimmer betrat, lächelte ihn nur an, als hätte sie schon ihr ganzes Leben nur auf ihn gewartet.

»Bevor du über mich herfällst«, sagte er, »ich habe nichts gemacht.«

»Ich weiß.« Sie zog ihn zu sich herunter, und als sich ihre Lippen berührten, fiel der Seidenmantel zur Seite.

»Was ist mit deiner Mutter?«

»Sie sitzt gerade im Kino«, sagte Chico.

»Der Film könnte bald aus sein«, sagte Trace.

»Sie zeigen heute drei hintereinander. Die sechzehn, siebzehn, achtzehn Samurai.«

»Ein dreifaches Hurra auf Hollywood«, sagte Trace.

Nachher lagen sie nebeneinander im Bett, rauchten. Chico rauchte immer nur, nachdem sie Liebe gemacht hatte, und Trace glaubte, daß das auch für Millionen anderer Frauen galt. Wenn er Chemiker gewesen wäre, dann würde er ein empfängnisverhütendes Mittel erfinden, das sich unter Tabak mischen ließ. Schlaf mit einem Mann, rauch eine Zigarette und mach dir über nichts irgendwelche Sorgen. Und das Ergebnis der Geschichte würde sein, daß nur noch eingefleischte Nichtraucher unerwünschte Kinder kriegen würden. Auch diese soziologische Nebenwirkung schien ihm nur recht und billig zu sein. Unerwünschte Kinder für selbstgefällige, selbstgerechte Erwachsene. Er beschloß, daß es den Augenblick verderben würde, wenn er das jetzt erwähnte, aber er versprach sich, sich später noch mal eingehend damit zu beschäftigen. Diese Idee war ein hundertprozentiger Gewinner. Auf einer Stufe mit Q-Tips und Heftpflaster.

Chico sagte: »Woran denkst du?«

»Oh, an den Platz eines Mannes im Kosmos, an die Rolle von jedem einzelnen von uns im großen Plan der Dinge.«

»Ich dachte, du hättest an Thomas Collins gedacht«, sagte sie. »Wirst du die Sache jetzt den Cops übergeben?«

»Sieh's doch mal so«, sagte Trace. »Wenn ich den Cops sage, was ich weiß, dann haben sie mich am Arsch, weil ich es ihnen nicht schon eher gesagt habe. Aber wenn ich ihnen alles sage *und* ihnen außerdem auch noch verrate, wer der Mörder ist, dann bin ich doch aus dem Schneider. Vielleicht kriege ich sogar einen Orden.«

»Oder zumindest entgehst du einer Gefängnisstrafe«, sagte sie. »Also bleibst du an dem Fall?«

»Warum nicht? Ich hasse Samurai-Filme. Ach, übrigens, ich möchte gerne, daß du etwas für micht tust.«

»Noch etwas anderes?« sagte Chico. »Ich dachte, ich hätte gerade das ganze Arsenal durchgespielt.«

»Du hast eine schmutzige Phantasie«, sagte Trace. »Zu deiner Information, es gibt ein paar unter uns, die nicht pausenlos an Sex denken. So, und jetzt wieder zum Collins-Fall. Wen kennen wir im *Fontana*?«

»Ich kenne Anselmo ziemlich gut.«

»Wer ist das?« fragte Trace.

»Er ist an den meisten Abenden der Manager an den Spieltischen. Er ist ein anständiger Bursche. Du hast ihn mal kennengelernt.«

»Kannst du mit ihm reden?«

»Jjjja.«

»Krieg raus, ob er irgendwas über Collins weiß. Ich habe gehört, er hätte im *Fontana* zu den großen Zokkern gehört. Sieh zu, ob wir irgendwas darüber in Erfahrung bringen können, wieviel er ausgegeben hat, wie oft er da unten war, solche Sachen eben. Und auch, ob er Frauen hatte und so weiter.«

»Klar«, sagte Chico. Sie griff nach dem Telefon, doch Trace legte seine Hand über ihre.

»Ich denke immer noch nach«, sagte er. Er rollte sich aus dem Bett und sagte: »Ich werde jetzt meine Aufzeichnungen machen.« Aus der Kommodenschublade nahm er das Schmetterlings-Kettchen.

»Wieso gehst du nicht nach unten und fragst, ob es echt ist?«

»Es ist echt«, sagte Chico.

»Kannst du Diamanten vielleicht auch riechen? *Abend in Byzanz* verstehe ich ja noch, aber auch Diamanten?«

»Ja, auch Diamanten. Direkt nach dir der süßeste Geruch auf der ganzen weiten Welt«, sagte sie.

20

Traces Aufzeichnungen: Band Nummer zwei, sechs Uhr dreißig nachmittags, Mittwoch, zwei weitere Bänder im Master File, Devlin Tracy in der Sache Thomas Collins.

Ihn zu kennen hieß, ihn zu hassen, schätze ich. Es sieht ganz so aus, als hätte Collins jedem, dem er irgendwo begegnet ist, seine Visitenkarte und einen sehr guten Grund gegeben, seinen Kopf zum Baseballtraining zu benutzen. Wie zum Beispiel Tammy, seiner Stieftocher. Sie sagt: versuchte Vergewaltigung. Doch was diese rotznäsige kleine Schlampe versuchte Vergewaltigung nennt, war laut Collins versuchte Verführung und Erpressung. Korrektur, erfolgte Verführung, nicht versuchte. Wer würde einem von beiden glauben? Sie sind nicht direkt eine Familie aus *Vater hat immer recht*.

Ich hab' wirklich keine Ahnung, ob man sehr stark sein mußte, um Collins' Kopf so zu demolieren, aber wenn dem so war, dann hat dieser Schwachkopf mit der überentwickelten Muskulatur, mit dem Tammy zusammengezogen ist, das Zeug dazu. Und auch ein Motiv, da die zwei ein eigenes Studio aufmachen wollen. Die zusammen schwitzen, kommen auch zusammen, schätze ich. Lassen sie sich auch gemeinsam auf Erpressung ein? Oder teilen sie sich auch den Job bei einem Mord/Versicherungspolice-Päckchen?

Keine Ahnung. Vielleicht ist es ja nur so, daß ich den Burschen einfach nicht mag, der sich besser mal waschen sollte und bei mir den Affen spielen wollte, bis Chico angefangen hat, ihm einen runterzuholen.

Waschen und den Affen machen. Wenigstens hat er den Teil mit dem Affen richtig hingekriegt.

Und dann haben wir da noch Mandy Reese, die ich (Chico, falls du gerade zuhörst, ich besitze Tonbandaufnahmen, um meine Aussage zu beweisen) nicht nur nicht gebumst, sondern auch noch verschmäht habe. Hörst du mich? *Verschmäht*!

Ich möchte nicht vergessen, für Groucho Marks meine Spesen bei dieser speziellen Sache aufzulisten. Bei dreihundert Dollar die Stunde ist es ein sehr kostspieliges Unterfangen, mit Mandy zu plaudern. Sagen wir vierhundert, einschließlich Taxi und Pauschale für die Abnutzung meines Drüsensystems.

Jedenfalls, Mandy hält nicht mehr von Collins als Tammy, und sie wurde immerhin für ihre Begeisterung bezahlt.

Mandy ist auch diejenige, die mir von dem Zusammenstoß zwischen Collins und seiner Stieftochter erzählt hat. Mandy führt Buch. Gott helfe uns. Als nächstes investieren die Nutten dieser Welt noch in Apple Computer, und dann wird jeder einzelne von uns irgendwo auf den Datenspeichern einer Nutte katalogisiert werden. Bitte, wer auch immer sich das hier jetzt anhört, keine Witze jetzt über *hard* und *floppy*. Das war heute nicht der richtige Tag für leichtfertige Späße.

Jedenfalls, nach allem, was Mandy so sagt, war Collins ein Großkotz, der mit seinem Baren protzte und mit einem schwarzen Büchlein herumwedelte, in dem die Namen all seiner Frauen standen. Und doch, was war er doch für ein blöder Trottel. Wie heißt es doch so schön: ›Wenn du schon so clever bist, wieso bist du dann nicht auch reich?‹ Okay, Collins. Wenn du so unwiderstehlich bist, wieso bezahlst du dann dafür?

Also hat Collins Mandy vor ein paar Monaten nach Las Vegas eingeladen. Wir werden noch sehen, ob er lange dort geblieben ist. Ich bin sicher, daß der Knabe ein paar Mäuse mit Immobilien gemacht hat, und da er ungefähr die Wahnsinnssumme von zwei Cents pro Dollar für seine Frau und sein trautes Heim ausgegeben hat, wird er wohl irgendwoanders einen ganzen Haufen gebunkert haben. Wenn man oft genug nach Vegas fährt, kommt man zwangsläufig am Ende mit leeren Taschen zurück, also hatte Mabley vielleicht doch recht. Vielleicht lief ja wirklich irgendwo ein kleines krummes Geschäft mit Geld aus der Immobilienfirma.

Und Mandy weiß nichts von Manschettenknöpfen. Also, wer schreibt ein Briefchen, unterschreibt es mit Mandy und schickt Collins' Manschettenknopf an seine Postfachadresse? Das hat todsicher was zu bedeuten, aber ich will verdammt sein, wenn ich weiß, was.

Hier mangelt es sowieso nicht an Geheimnissen, das ist mal ganz sicher. Das Schmetterlings-Kettchen zum Beispiel. Chico hat wahrscheinlich recht: Das lag nicht in Collins' Hand, als wir ihn das erste Mal gesehen hatten. Also, Frage, wie ist es jetzt dahingekommen? Ich meine, irgendwer findet eine Leiche, steckt ihr als Abschiedsgeschenk ein Schmuckstück in die Hand und verpißt sich anschließend wieder, ohne die Cops zu rufen? Hm, hm, das klingt wirklich nicht besonders.

Ich muß mir hier ziemlich schnell was einfallen lassen. Mrs. Collins hat die Cops verständigt, und höchstwahrscheinlich wird ihn irgendwer schon sehr bald finden. Ganz sicher, bevor er sich in Mehl verwandelt. Gott sei gedankt für Chico. Wenn es hier irgendwo eine Antwort auf alles gibt, dann wird sie sie auch finden. Falls du dir das hier jetzt gerade anhörst, Chico, ich möchte, daß du weißt, daß ich das wirklich so meine. Ich ziehe dich ja vielleicht oft ziemlich auf, weil du so klein und gelb bist, und weil du viel zuviel ißt. Aber außerdem bist du die intelligenteste Frau, der ich in meinem ganzen Leben begegnet bin. Abgesehen von Mrs. Grunewald, der der Lebensmittelladen gehörte, als ich noch ein kleiner Junge war.

Und für den Augenblick macht Trace jetzt mal Schluß. Die Spesen von heute, also da wären Reisekosten, Nutte, jede Menge Lebensmittel für Chico, Telefonate, jede Menge Kleinkram, sagen wir – ein glatter Tausender. Kann ja sein, daß die Collins-Geschichte sich nicht zusammenreimt, die Unkosten ergeben jedenfalls schon eine ganze Menge.

21

Gerade als Trace den Kassettenrecorder in der oberen Schublade der Kommode verstaute, kam Chico wieder in sein Zimmer gerannt.

»Bist du fertig damit, deine Memoiren auf Band zu sprechen, Casanova? Mein Tag mit Mandy, der Nutte?«

»Wenn ich Mandy *und* dich an einem Tag bedienen könnte, würde ich meine edlen Teile wegschicken, um sie mir bronzieren zu lassen.«

Chico warf die Kette auf das Bett. »Die Diamanten sind echt. Der Juwelier unten hat es bestätigt. Er hat gesagt, sie wären zwar nicht von allerbester Qualität, aber echt wären sie dennoch.«

»Gute Arbeit«, sagte Trace.

»Wir essen in zwanzig Minuten mit meiner Mutter zu Abend«, sagte Chico, als sie sich setzte und forsch ein kleines Notizbuch aufschlug.

»Brauchst du jetzt schon ein Notizbuch, um bei deinen zahllosen Verabredungen zum Dinner auf dem laufenden bleiben zu können?« fragte er.

»Das Notizbuch ist für die Detektivarbeit, Dummerchen. Sieht es nicht richtig offiziell aus? Halt jetzt bitte einfach mal den Mund und hör zu. Collins ist früher immer etwa zehn- oder zwölfmal im Jahr ins *Fontana* gefahren.«

»Allein?«

»Normalerweise ja. Oder mit irgendeinem kleinen Pipi-Mädchen. Nie mit seiner Frau.«

»Ein großer Zocker?« fragte Trace.

»Eine kleine Nummer. Kreditlinie von zwei- oder dreitausend. Er hat immer nur kleine Wetten und Einsätze im Casino gemacht, und dann hat er sich auch noch darüber beschwert, daß nicht alles gratis war. Er ist Anselmo einmal unheimlich damit auf die Eier gegangen, weil das Casino sein Flugticket nicht übernehmen wollte.«

»Dann scheint er ja wie eine ganze Menge anderer Leute gewesen zu sein«, sagte Trace. »Wenig ausgeben und soviel wie möglich dafür einsacken.«

»Bis auf das letzte Mal, als er dort war. Das war . . .« Sie konsultierte ihr kleines Notizbuch.

»Oh, hörst du bitte mit diesem Notizbuch auf?« sagte Trace. »Als nächstes kaufst du dir wahrscheinlich noch so ein gottverdammtes Vergrößerungsglas.«

»Ist schon auf dem Weg hier rauf. Ich hab's auf deine Rechnung setzen lassen. Also, er war vor ungefähr zwei Wochen dort, laß mal sehen, und zwar genau am Wochenende des einundzwanzigsten September. Anselmo sagt, daß Collins innerhalb von drei Tagen an den Blackjack-Tischen fünfundzwanzigtausend gelassen hat. Das Hotel hat seine Rechnung übernommen, und es war gut, daß sie das getan haben, denn er hat seinen letzten Nickel an den Tischen verbraten. Total blank war der Mann. Er hat sogar das Mädchen, mit dem er dort war, gebeten, ihm ihre Halskette zu geben, damit er sie in bare Münze verwandeln konnte.«

Trace drehte sich von der Kommode, wo er seine Tonbänder gestapelt hatte, zu ihr um. »Wie hat die Halskette ausgesehen?«

»Rat mal!«

»Dann . . .«

»Ich bin dir um Längen voraus. Na, bist du jetzt nicht froh, daß ich dieses kleine Notizbuch hier habe, um alles genau aufschreiben zu können? Collins hat das Kettchen am ersten Abend seines Aufenthaltes in dem Juwelierladen im *Fontana* gekauft. Zu diesem Zeitpunkt war er noch ein bescheidener Gewinner. Anselmo konnte mir die Frau leider nicht beschreiben, mit der Collins dort war, aber er sagte, sie hätte neben ihm gesessen, auch gespielt, daher hat er ein Videoband mit den beiden, das von den Überwachungskameras gemacht worden ist. Er wird uns einen Abzug besorgen.«

Trace hob seine Augenbrauen und setzte sich neben Chico aufs Bett.

»Du bist knallhart. Das muß ich dir wirklich lassen.«

»Bedank dich nicht. Meine Arbeit hat ihren Preis.«

Trace seufzte. »Ich vermute, schon wieder mein geschundener Leib«, sagte er. »Schön, dann mach schon. Ich bringe das Opfer.«

»Ich werde dir meine Rechnung später präsentieren«, sagte sie. »Ich glaube kaum, daß du so billig wegkommst.«

Sie öffnete die Verbindungstür zwischen den beiden Zimmern und sagte: »Zieh dich fürs Dinner an.«

Trace genehmigte sich einen Drink, zog sich an, genehmigte sich dann noch einen.

Er trank schon wieder zuviel. So sehr er auch über Chico meckerte, weil sie ihn zwang, sich auf Wein zu beschränken: Sie war seine einzige Hoffnung. Trace war nicht mehr in der Lage, seinen Wodkakonsum zu kontrollieren. Nicht, daß er in der Vergangenheit besonders viel kontrolliert hätte, aber sein jüngerer Körper war besser in der Lage gewesen, den heimtükkischen Angriffen des Alkohols zu widerstehen.

Er hatte sich immer damit gebrüstet, noch nie einen Kater gehabt zu haben, aber jetzt fühlte sich sein Kopf jeden Morgen danach an, als wäre er mit Baumwolle ausgestopft, und sein Mund war ein wildwucherndes Gewächs. Er war bei der Arbeit nicht mehr so gerissen und raffiniert, wie er es einmal gewesen war. Er übersah Dinge. Und seine Laune, die schon immer nicht besonders strapazierfähig gewesen war, schwebte jetzt beständig am Rande eines Tobsuchtsanfalles.

»Zeit, daß du dich verdammt noch mal endlich was zusammenreißt, Trace«, brummte er in der zunehmenden Dunkelheit des Hotelzimmers leise vor sich hin. Dann dachte er daran, wieder mit Mr. Nishimoto zu Abend zu essen, und er kippte den restlichen Wodka in sein Glas. Er würde sich morgen am Riemen reißen.

Er wählte Walter Marks' Privatnummer.

»Ich bin's, Trace.«

»Was denn, jetzt schon? Ich habe vor zwei Tagen eine dringende Nachricht für Sie hinterlassen, daß Sie mich umgehend zurückrufen sollten.«

»Ich hatte zu tun. Was wolltest du denn?«

»Ich habe mit Michael Mabley gesprochen. Er hat mir gesagt, daß Sie an der Collins-Sache arbeiten«, sagte Marks.

»Stimmt«, sagte Trace.

»Wieso haben Sie ihm gesagt, mein richtiger Name wäre Groucho?« wollte Marks wissen.

»Hab' ich das?«

»Sie haben, ja.«

»Tja, das war doch nur ein kleiner Scherz, nicht wahr. Deine Freunde haben nicht besonders viel Sinn für Humor. Was äußerst komisch ist, wenn man bedenkt, daß sie immerhin deine Freunde sind.«

»Haben Sie schon irgend etwas in Erfahrung bringen können?« fragte Marks.

»Nur soviel, daß dies eine verdammt beschissene Art und Weise ist, seinen Urlaub zu verplempern, und daß du mir dafür teuer bezahlen wirst«, sagte Trace.

»Nun, Mabley sagte mir, daß Sie sehr hilfsbereit gewesen wären, und dafür wollte ich mich bei Ihnen bedanken.«

Bevor er antwortete, trank Trace einen Schluck von seinem Drink. »Tja, Groucho, er ist auch sehr hilfsbereit gewesen«, sagte er ernst.

»Ach? Wie darf ich das verstehen?«

Trace versuchte sich irgend etwas einfallen zu lassen, auf welche Weise Mabley hilfsbereit gewesen sein könnte. Schließlich sagte er: »Er hat mich in seinem Wagen mitgenommen, als es regnete.«

»Wahrscheinlich hat er nur gewollt, daß Sie sich den Wagen ansehen«, sagte Marks. »Er ist sein ganzer Stolz und Spaß . . . sein erster Lincoln.«

»Ich bin mit ihm begeistert«, sagte Trace.

»Es ist vollkommen sinnlos zu versuchen, freundlich und nett zu Ihnen zu sein«, sagte Marks.

»Ach, mach dich doch ein«, sagte Trace.

»Sie müßten eigentlich jeden Abend ein Gebet an Bob Swenson richten. Wenn er nicht Präsident der

Gesellschaft wäre, dann wären Sie innerhalb von einer Minute die Klospülung runter.«

»Das ist aber gar nicht nett. Besonders, nachdem du Mabley doch gesagt hast, ich wäre der beste Mann in der ganzen Branche«, sagte Trace.

»So etwas habe ich nie gesagt. Sie müssen wie üblich mal wieder zuviel getrunken haben.«

»Du hast ihm das also nicht gesagt?«

»Nein. Ich habe ihm gesagt, daß Sie ein nichtsnutziger, degenerierter Penner wären, ein Säufer, der seine ganze Zeit in irgendwelchen Spielhöllen verbringt. Daß die Garrison Fidelity für Sie ungefähr genausoviel bedeutet wie der Mann im Mond. Daß Sie keinerlei Respekt vor Geld haben, ganz besonders dann nicht, wenn es sich dabei um das Geld anderer Leute handelt. Daß Bob Swenson Sie überhaupt nur aus persönlicher Gefälligkeit heraus noch weiter beschäftigt. Daß Sie normalerweise dermaßen abgefüllt sind, daß Sie gar nicht mal genau wissen, an was für einem Fall Sie gerade arbeiten.«

»Ist das alles?«

»Nein. Ich habe ihm außerdem gesagt, daß man jedes bißchen Hingabe und Loyalität aus Ihnen nehmen und in ein einziges Kümmelkorn stopfen könnte.«

»Scheint so ungefähr hinzukommen«, sagte Trace trocken.

»Ich persönlich hätte Sie nicht engagiert, und wenn Sie der letzte Versicherungsdetektiv auf der Welt gewesen wären.«

»Ich persönlich bin froh darüber«, sagte Trace.

Marks kam ihm mit Auflegen zuvor, daher stand Trace jetzt mit dem Hörer in der Hand da. War er wirklich so übel? War er gemein, mies und verwerflich, so wie Marks es gesagt hatte?

Oh, dieser Teufel Rum. Er war verantwortlich für alles.

Er wählte eine New Yorker Nummer. Sein Vater meldete sich.

»Sarge«, sagte Trace. »Bin ich Alkoholiker?«

»Aber sicher«, sagte Sarge.

»Moment , jetzt mal langsam. Sag das nicht so unbekümmert hin. Das hier ist eine große, wichtige Frage. Laß dir Zeit, bevor du darauf antwortest.«

»Okay, Sohn«, sagte Sarge vergnügt. »Sag mir, wenn's recht ist, und in der Zwischenzeit reden wir einfach über was anderes.«

»In Ordnung«, sagte Trace. »Wie läuft das Geschäft als Privatdetektiv?« Sarge war ein pensionierter New York City-Polizist, der, hauptsächlich, um aus dem Haus und fort von Traces Mutter zu kommen, vor kurzem über *Bogie's Restaurant* in der Sechsundzwanzigsten Straße in Manhattan eine Detektei aufgemacht hatte.

»Schleppt sich so dahin. Ich mach' den einen oder anderen Nickel. Kann aber gut sein, daß ich mit meinem Büro umziehen muß.«

»Überstürz nur ja nichts«, sagte Trace. »Du könntest zuerst ja mal versuchen, es sauberzumachen.«

»Nein, nein, das ist es nicht. Es sind die Leute, mit denen ich mich abgeben muß.«

»Was meinst du damit?« fragte Trace.

»Unten im Restaurant. Der Laden verwandelt sich langsam aber sicher in einen Zoo für bekloppte *private eyes*. Sie haben einen ehemaligen Boxer hinter der Theke, der angeblich Detektiv sein soll. Himmel, ich weiß wirklich nicht, wie der an eine Lizenz rangekommen ist, aber neben dem sieht Jake LaMotta wie Leonardo da Vinci aus.«

»Aha. Das ist doch gar nicht so übel«, sagte Trace.

»Aber das ist noch nicht alles. Sie haben da noch diesen anderen P.I., der immer reinkommt, und bei Maria, Mutter Gottes, wenn du ihm zuhörst, es klingt wie die *Prawda*. Er sitzt am Ende der Theke, fuchtelt mit seinem Drink in seiner einen gesunden Hand in der Luft rum und gibt an einem Streifen irgendwelches Zeug von Karl Marx von sich. Neulich abends hab' ich ihm zugehört, und dann habe ich gesagt: ›Arbeiter aller Länder, vereinigt Euch, Ihr habt nichts zu verlieren außer Euren Ketten‹, und er sagt: ›Richtig, Genosse.‹ Ich sag' dir, Trace, das Viertel geht den Bach runter.«

»Ja, aber die Besitzerin läßt dich ihre Pflanzen ausleihen, um dieses Mauseloch zu verzieren, das du ein Büro nennst, und die Miete ist auch in Ordnung, und du befindest dich unmittelbar über dem besten Salat in ganz New York, also, nur nichts überstürzen.«

»Noch ein weiterer kommunistischer Privatdetektiv, und ich gehe«, sagte Sarge.

»Wo ist Mutter?«

»Sie ist weg, die Nachbarn nerven«, sagte Sarge.

»Wie könnte ich herausfinden, ob eine in Privatbesitz befindliche Firma in finanziellen Schwierigkeiten steckt?« fragte Trace plötzlich.

»Sprich mit einem ihrer Konkurrenten«, antwortete Sarge sofort.

»Danke. Ich weiß immer, an wen ich mich wenden muß, wenn ich einen guten Rat brauche«, sagte Trace. »So, und jetzt, bin ich Alkoholiker?«

»Sohn, wenn du keiner bist, dann bist du seit sechs Generationen der erste Mann in unserer Familie, der es nicht ist. Reicht dir das als Antwort?«

»Ich schätze, ja. Ich denke daran, damit Schluß zu machen.«

»Überstürz nichts«, sagte Sarge.

»Es ist nicht überstürzt. Ich werde Schluß machen. Danke, daß du dich mit mir unterhalten hast.«

»Gern geschehen«, sagte Sarge.

»Ach. Und sag Mutter nicht, daß ich angerufen habe.«

»Warum nicht?«

»Sie wird von mir erwarten, daß ich noch mal anrufe«, sagte Trace.

22

Als Trace schließlich in dem großen Speiseraum des Hotels eintrudelte, saßen Chico und ihre Mutter bereits auf ihren Plätzen. Mr. Nishimotos Platz allerdings war leer.

»Ich glücklich dich sehen, Du«, sagte Chicos Mutter. »Das sein sehl wichtiges Dinnel.«

»Ich bin froh, daß ich gekommen bin, Emmie«, sagte Trace. Chico flüsterte er zu: »Wo ist denn unser Freund, der große Schwerenöter?«

»Mr. Nishimoto hat sich seit dieser Sache mit dem Orangensaft anständig benommen«, sagte Chico. »Wahrscheinlich wird er gleich irgendwann auftauchen.«

»Gut. Paß auf«, sagte Trace. »Ich habe eine Entscheidung getroffen.«

»Und die wäre?« fragte Chico.

»Ich . . .« Er sprach nicht weiter, als jemand an ihren Tisch trat. Es war Mr. Nishimoto, der eine Serviette in seinen Händen trug, als wäre es eine Königskrone.

Trace sah, daß Emmie ihn vorsichtig beäugte, doch

Mr. Nishimoto verbeugte sich höflich vor ihnen allen dreien und legte dann seine Serviette sorgfältig vor Chicos Mutter.

»Was macht er da?« flüsterte Trace Chico zu. »Wieso gibt er ihr eine Serviette? Hat sie vielleicht ein schmutziges Gesicht?«

»Das ist ein Geschenk«, sagte Chico.

»Was denn? Eine benutzte Restaurant-Serviette? Was für ein Playboy.«

»Er hat sie zu einem Schwan gefaltet. Die Kurzlebigkeit trägt noch zu seiner Schönheit bei.«

»Aha, ganz offensichtlich der letzte Großkapitalist«, sagte Trace.

Unterdessen saß Emmie Mangini mit steinernem Gesicht da, würdigte die Serviette noch nicht einmal eines Blickes.

»Ich glaube eigentlich nicht, daß deine Mutter den Burschen besonders mag«, sagte Trace. »Vielleicht sollte ich ihn zur Tür begleiten.«

»Mein Japanisch ist ein bißchen besser als deins«, sagte Chico. »Ich werde das schon machen.« Sie trieb Mr. Nishimoto wie ein Frettchen in die Enge, dachte Trace, und begann auf Japanisch mit ihm zu reden. Chico hatte erst ein paar Worte gesagt, als Mr. Nishimoto erbleichte, und Emmie mit ihrer geöffneten Handfläche fest auf den Tisch schlug, ihre Tochter zum Schweigen brachte, als hätte sie das Stromkabel aus irgendeinem Küchengerät herausgezogen.

»Es ist genug, Michiko. Ich spleche Englisch, um Mistel Nishimoto nicht noch mel zu beschämen, als du ohnehin schon getan. Wie auch immel, ich mich molgen töten wegen dein Benehmen.«

Chico sah fassungslos aus. Trace sagte zu ihrer Mutter: »Du hast uns doch selbst gesagt, dieser Bursche wäre ein Schwerenöter, erinnerst du dich?«

»Neulich, da ja. Heute, hat Schwan gemacht. Gloße Velbesselung«, sagte Emmie.

Trace seufzte. »Gegen Logik kann man nichts machen, schätze ich.«

»Wel sein Mistel Logik?« sagte Mrs. Mangini. »Das Mr. Nishimoto, du velgessen?«

Trace lächelte matt.

»Ml. Nishimoto ist Höflichkeit, stleitet nicht mit Flauen. Macht wie Japanel machen. Meine Tochtel, bitte velzeihen, sie mit ihm splechen wie Balbal.«

»Muß an ihrem Umgang liegen«, sagte Trace.

»Ich ihn gebeten, wiedel an Tisch zu sitzen«, sagte Emmie.

Chico sagte: »Bitte entschuldige dich für mich bei ihm. Sag ihm, mir bricht das Herz über meine eigene Unverschämtheit.«

Mrs. Mangini sagte etwas auf Japanisch zu Mr. Nishimoto, der darauf breit lächelte, dann am Tisch Platz nahm. Ein Kellner tauchte mit einem Tablett voller Drinks auf, in denen kleine Schirmchen steckten.

Jeder nahm ein Glas, und Mr. Nishimoto prostete Trace zu. »Auf Bataan«, sagte er.

»Bataan«, wiederholte Trace.

»Darauf trinke ich«, sagte Chico.

»Gott segne uns alle«, sagte Mrs. Mangini.

Später sagte Chico zu Trace: »Was wolltest du mir vorhin eigentlich sagen? Irgendwas Wichtiges?«

Trace nippte an seinem Drink und sagte: »Vergiß es. Ein andermal.«

Das Dinner verlief angenehm. Trace genoß es sogar, etwas von dem entfernt plastilinähnlichem Essen zu kosten, das aufgetischt wurde. Mehrere Schirmchen-Drinks später hatte er jedem verziehen und versprach, jedem einzelnen von Emmies Freunden auf dem Kongreß eine Kamera zu kaufen.

Er unterhielt sich ununterbrochen mit Mr. Nishimoto. Da »Bataan« das einzige Wort war, das sie beide gemeinsam sprachen, bestand daraus auch ihre gesamte Unterhaltung, doch es mobilisierte eine weite Bandbreite von tiefen Emotionen, von Lachen über Jubeln und schließlich bis zu offenem Weinen, soweit Mr. Nishimoto betroffen war. Am Ende nahm der japanische Mann einen Kugelschreiber heraus und malte ein paar Schriftzeichen auf seine Cocktail-Serviette.

»Wenn er mir jetzt einen Schwan malt, schlage ich ihn«, flüsterte Trace Chico zu.

»El macht Gedicht«, sagte Emmie.

»Wieso? Will er sich jetzt auch umbringen?«

»Psssst«, fiel Chico ihm ins Wort. »Sie kündigen jetzt den heutigen Gastredner an.«

Zwei kleine Männer teilten ich am Kopfende des Raumes das Mikrofon, sprachen, manchmal einzeln, manchmal unisono. Laut Chico rühmten sie die Tugenden eines Mannes, dessen Heroismus eine Inspiration für sein Land war.

»Was hat er denn gemacht?« fragte Trace Chico.

»Er ist Geschäftsmann.«

»Ich meine, was hat ihn zum Helden gemacht?«

»Er ist reich geworden«, sagte Chico. »Er ist der reichste japanischstämmige Amerikaner in den Vereinigten Staaten.«

»Und deshalb ist er schon ein Held? Philister«, knurrte Trace.

Die beiden Männer plapperten noch eine ganze Weile weiter, dann verbeugten sie sich, als sich stürmischer Applaus im Publikum erhob.

»Ich glaub's einfach nicht. Und das alles nur, weil der Bursche reich geworden ist?« sagte Trace zu Chico.

»Ruhe«, sagte Chico.

Mr. Nishimoto stand von ihrem Tisch auf.

»Was hat der denn?« fragte Trace.

»Mr. Nishimoto ist Ehlengast«, sagte Emmie entzückt.

»Der? Das ist der reichste Japs in diesem Land?« sagte Trace verdutzt.

Chico verpaßte ihm unter dem Tisch einen Tritt.

Mr. Nishimoto ging nach vorne, langsam, bedächtig, ließ den Applaus über sich ergehen. Vor dem Podium verbeugte er sich wieder, und dann zog er etwas aus seiner Tasche. Es war die Cocktail-Serviette, auf der er gerade noch geschrieben hatte.

»He, das ist sein Gedicht«, sagte Trace zu Chico. Mr. Nishimoto las vor. »Worum geht's denn?«

»Bataan«, sagte Chico.

»Pfff«, machte Trace, »lieber würd' ich mir einen Samurai-Film ansehen.«

»Das Gedicht handelt von seinem Freund, einem großen Krieger, der den Feind während dieser großen, berühmten Schlacht wie kleine Käfer unter seinen Füßen zermalmt hat.«

Wieder erhob sich donnernder Applaus. Mr. Nishimoto verbeugte sich höflich, dann fuhr er fort.

»Er sagt, sein Freund wäre heute abend hier unter uns«, übersetzte Chico für Trace. »Und der Name dieses großen japanischen Helden ist . . .«

Mr. Nishimoto brüllte: »*Dev-u-lin Tlacy*.«

Jeder im Raum sprang auf und verbeugte sich in Traces Richtung.

Mrs. Manginis Augen füllten sich mit Tränen. »Ich nicht wußte, daß du in Klieg auf unselel Seite gekämpft«, sagte sie stolz.

Trace zwang sich ein Lächeln ab. »Ich kann mich selbst kaum noch daran erinnern.« Chico flüsterte er zu: »Der Kerl ist doch bescheuert. Ich hab' Bataan noch nicht mal von weitem gesehen.«

»Das spielt keine Rolle«, sagte Chico, ein breites Lächeln unbeweglich auf ihrem Gesicht, als wäre es aus Fiberglas. »Steh einfach auf und verbeuge dich, und dann verschwinden wir von hier, bevor dir noch irgendwer deswegen Fragen stellt.«

Trace erhob sich unter großem Applaus. Zwei Männer brachten Mr. Nishimoto einen Strauß Rosen, mit dem er dann den Gang herunterkam und Chicos Mutter präsentierte. Dann verbeugte er sich vor Trace, und Trace stand wieder auf und verbeugte sich ebenfalls.

»Bataan«, sagte Trace.

»Bataan«, antwortete Mr. Nishimoto voller heiserem Stolz.

Trace beugte sich zu Chico. »Das bedeutete *sayonara*, Baby.«

»Dann laß uns gehen«, sagte sie.

»Was ist mit deiner Mutter?«

Chico warf Emmie einen kurzen Blick zu, die voller Bewunderung zu Mr. Nishimoto aufschaute.

»Ich glaube kaum, daß sie uns vermissen wird«, sagte Chico. Sie erhob sich, und gemeinsam mit Trace zogen sie sich aus dem Raum zurück, wobei sie sich beide immer wieder verbeugten.

Draußen begann Chico hysterisch zu lachen.

Trace sagte: »Für dich ist es ja vielleicht in Ordnung, laut rumzulachen, aber wenn der Ausschuß für unamerikanische Umtriebe von dieser Sache Wind kriegt, bin ich erledigt.«

»Komm schon, du Kriegsheld. Ich spendier' dir einen Drink«, sagte sie.

»Dann ist er also der reichste Knabe weit und breit«, sagte Trace, als sie in einer dunklen Ecke der Cocktail Lounge saßen. »Wer hätte das gedacht?«

»Und er ist total verrückt nach meiner Mutter.«

»Das ist nicht weiter überraschend«, sagte Trace. »Sie ist schön und klug und redet auch nicht komischer als du, und wenn ich nicht genau wüßte, daß es dir das Herz brechen würde, dann würde ich selbst versuchen, mich an sie ranzumachen.«

»Sie würde dich nicht nehmen. Denn sie hat obendrein auch einen besseren Geschmack als ich.«

»Ich frage mich, womit Nishimoto wohl seine Brötchen verdient?« sagte Trace.

»Diese beiden Nervensägen von Conférenciers haben gesagt, daß er einer der größten Immobilienmakler der Westküste ist«, sagte Chico.

»Bingo«, sagte Trace.

»Sag das bitte noch mal.«

»Ich hab' vorhin mit Sarge gesprochen. Ich habe da diese Ahnung, daß Collins und Rose im Augenblick vielleicht in einer kleinen finanziellen Klemme stecken, und Sarge meinte, die beste Möglichkeit, so was rauszukriegen, wäre, einfach einen Konkurrenten zu fragen.«

»Dein Vater ist ein sehr weiser Mann«, sagte Chico.

»Ja, ja«, sagte Trace. »Jedenfalls, ich frage mich, ob Mr. Nishimoto wohl rausfinden könnte, ob es mit Collins und Rose abwärts geht.«

»Warum fragst du ihn dann nicht einfach? Hier kommt er schon.«

Trace drehte sich um und sah Nishimoto und Chicos Mutter die Cocktail Lounge betreten. Sie gingen in eine andere Ecke der Bar und setzten sich nebeneinander auf eine der Sitzbänke. Trace lächelte, weil sie so schrecklich steif und förmlich aussahen und sich offenbar so wenig wohl in ihrer Haut zu fühlen schienen, daß eine Anstandsdame das Bild noch ganz nett abgerundet hätte.

»Neeee, er wird doch nur denken, ich wollte Grundstücke auf Bataan kaufen wollen«, sagte Trace. »Er und ich haben unsere Schwierigkeiten, miteinander zu kommunizieren.«

»Du bleibst jetzt brav hier sitzen. Bestell mir noch ein Perrier«, sagte Chico. »Ich muß mich sowieso noch bei ihm entschuldigen.«

Sie verließ Trace, setzte sich an den Tisch ihrer Mutter und war schon bald in eine ernste Unterhaltung mit Mr. Nishimoto vertieft. Schließlich nickte er, schnipste mit seinen Fingern, und die Kellnerin, der es anscheinend nicht die geringsten Schwierigkeiten bereitet hatte, Traces verzweifelte Versuche, einen Drink zu bestellen, zu ignorieren, tauchte augenblicklich neben dem älteren japanischen Mann auf.

Er bellte ihr einen scharfen Befehl zu, und sie trabte sofort los, kehrte Sekunden später mit einem Telefon zurück, das sie in eine Dose an der Wand einstöpselte.

Nishimoto telefonierte etwa fünf Minuten lang, dann legte er auf und beugte sich vor und sprach leise mit Chico. Sie hörte aufmerksam zu, nickte mehrmals, erhob sich dann, verschränkte ihre Arme vor der Brust und verbeugte sich leicht vor ihm.

Sie kam zurück und sagte zu Trace: »Deine Ahnung war richtig. Man erzählt sich, daß Collins und Rose in sehr ernsten finanziellen Schwierigkeiten stecken.«

»Gibt es dafür auch irgendeinen konkreten Grund, oder ist es einfach nur das übliche Branchengetratsche?« fragte Trace.

»In diesem Punkt war deine Ahnung wirklich absolut richtig. Es sind Gerüchte im Umlauf, daß Collins seine Finger tief in die Kasse seiner Firma gesteckt hat.«

Trace schaute auf und sah, daß Mr. Nishimoto ihn beobachtete. Als sich ihre Blicke trafen, lächelte Mr. Nishimoto, hob sein Glas und brüllte »Bataan« quer durch den Raum.

Trace erwiderte das Lächeln und sagte zu Chico: »Laß uns von hier verschwinden.«

23

Traces Aufzeichnungen: Zwei Uhr nachts, Donnerstag, und Chico ist gerade eben wieder in ihr Zimmer gegangen. Frauen sind bescheuert. Zuerst wollte sie nicht mit mir schlafen, weil sie Angst davor hatte, was ihre Mutter dann wohl denken würde, und jetzt kann sie gar nicht genug kriegen. Ich glaube, das liegt wahrscheinlich daran, daß ihre Mutter ein Verhältnis mit Mr. Nishimoto hat. Aber sie will immer noch in ihr eigenes Bett zurück, bevor ihre Mutter für die Nacht zurückkommt.

Ha, würde ihr ganz recht geschehen, wenn ihre Mutter überhaupt nicht nach Hause kommt. Daran soll sie ruhig mal eine Weile was zu knacken haben.

Jedenfalls, das hier ist Band Nummero drei, na, und wie gefällt dir das, Groucho, gleich zwei Bänder an ein und demselben Tag? Und du hältst mich für einen degenerierten Penner, der überhaupt nicht arbeitet. Was bist du doch für ein kleiner oberflächlicher Mann, daß du den Charakter eines anderen Menschen dermaßen falsch interpretierst.

Also, hier sind die neuen Schlagzeilen, seit ich das letzte Band besprochen habe.

Erstens: Das Diamant-Kettchen ist echt.

Zweitens: Collins hat es vor zwei Wochen in Las Vegas gekauft, unmittelbar bevor er fünfundzwanzigtausend Mäuse an den Blackjack-Tischen verloren hat.

Drittens: Mein lieber alter Freund Mr. Nishimoto hat sich mit einigen seiner *Tong*-Krieger kurzgeschlossen und herausgefunden, daß Collins und Rose tatsächlich in ernsten finanziellen Schwierigkeiten stecken und daß Collins eventuell seine Finger in das Schatzkästchen der Firma gesteckt hat.

Viertens: Unterschlagung und Veruntreuung ist als Grund für einen Mord so gut wie jeder andere.

Fünftens: Ich weiß überhaupt nicht, wieso ich mir noch die Mühe mache, mit dir zu reden, Groucho, nachdem ich der Ehrengast auf einem japanischen Kongreß gewesen bin. Ich vermute, ich werde wohl einfach von Natur aus gütig und gnädig sein.

Sechstens: Ich weiß nicht, was ich jetzt weiter mit diesem Fall anfangen soll. Dieser Kongreß wird schon sehr bald seine *Sampans* zusammenpacken, und ich habe den schrecklichen Drang, Mrs. Collins anonym die Diamantkette zu schicken, hübsch meinen Mund zu halten, sagen, ich hätte nichts rausgefunden, und dann einfach wieder nach Hause zu fahren und der Natur ihren freien Lauf zu lassen.

Siebtens: Aber das würde bedeuten, daß irgend so ein Mörder vielleicht einfach mit seiner schändlichen Tat ungeschoren davonkommt, und obschon ich vermute, daß Thomas Collins ein ausgemachtes Arschloch ist . . . nein war, sollte irgendwer für den Mord an ihm in den Knast wandern. Das hat man nun davon, wenn man der Sohn eines Cops ist.

Achtens: Entscheidungen, Entscheidungen. Auf eins kannst du dich verlassen, Walter Marks. Ich werde die noble Tat begehen. Genau wie ich es ja immer mache.

Neuntens: Hier spricht der Held von Bataan und verabschiedet sich.

24

Trace trank gerade Kaffee, als sein Name über die Lautsprecheranlage des Hotels ausgerufen wurde. Er ließ seinen Kaffee stehen und ging hinaus ins Foyer, um sich ein Telefon zu suchen.

Er fand sowohl ein Telefon als auch Chico, die aus einem der Konferenzräume des Kongresses herausgekommen war, als sie gehört hatte, wie sein Name aufgerufen wurde.

»Ich frage mich, wer das wohl sein mag«, sagte er.

»Wahrscheinlich jemand vom Todesmarsch auf Bataan. Will dich wegputzen«, sagte sie.

»Mach früh morgens keine dummen Witze. Ich mag früh morgens keine dummen Witze, und ich mag keinen Schneid. Das sind zwei Dinge, die ich früh morgens wirklich nicht ausstehen kann.«

»Ach, du kannst mich mal«, sagte Chico.

Er ließ sich den Anruf auf eine Telefonzelle legen. Es war Mrs. Collins.

»Mr. Tracy, die Polizei hat Thomas gefunden. Er ist tot.«

»Erwähnen Sie denen gegenüber nicht meinen Namen«, sagte Trace.

»Wie bitte?« sagte sie.

»Schon gut. Das mit Ihrem Mann tut mir sehr leid.«

»Danke. Sie haben mich gestern abend angerufen.

Oh, Mr. Tracy, sie haben gesagt, er ist ermordet worden.«

»Es tut mir wirklich leid, daß ich ihn nicht früher finden konnte«, sagte Trace. »Hat die Polizei schon eine Ahnung, wer es gewesen ist?«

»Das haben sie mir nicht gesagt«, sagte Judith Collins.

»Tja, es tut mir wirklich sehr leid.«

»Die Polizei möchte mit Ihnen sprechen.«

»Was? Wieso denn mit mir?«

»Ich habe gestern abend erwähnt, daß Sie Thomas gesucht haben. Sie möchten mit Ihnen sprechen.«

»Ich werde San Francisco schon sehr bald verlassen. Ich habe nicht mehr die Zeit, mich mit ihnen zu unterhalten.«

»Ich glaube aber wirklich, daß sie mit Ihnen sprechen möchten, Mr. Tracy«, sagte sie mit unheilverkündender Stimme.

»So ergeht es einem, wenn man nur versucht, jemandem einen Gefallen zu tun«, jammerte Trace. »Wieso haben sie mich denn nicht selbst angerufen, wenn sie mich so unbedingt sprechen wollen?«

»Ich habe ihnen gesagt, ich würde heute morgen mit Ihnen sprechen. Ich vermute, wenn Sie nicht zu ihnen gehen, dann werden sie jemanden vorbeischicken, um Sie zu verhören.«

Trace unterhielt sich noch ein paar Minuten mit der Frau, dann legte er auf. Als er aus der Telefonzelle trat, sagte Chico, die mitgehört hatte: »So langsam zieht sich dieses Netz um dich zusammen, du Komplize, der sich der Begünstigung schuldig gemacht hat. Du hättest die Polizei rufen sollen, als ich es dir gesagt habe.«

»Wieder etwas, das ich morgens wirklich nicht leiden kann, sind Ich-hab's-dir-ja-gleich-gesagt-Sprüche«, sagte er.

Indem sie sich an Judith Collins' Wegbeschreibung hielten, fanden sie das Büro des Sheriffs in der Nähe der Stadt Nicasio. Trace sah Mrs. Collins' ramponierten alten Plymouth Duster draußen vor dem Gebäude parken und hielt daneben an.

Hinter der Eingangstür wurden sie von einem ungeheuer fetten Polizisten erwartet, an dessen Brusttasche ein Namensschild mit der Aufschrift COLES geheftet war. Er war ziemlich kahl, und seine Stirn kräuselte sich, als er sie fragend anschaute.

»Soweit ich weiß, haben Sie die Leiche eines gewissen Thomas Collins gefunden. Mein Name ist Devlin Tracy von der Garrison Fidelity Insurance Company. Wir haben eine Lebensversicherungspolice auf den Namen des Verstorbenen.«

Der Beamte nickte und sah Chico an.

»Ich begleite ihn nur«, sagte Chico. »Ich war mal ein Freund von ihm«, sagte sie, zeigte dabei auf Trace.

»Wissen Sie, kleine Lady, ich hab' während des Krieges mal ein Mädchen in Korea kennengelernt. Ein bildhübsches kleines Ding. Hätte Ihre Zwillingsschwester sein können.«

»Sie ist keine Koreanerin«, sagte Trace.

»Ihr Name war Chang Shi«, sagte der Polizeibeamte.

»Keine Verwandte«, sagte Trace.

»Heißen Sie auch Chang?« fragte der Polizist Chico.

»Nein. Ich heiße Mangini. Michiko Mangini.«

»Hätten Sie was dagegen, wenn ich Sie Chang Shi nenne?«

»Natürlich nicht. Hätten Sie was dagegen, wenn ich Sie Telly Savalas nenne?« erwiderte sie.

Das Lächeln auf dem Gesicht des fetten Officers verschwand. Plötzlich war er völlig ernst.

»Sie werden mit Dick Carey sprechen wollen. Er ist

der Deputy, der sich um den Fall kümmert. Hinten«, sagte er ohne die geringste Spur von Freundlichkeit, stieß dabei mit seinem Daumen über seine Schulter.

Die Tür zum Büro von Deputy Sheriff Dick Carey stand offen, und Trace sah Mrs. Collins auf einem Stuhl sitzen, dem Officer gegenüber, der ein großer Mann mit einem faltigen, wettergegerbten Gesicht und dichten schwarzen Haaren war. Er bemerkte Trace in der Tür und sagte: »Kann ich Ihnen helfen, Sir?«

»Der Name ist Tracy, Sheriff.«

Judith Collins drehte sich um. »Das ist Mr. Tracy von der Versicherungsgesellschaft. Ich habe Ihnen von ihm erzählt.«

»In Ordnung«, sagte er freundlich. »Kommen Sie rein, Tracy.«

»Das hier ist meine Freundin, Miss Mangini«, sagte Trace.

»Nehmen Sie Platz, Sie beide«, sagte Carey.

»Es war wirklich Thomas«, sagte Judith Collins zu Trace. »Sie haben mich zum Leichenschauhaus gefahren, und es war wirklich Thomas. Er ist tot.«

»Das tut mir aufrichtig leid«, sagte Trace.

»Wer könnte Thomas nur auf diese Weise umgebracht haben?« fragte seine Frau. »Er hatte doch keinen einzigen Feind auf dieser Welt.«

Trace und Chico wechselten Blicke. Wenn je ein Mann nicht zu dieser Beschreibung paßte, dann war es ganz sicher Thomas Collins.

Sheriff Carey bemerkte ihre Blicke und verschränkte die Arme vor seiner Brust.

»In unmittelbarer Nähe der Leiche ist ein Baseballschläger gefunden worden. Das Blut auf dem Schläger ist das gleiche wie Collins' Blut«, sagte er.

»Fingerabdrücke?« fragte Trace.

Carey schüttelte seinen Kopf. »Sie haben hoffentlich nichts dagegen, wenn ich frage, Mr. Tracy, aber was genau haben Sie mit diesem Fall zu tun?«

»Mrs. Collins hat mich gebeten, ihren Mann zu suchen. Ich habe versucht, ihn zu finden. Haben Sie übrigens seinen Wagen gefunden?«

»Sie haben seinen Wagen nicht gefunden«, sagte Judith Collins. »Nun, wieso war sein Wagen nicht auf der Farm?«

Trace sah Carey an, doch der Polizist blieb völlig gelassen und zeigte keinerlei Reaktionen.

Plötzlich begann Judith Collins zu weinen. Tränen liefen über ihr Gesicht. Ihre Schultern zitterten.

Chico ging zu ihr und legte einen Arm um die Frau und sah den Deputy Sheriff an.

»Ich bin mit Mrs. Collins fertig«, sagte er entschuldigend.

»Dann bringe ich sie nach draußen«, sagte Chico. »Trace, ich warte dann auf dich.«

Trace nickte, und als die beiden Frauen den Raum verließen fragte Carey ihn. »Ist es üblich für einen Versicherungsdetektiv wie Sie, in eine Sache wie diese verwickelt zu sein?«

»Ich habe Collins aus Gefälligkeit einem Freund gegenüber gesucht. Vorher kannte ich weder ihn noch seine Frau«, sagte Trace.

»Die Leiche lag schon etwas eine Woche dort. Vielleicht sollten Sie sich besser nach einem anderen Beruf umsehen.«

»Wie haben Sie seine Leiche denn gefunden?« fragte Trace und versuchte, die Beleidigung zu überhören. Er griff in seine Tasche, um sein Päckchen Zigaretten herauszuholen. Seine Hand berührte die Diamant-Halskette, die er in Collins' Hand gefunden hatte.

»Eine kleine Farm hier in der Nähe. Jemand ist vorbeigefahren, und das Scheunentor stand offen. Er hat einen Blick reingeworfen, sah die Leiche und hat uns dann sofort angerufen.«

»Wann war das?«

»Gestern abend«, sagte Carey.

»Wer ist denn vorbeigefahren und hat gesehen, daß das Scheunentor aufstand?«

»Anonym. Hat uns angerufen, uns den Tip gegeben und sofort wieder aufgelegt. Hat keinen Namen genannt. Was haben Sie denn im Verlauf Ihrer einwöchigen Suche so herausgefunden?«

Trace holte tief Luft. Jetzt oder nie, und Deputy Sheriff Carey kam ihm für einen Polizisten eigentlich wie ein ganz vernünftiger Bursche vor.

»Ich habe die Leiche schon vor drei Tagen gefunden«, sagte Trace schließlich.

Careys Blick hob sich in, so hoffte Tracy wenigstens, angenehmer Überraschung.

»Die Farm gehörte Collins. Wußten Sie das?« fragte Trace.

Carey nickte. »Das geht aus den Grundbucheintragungen hervor. Erzählen Sie mir, wie Sie die Leiche gefunden haben.«

»Und das hier ebenfalls«, sagte Trace. Er griff in seine Tasche und legte die Diamantkette auf den Schreibtisch. »Die habe ich bei der Leiche gefunden.«

Carey sah sie einen langen Augenblick an und sagte: »Sie sind sehr eifrig gewesen, Mr. Tracy. Warum erzählen Sie mir nicht einfach alles?«

Was Trace dann auch machte. Alles, von Anfang bis Ende. Das einzige, was er ausließ war, daß Chico mit ihm auf der Farm gewesen war. Als er seine Geschichte erzählt hatte, holte er wieder tief Luft und lehnte sich auf seinem Stuhl zurück. Es tat gut, sich alles von der Seele zu reden.

Carey nickte und lächelte. »Sagen Sie, Mr. Tracy, warum haben Sie das alles getan?«

»Ich wollte sicherstellen, daß irgendso ein Mörder nicht ungeschoren davonkommt«, sagte Trace.

»Es hätte vielleicht geholfen, wenn Sie uns diese Informationen und diese Halskette ein bißchen früher gegeben hätten«, sagte Carey leise.

»Ich wollte ja, aber ich mußte zu einem Dinner.«

»Ein Dinner?«

»Ja, in San Francisco. Auf einem Kongreß. Ich war der Ehrengast. Ich bin ein Kriegsheld.«

»Mr. Tracy, ich bin wirklich mächtig beeindruckt. So sehr sogar, daß ich möchte, daß Sie auch hier für eine Weile der Ehrengast sind.« Seine Stimme wurde urplötzlich eiskalt. »Stehen Sie bitte auf.«

Trace stand auf, und Carey kam hinter seinem Schreibtisch hervor. »Bitte legen Sie Ihre Hände auf den Rücken.«

Als Trace seiner Bitte nachgekommen war, legte Carey ihm Handschellen an, klopfte Trace dann ab, suchte nach einer Waffe.

»Was machen Sie da?« fragte Trace.

»Ich verhafte Sie.«

»Ich dachte, wir wären beide vernünftige Männer«, sagte Trace.

»Nein. Ich bin ein vernünftiger Mann. Allerwenigstens sind Sie ein Dieb . . . und vielleicht sogar ein Mörder.«

»Ich wollte doch nur helfen«, sagte Trace. »Kommen Sie. Das kann doch wohl nicht Ihr Ernst ein.«

»Ich bin ein sehr ernster Mann, Mr. Tracy. Ernst *und* vernünftig«, sagte der Deputy Sheriff. »Ich habe Bluthochdruck, und ich achte sehr sorgfältig darauf, meine schlechte Laune unter Kontrolle zu halten, damit ich keinen Herzinfarkt bekomme. Denn andernfalls würde ich Ihnen einfach Ihren beschissenen Kopf von Ihrem beschissenen Hals reißen.« Er begann zu brüllen. »Sie wollten nur helfen? Ich brauche Ihre beschissene Hilfe genausowenig, wie ich beschissene Hämorrhoiden brauche!«

»Denken Sie an Ihren Blutdruck«, sagte Trace.

»Trace, bist du bald fertig? Oooops.« Das war Chicos Stimme.

Trace drehte sich um und sah sie in der Tür. Er schüttelte kaum merklich seinen Kopf, ermahnte sie, den Mund zu halten.

»Was geht hier vor?« sagte sie.

»Ich loche Ihren Freund wegen Behinderung der Rechtsfindung ein«, sagte Carey.

»Weswegen denn?«

»Weil er Beweismaterial unterschlagen hat. Er hat die Leiche gefunden, und er hat eine Halskette gefunden, und weder das eine noch das andere hat er uns gemeldet.«

»Woher wissen Sie denn, daß er das getan hat?« fragte Chico.

»Er hat es mir gerade selbst gesagt«, sagte Carey.

»Klingt das denn nicht wie es der Polizei melden? Für mich hört es sich schon so an«, sagte Chico.

»Das ist wirklich ein wunderbares Argument«, sagte Carey. Seine Stimme war wieder ruhig und beherrscht. »Ich bin sicher, das wird während der Verhandlung großen Eindruck auf die Geschworenen machen.« Er brüllte in die Gegensprechanlage: »Coles, komm her.«

Der fette Officer mit dem Haarausfall tauchte auf, und Carey sagte: »Begleite unseren Freund hier zu einer Zelle. Er bleibt eine Weile bei uns.«

»Und Chang Shi?« sagte der kahlköpfige Polizist, deutet mit seinem Kopf auf Chico.

»Heißen Sie so? Chang Shi?« fragte Carey sie.

Chico schüttelte den Kopf.

»Sie kann gehen, wohin sie will«, sagte Carey. »Steck nur ihn einfach in eine Zelle.«

Als Trace zur Tür geführt wurde, begann er hastig auf Chico einzureden. »Schnell. Hol mir Melvin Belli. Roy Cohn. William Kunstler. Ich bin sicher, mindestens ein paar meiner Rechte sind hier verletzt worden. Ruf Swenson an. Ruf meinen Vater an. Sieh nach, ob es hier irgendwo einen Gemeindepfarrer gibt. Ich nehme auch einen Rabbi. Hol mich hier raus. Ich bin unschuldig, ich sage es dir. Unschuldig.«

»Trace, du reagierst wie immer übertrieben«, sagte Chico. »Zurückhaltend spielen. Zurückhaltend. Dustin Hoffman, nicht Al Pacino.«

»Ich will keine Kritik hören, ich will Begnadigung«, sagte Trace.

»Komm jetzt endlich«, sagte Coles und führte Trace am Arm aus dem Büro.

»Ich habe das Recht, telefonieren zu dürfen«, sagte Trace.

»Wen wollen Sie denn anrufen?« fragte Carey.

»amnesty international«, sagte Trace. »Chico, kümmere dich sofort darum.«

Und dann war er auch schon unterwegs eine lange Treppe hinunter.

Am Fußende dieser Treppe schloß der kahlköpfige Officer eine schwere Feuertür mit einem Schlüssel von einem Schlüsselbund an seinem Gürtel auf. Er schob Trace durch und weiter einen schmalen Korridor hinunter. Auf jeder Seite des Korridors befanden sich vier Zellen, nackte, kahle Zellen mit dicken Eisenstangen und kleinen Pritschen, über die rauhe, dünne braune Decken geworfen worden waren.

»Haben Sie irgendwelche Wünsche?« fragte Coles. »Jede der acht Zellen gehört Ihnen.«

»Haben Sie eine mit Ausblick? Auf Puerto Rico?« sagte Trace.

»Fürchte, nein«, sagte Coles. »Die hier wird's tun.« Er steckte Trace in die letzte Zelle auf der linken Seite. »Sie sind unser erster Krimineller für heute«, sagte er.

Als sich die schwere Zellentür hinter ihm schloß und von Coles mit einem Schlüssel abgeschlossen wurde, gelangte Trace plötzlich zu der Erkenntnis, daß das hier ernst war. Er war verhaftet worden, und jetzt saß er im Gefängnis. Unter der Anklage, ein Schwerverbrechen begangen zu haben.

Sofort begann er, seine Verteidigung zu planen. Man hatte vergessen, ihm seine Rechte vorzulesen. Es war ihm nicht erlaubt worden, einen Telefonanruf zu machen. Coles hatte ihn am Arm gepackt, ihn die Treppe hinuntergeführt. Vielleicht konnte er gegen die Wand rennen und sich ein paar Prellungen zuziehen.

Es war nicht viel, aber es war ein Anfang. Falsche Inhaftierung, Verletzung seiner verfassungsmäßigen Rechte, sich nicht selbst belasten zu müssen, Brutalität, nicht die Erlaubnis zu erhalten, mit einem Anwalt sprechen zu dürfen.

Ein Klacks war das. Selbst er könnte seine Verteidigung übernehmen. Er würde aus diesem Laden heraustanzen, und anschließend würde er ihnen eine Fünfzig-Millionen-Dollar-Klage an den Hals hängen.

Andernfalls würde er verurteilt und im Zuchthaus landen.

Sollte so alles enden? Indem er Nummernschilder machte?

Vielleicht konnte er ja auch ein Buch über seine Erfahrungen schreiben. Als Forschung für sein Buch begann er in der Zelle auf und ab zu gehen. Es waren vier große Schritte in der einen Richtung, und zweieinhalb in der anderen Richtung. Es würde ziemlich schwer werden, seine Inhaftierung als unmenschlich zu bezeichnen. Seine Zelle war größer als das Schlafzimmer in den meisten Apartments, in denen er schon gewohnt hatte.

Sieh dir die schlechte Seite an, ermahnte er sich. Denk in Begriffen von Filmrechten.

Würde er je wieder einen Vogel singen hören? Würde er jemals seine Kinder wiedersehen? Siehst du? sagte er sich selbst. Sogar das Gefängnis hat seine guten Seiten.

Nein, nein, so kam er nicht weiter. Er war jetzt schon fünf Minuten im Gefängnis, und er hatte immer noch kein Leitmotiv für das Buch über seine Erfahrungen. Wie sollte er sich nur in die richtige trübsinnige, morbide Stimmung bringen?

Vielleicht wenn er einen Drink hätte.

Plötzlich schlug die ganze niederschmetternde, bedrückende Atmosphäre des Gefängnisses und die Trostlosigkeit seiner Zukunft mit unerbittlicher Macht auf ihn ein, preßte ihm beinahe körperlich spürbar den Atem aus den Lungen. Es mochte sehr gut sein, daß er nie wieder einen Drink bekam.

Er rannte zu der Tür seiner Zelle und wickelte seine Finger um die dicken Stangen. Gerade als er um Freiheit schreien wollte, hörte er, wie die Tür am Ende des Korridores geöffnet wurde. Er ging schnell in die hinterste Ecke seiner Zelle, reckte seinen Hals und sah Chico mit Coles den Gang herunterkommen.

»Sie haben Besuch, Tracy«, sagte Coles.

»Gott sei Dank. Ich kriegte schon langsam einen Knastkoller«, sagte Trace.

»Oh, hörst du bitte damit auf?« sagte Chico, die

jetzt vor der Zelle stand. »Du bist doch erst zwei Minuten hier.«

»Eine Ewigkeit, Baby, wenn du ein Mann ohne jede Hoffnung bist«, knurrte Trace aus dem Mundwinkel.

Coles sperrte die Tür auf. »Sie können wieder gehen«, sagte er.

Trace verkroch sich in einer Ecke seiner Zelle, als die Tür geöffnet wurde. »Das ist doch nur ein Trick, oder? Ich soll gehen, und dann schießen Sie mir in den Rücken und behaupten, ich hätte einen Fluchtversuch gemacht.«

»Raus hier, bevor ich dich noch da erschieße, wo du jetzt stehst«, sagte Coles angewidert. Er drehte sich zu Chico um und sagte: »Lady, Sie sollten sich diesen Kerl vom Hals schaffen, bevor er Sie noch mit sich ins Verderben zieht.«

»Ich weiß«, sagte Chico. »Ich weiß.«

Trace weigerte sich, auch nur ein Wort zu sprechen, bis sie im Wagen saßen und einige Blocks vom Büro des Sheriffs entfernt waren.

Schließlich sagte er: »Okay, was ist passiert?«

»Ich habe den Sheriff davon überzeugt, daß du harmlos bist«, sagte Chico.

»Dann hat er also die Anklage fallenlassen?«

»Er hat *Ungebührliches Benehmen* daraus gemacht. Du bist auf Kaution draußen.«

»Wie hoch ist die Kaution?« fragte Trace.

»Fünfzig Dollar«, sagte Chico.

»Tja, so ist es schon besser«, sagte Trace. Nach einer Weile sagte er dann: »Schulde ich dir jetzt fünfzig Dollar?«

»Du wirst warten müssen, bis ich meine Master-Card-Abrechnung kriege.«

»Was denn, du hast mich auf Plastik da rausgeholt?« sagte Trace.

»He, Baby, wir sind hier in Kalifornien«, sagte Chico. »So leicht war es nun auch wieder nicht.«

»Nein. Wo ist der Haken?«

»Ich habe Carey gesagt, daß wir herausfinden würden, wer der Mörder ist, bevor wir Frisco wieder verlassen.«

»Und wenn nicht?«

»Könnte sein, daß du dann den Titel des Verdächtigen Nummer eins zurückkriegst«, sagte Chico.

Trace fuhr rechts ran, hielt an und ergriff die Hände der jungen Eurasierin. »Chico«, sagte er ernst und feierlich.

»Ja?«

»Finde diesen Killer.«

Tammy öffnete die Tür der Wohnung über dem Fitneß-Center. Als sie Trace und Chico sah, rief sie laut nach hinten: »Julio!«

Trace sagte: »Wir brauchen ihn nicht. Ich dachte, wir würden uns auf Englisch unterhalten.«

»Versuch's doch mal damit. Das ist sogar noch viel besser. Wir werden uns überhaupt nicht unterhalten.«

Sie begann die Tür zu schließen, doch Trace legte seine Hand dagegen.

»Nicht mal über Erpressung?« sagte er. Er versuchte, nur durch seinen Mund zu atmen. Die Temperatur auf dem Flur war drückend heiß und die Luft abgestanden und verbraucht.

Die junge Frau hörte auf, gegen die Tür zu drücken. Sie trug einen schmutzigen Morgenmantel, obschon es früher Nachmittag war. Ihre Haaren waren zerzaust, und Trace hatte das unbestimmte Gefühl, daß er sie geweckt hatte. Was zu einer Frage führte. Gingen Collegestudenten denn überhaupt nicht mehr studieren?

»Was war das gerade mit Erpressung?« fragte Tammy.

»Ich habe kürzlich erst eine hochinteressante Geschichte über Ihren Stiefvater gehört. Da es dabei auch um Sie geht, dachte ich mir, daß Sie sich vielleicht gerne dazu äußern würden, bevor ich sie den Cops erzähle.«

Julio trat aus dem hinteren Zimmer heraus auf die Diele. Er trug wieder seine knappsitzende Badehose und seinen Ledergürtel. Als er sich der Tür näherte, konnte Trace ihn schon deutlich riechen. Er setzte das auf seine kurze Liste wahrnehmbarer Gerüche. Julio.

»Was willste hier?« knurrte Julio. Er fixierte Trace hart. Tammy hob eine Hand, um die Bestie zum Schweigen zu bringen. »Ist schon Okay, Julio«, sagte sie. »Dick Tracy will uns eine kleine Geschichte erzählen.« Sie hatte ihren Blick dabei keine Sekunde von Traces Augen genommen. »Tja, wie wär's, wenn Sie dann mal reinkommen würden?«

»Ich denke, wir bleiben lieber hier draußen auf dem Flur«, sagte Trace. »Die Luft hier draußen ist etwas besser.«

»Von mir aus. Dann erzählen Sie mir mal was über Erpressung.«

»Erinnern Sie sich noch, wie Sie mir erzählt haben, daß Collins versucht hat, Sie zu vergewaltigen? Tut mir leid – sollten wir vielleicht lieber von ihm als dem lieben Verstorbenen sprechen? Oder reicht einfach Collins?«

»Collins ist schon in Ordnung. Ja, er hat versucht, mich zu vergewaltigen.«

»Das ist allerdings nicht ganz so, wie er das gesehen hat.«

»Ach, nein?«

»Er hat versucht, dich zu vergewaltigen?« sagte Julio zu Tammy. Er schaute sich verwirrt um, als suchte er nach irgend etwas, das er beißen konnte.

»Vergiß es, Julio. Er ist schon tot«, sagte sie.

»Da kann er froh sein«, sagte Julio.

»Nun, da könnte er durchaus anderer Meinung sein«, sagte Trace. Wieder sah er Tammy an. »Jedenfalls, Collins hat gesagt, daß Sie . . . sind Sie auch wirklich ganz sicher, daß Julio das alles mitanhören soll?«

»Machen Sie schon, reden Sie«, sagte Tammy.

»Collins sagte, daß Sie ihn verführt hätten.«

»Das ist ja zum Schreien«, sagte Tammy.

»Was bedeutet das, verführen?« sagte Julio.

»Vergiß es, Julio«, sagte Tammy.

»Ja, vergiß es, Julio«, wiederholte Trace. »Collins hat gesagt, daß Sie es so haben wollten, daß Sie halbnackt im Haus rumgelaufen sind.«

»Das hätte ich genausogut tun können. Dieser Bastard hat mich ja sowieso die meiste Zeit mit seinen Augen ausgezogen«, erwiderte Tammy scharf.

»Und als es dann passierte, haben Sie versucht, so sagt er, ihn dazu zu bewegen, etwas Geld in ein Geschäft mit Ihnen zu investieren. Er behauptete, daß Sie ihn einen Vorschlag gemacht haben, der nur sehr schwer auszuschlagen war Entweder: Schieb sofort das Geld rüber, oder andernfalls würden Sie Ihrer Mutter sagen, daß Sie von ihm vergewaltigt worden wären.«

»Los, erklär' mir mal irgendwer, was . . . was das heißen soll, verführen?« sagte Julio.

»Vergiß es, Julio«, sagte Trace.

»Das ist alles gelogen«, sagte Tammy. »Sagen Sie

mir, hat Collins diese Geschichte vielleicht irgendeiner Frau erzählt?«

Trace zögerte, dann nickte er.

»Klar, mußte ja so sein«, sagte Tammy. »Er hat ja immer versucht, sich als den größten Liebhaber aller Zeiten darzustellen. Selbst seine eigene Stieftochter konnte ihm nicht widerstehen. Tja, er war ein verlogener, dreckiger Bastard. Es ist nie so passiert.«

»Was ist mit der Investition in ein Geschäft? Ich vermute, das dürfte dann wohl Ihr kleiner Schwitz-Salon hier gewesen sein.«

»Ja. Ich habe ihn einmal gefragt, ob seine Firma wohl daran interessiert wäre. Er hat mich nur ausgelacht. Er hat gesagt, ich sollte doch auf die Straße gehen und mir das Geld zusammenbumsen.«

Schließlich war doch noch ein Wort benutzt worden, das Julio verstand. »Du gehst für keinen bumsen«, sage er rechtschaffen, schaute sich dann strahlend um, zufrieden mit sich selbst.

»Vergiß es, Julio«, sagte Trace.

»Stimmt, Julio«, sagte Tammy. Zu Trace sage sie: »Collins hat gesagt, er hätte Freunde, die mir zu einem guten Start als ›Professionelle‹ verhelfen könnten. Der liebe, gute alte Stiefvater hat sogar angedeutet, daß er selbst mir sogar hin und wieder mal einen oder zwei Dollar spendieren würde.«

»Sie haben ihn wirklich gehaßt, nicht wahr?«

»Sollte ich nicht?« fragte sie.

»Ich weiß nicht. Ich weiß nicht, wer von euch der Lügner ist.«

»Ich werde jetzt nicht mehr mit Ihnen reden«, sagte Tammy. »Ich denke nicht, daß ich das noch mal tun sollte.«

»Sie wissen, daß ich diese Geschichte auch der Polizei erzählen muß«, sagte Trace.

»Das ist dann wohl Ihre Sache, schätze ich«, sagte sie.

Julio sagte: »Soll ich ihn rausschmeißen?«

»Ich bin schon draußen«, sagte Trace. »Siehst du? Ich stehe hier draußen auf dem Flur.«

»Ich denke, dann schmeiße ich sie eben die Treppe runter, Schnüffler.«

»Trace, ich finde, wir sollten jetzt besser gehen«, sagte Chico.

»Du hast Glück, Julio«, sagte Trace. »Sie bringt mich gerade rechtzeitig hier weg.«

Wieder im Wagen sagte Trace: »Und? Was denkst du?«

»Ich mag sie immer noch nicht mehr als neulich«, sagte Chico.

»Glaubst du, daß sie die Wahrheit sagt?«

»Ich weiß nicht. Was ist mit dir? Was meinst du denn?«

»Ich hoffe, die Regenzeit fängt langsam an«, sagte Trace.

»Wovon redst du da?« fragte Chico.

»Ich denke, das ist wohl die einzige Möglichkeit, wie wir Julio jemals unter eine Dusche kriegen«, sagte Trace.

Zurück im Hotel, fing der Angestellte hinter der Rezeption Trace ab. »Ein Päckchen ist für Sie eingetroffen, Mr. Tracy.«

»Was nun?« sagte Trace zu Chico. »Im Augenblick will ich nichts außer einem Drink, um zu feiern, daß ich so gerade eben noch mal davongekommen bin.«

»Laß den Kopf nicht hängen. Vielleicht hast du ja den Hauptgewinn im großen *Reader's Digest*-Preisausschreiben gewonnen.«

»Versuch doch bitte, deine Unerschrockenheit auf ein Minimum zu reduzieren, Chico. Ich habe dich heute bereits einmal gewarnt. Schneid nutzt sich ab.« Trace nahm einen großen braunen Umschlag von dem Hotelangestellten entgegen. Es trug keinen Absender. »Wahrscheinlich vom Finanzamt«, sagte Trace. »Wieder irgend so ein neuer Betrug, den sie abziehen.«

Chico nahm ihm den Umschlag aus den Händen und öffnete ihn. Der Umschlag enthielt ein Foto.

»Das war schnell«, sagte sie. »Es ist von Anselmo aus dem *Fontana*. Hier, sieh dir das an. Ich wette, das ist dann wohl deine süße Mandy, die Nutte.«

Trace nahm das Foto. Es war der körnige Abzug eines Fernsehbildes. Uhrzeit und Datum waren unten in eine Ecke eingeblendet. Auf dem Bild war Thomas Collins zu sehen, der an einem Blackjack-Tisch saß. Neben ihm saß eine Frau, die die Schmetterlings-Diamanten-Halskette trug.

»Mandy?« fragte Chico.

»Fast, aber keine Zigarre«, sagte Trace.

»Wer ist es?«

»Laurie Anders. Collins' Sekretärin.«

25

Als sie im Büro von Collins und Rose ankamen, saß Laurie Anders vornübergebeugt hinter ihrem Schreibtisch und wühlte in der mittleren Schublade. Als sie Trace bemerkte, drückte sie die Schublade schnell zu.

»Mr. Rose ist nicht da«, sagte sie, strich sich mit einer Hand nervös über ihr Haar. »Seine Schwiegereltern sind zu Besuch in der Stadt und . . .«

»Ist schon in Ordnung«, unterbrach Trace sie. »Sie sind diejenige, mit der wir uns gerne unterhalten würden. Das hier ist Miss Mangini, meine Assistentin.«

»Mit mir?« Lauries Stimme schraubte sich eine Oktave nach oben. »Über was wollen Sie denn mit mir sprechen?«

Chico trat an den Schreibtisch und atmete tief ein. »Über Ihr Parfum, zum Beispiel«, sagte sie. »*Abend in Byzanz* habe ich schon immer sehr gemocht.«

Laurie fiel die Kinnlade herunter. »Thomas ist tot, stimmt's?«

»Sicher ist er das«, sagte Trace. »Wie haben Sie es gemacht?«

»Ich bin's nicht gewesen.« Lauries Blicke zuckten verzweifelt von Trace zu Chico. »Ich war's nicht. Sie müssen mir glauben.«

»Klar«. sagte Trace kalt. »Was die Wahrheit zu erzählen betrifft, haben Sie sich bei mir ja schon einen großen Namen gemacht.«

Die junge blonde Frau schluchzte. Chico trat einen Schritt vor, um einen Arm um ihre Schulter zu legen, doch Trace schüttelte seinen Kopf, warnte sie, das zu tun. Herzlichkeit war hier nicht angesagt. Lieber würde er es aus ihr herausekeln.

Schließlich holte sie tief Luft und wischte sich mit einem Kleenex über ihre Augen. »Wissen Sie«, sagte sie, schüttelte dabei ihren Kopf, »ich hatte schon so ein ungutes Gefühl, daß irgendwas nicht in Ordnung war, als wir letzte Woche nichts von Thomas hörten. Er ist nicht reingekommen, und er hat auch nicht angerufen. Ich dachte mir schon, daß irgendwas nicht in Ordnung war.« Sie lächelte reuevoll. »Und ich wußte, daß wer auch immer das Parfumfläschchen fand, ganz sicher sofort an mich denken würde.« Sie vergrub ihr

Gesicht in ihren Händen. »Das ist alles nur ein böser Traum«, stöhnte sie. »Es passiert nicht wirklich. Sachen wie die passieren einfach keinem Menschen wirklich.«

»Doch, und zwar dann, wenn Menschen einen Mord begehen«, sagte Trace.

»Aber ich habe niemanden umgebracht«, sagte sie scharf. »Vielleicht sieht es ja so aus, aber ich schwöre bei Gott, ich war's nicht.«

»Schluß jetzt«, sagte Trace. »All dieser Lärm nutzt gar nichts. Vielleicht sollten Sie ganz von vorne anfangen.«

»Wie ich hier angefangen habe zu arbeiten?«

Trace nahm das Foto aus dem Umschlag und hielt es ihr hin. »Wie Sie zum Beispiel mit Thomas Collins im *Fontana Hotel* gewesen sind. Und dieses Mal vielleicht die Wahrheit?«

Sie schnappte nach Luft, starrte die Aufnahme an, war wie erschlagen. »Ich hatte Angst. Ich hatte keine Ahnung, was überhaupt los war, und ich hatte Angst, Ihnen die Wahrheit zu sagen.« Ihre Stimme war sehr klein und sehr unsicher.

»Nur weil er vermißt wurde? Also das klingt wirklich nicht besonders überzeugend. Wie sind Sie mit Collins in Vegas gelandet? Ich dachte, Sie würden ihn verachten?«

»Das war vor zwei Wochen. Er hat mich gezwungen mitzukommen.«

»Hat Ihre Hände und Füße mit einem dicken Seil gefesselt und Sie dann in seinen Wagen gezerrt, ja?« sagte Trace.

»Nein. Er hat mich einfach gezwungen.«

»So schlimm kann's auch wieder nicht gewesen sein«, sagte Trace. »Immerhin hat er Ihnen eine Diamantkette geschenkt, oder?«

»Das hat er praktisch direkt nach unserer Ankunft im Hotel getan. Und zwei Abende später wollte er sie dann zurück.«

»Aber Sie haben sie ihm nicht gegeben«, sagte Trace.

»Nein. Zu diesem Zeitpunkt hatte er schon soviel Geld verloren, daß ich Angst hatte, er hätte nicht mal mehr genügend Geld, um das Benzin für die Rückfahrt bezahlen zu können. Er hatte sich bei mir ja schon alles Geld geliehen, das ich dabeihatte.«

»Haben Sie sich gestritten?« fragte Trace.

Sie nickte. Wieder traten ihr Tränen in die Augen. »Ich habe ihm gesagt, daß ich nie wieder etwas mit ihm zu tun haben wollte. Er hat nur gelacht, der Mistkerl. Er hat gesagt, ich würde genau das tun, was er von mir verlangt, wann immer er es haben wollte, weil ich sowieso schon bis zum Hals mit drinstecken würde.«

»Mit drinstecken? Drinstecken in was?« fragte Trace.

Sie ballte ihre Fäuste. »Es wird immer schlimmer«, sagte sie.

»Es gibt nicht besonders viele Verbrechen, die noch schlimmer sind als Mord«, sagte Trace.

Lauries Lippen waren nicht mehr als ein schmaler Strich. »Ich denke, ich habe vielleicht schon genug gesagt.«

Chico sagte: »Mit uns ist es ungezwungener, als es bei der Polizei sein wird. Vielleicht kann ich Ihnen helfen. Collins hat Geld von der Firma gestohlen, richtig?«

Laurie riß überrascht den Kopf in Chicos Richtung herum. »Woher wissen Sie das?«

Chico zuckte mit den Achseln. »Er hat eine Menge Bargeld im *Fontana* verloren, oder?«

»Ja, es war Geld der Firma.« Sie blinzelte und sah schmerzerfüllt aus. »Ich hatte aber wirklich nichts damit zu tun.«

»Das glaube ich Ihnen«, sagte Chico. »Erzählen Sie uns, was passiert ist. Vielleicht können wir helfen.«

»In Ordnung«, sagte sie, wobei ihre Stimme kaum mehr als ein Flüstern war. »Collins hatte ein halbes Dutzend Schwindelfirmen gegründet. Er hat Firmenschecks auf sie ausstellen lassen, als wären sie legitime Bauunternehmungen. Dann löste er die Schecks ein und gab das Geld aus.«

»Welche Rolle haben Sie denn dabei gespielt?« fragte Trace.

»Er setzte meine Unterschrift auf die Schecks. Ich stellte hier die meisten Schecks aus, wissen Sie, und er hat mit meinem Namen unterschrieben. Er war stolz darauf, wie gut er meine Unterschrift fälschen konnte. Er hat mir gesagt, daß er es tausende Male zu Hause geübt hätte.«

»Wie haben Sie das alles herausgefunden?« fragte Trace.

»Was ich Ihnen zuerst erzählt hatte, Mr. Tracy, war die Wahrheit. Ich war einmal mit ihm auf dieser Farm, vor ungefähr einem Jahr, und danach habe ich mich von ihm ferngehalten. Er war immer hinter mir her, aber ich bin auf Distanz gegangen. Vor ungefähr einem Monat sprach dann Mr. Rose mit mir, und er sagte, daß die Firma sich ein bißchen in Schwierigkeiten befinden würde. Unsere Ausgaben waren zu hoch. Er wollte, daß ich eine detaillierte Kostenanalyse erstellen sollte, Posten um Posten. Dann bin ich die Bücher durchgegangen und habe dabei all diese Firmen entdeckt, an die wir Geld zahlten: Firmen, von denen ich noch nie gehört hatte. Als ich dann die Scheckbelege raussuchte, entdeckte ich meinen

Namen auf ihnen, aber ich konnte mich nicht erinnern, auch nur einen dieser Schecks ausgestellt zu haben.«

»Was geschah dann?« fragte Chico leise.

»Mr. Rose war nicht im Büro, dafür aber Mr. Collins, also bin ich in sein Büro gegangen, um mit ihm über diese Sache zu sprechen. Ich sagte ihm, daß diese Schecks meiner Meinung nach Fälschungen wären, und er schloß die Tür seines Büros und sagte zu mir, dieser verdammte Bastard, er sagte: ›Laurie, es sieht ganz so aus, als befändest du dich ganz schön in der Patsche.‹ Dann fing er an zu lachen und sagte, er könnte sich nicht vorstellen, daß mir Gefängniskleidung besonders gut stehen würde.«

Sie schaute zuerst zu Chico auf, dann zu Trace, suchte in ihren Gesichtern nach Verständnis und Mitleid.

Auf Chicos Gesicht war absolut nichts zu lesen. Trace sagte: »Wie haben Sie herausgefunden, daß Collins es gewesen ist?«

»Er hatte mir einen schweren Schock versetzt. Und dann hat er mir gesagt, daß er mir jetzt etwas wirklich sehr Vertrauliches erzählen würde. Er sagte zu mir, daß er sich ziemlich sicher wäre, daß Mr. Rose Geld aus der Firmenkasse nehmen würde, daß wir aber nichts sagen könnten und noch eine Weile abwarten müßten. Ich wußte nicht, was ich tun sollte. Ich habe es eigentlich nicht wirklich geglaubt, aber auf der anderen Seite konnte ich es auch wieder nicht nicht glauben. Nicht in meiner Situation.«

»Und das war vor einem Monat?« fragte Trace.

Sie nickte, und Trace sagte: »Also, wie sind Sie dann vor zwei Wochen mit ihm nach Vegas gekommen?«

»Er sagte mir, daß er einen Detektiv damit beauftragt hätte, die Sache zu untersuchen, und daß wir uns mit ihm in Las Vegas treffen müßten. Wir sind also hingefahren, und als wir dann ankamen, kaufte er mir diese Halskette. Ich hatte keine Ahnung, was das alles sollte, bis er mir erzählte, nachdem er ein paar Gläschen zuviel getrunken hatte, daß er das Geld genommen und meinen Namen gefälscht hatte, und daß wir jetzt Partner wären. Ich weiß nicht, Mr. Tracy. Er hat mir alle möglichen Sachen in den Kopf gesetzt. Ich hatte eine Todesangst. Ich hatte ein schreckliche Angst vor dem Gefängnis, und ich hatte Angst, einfach wegzulaufen.« Sie senkte ihren Blick. »Ich hatte sogar Angst, nicht mit ihm ins Bett zu gehen. Ich haßte diesen Bastard.«

Sie wurde von jemandem unterbrochen, der durch die Tür ins Büro kam. Es war ein junger Mann und eine junge Frau mit einem kleinen Jungen im Schlepptau.

»Wir suchen ein Haus«, sagte der Mann.

»Hier drinnen haben wir keins«, sagte Trace.

»Ich meine, um ein Haus zu kaufen. Wir wollen ein Haus kaufen.«

Trace packte sich eine Handvoll Hausbroschüren von dem Schreibtisch neben Lauries und drückte sie dem jungen Mann in die Hand.

»Hier, nehmen Sie die mit nach Hause und gehen Sie die erst mal durch. Wir hatten gerade einen Todesfall in der Familie, und für heute haben wir geschlossen. Kommen Sie nächste Woche wieder.«

»Oh«, sagte der Mann. »Tut mir leid.«

»Ist schon in Ordnung«, sagte Trace. »Dem Verstorbenen trauert sowieso keiner richtig nach.«

Nachdem die junge Familie wieder gegangen war, schloß Trace die Tür ab, zog die Jalousie vor und drehte sich wieder zu Laurie um. »So, Sie wollten noch etwas sagen.«

»Ich wußte nicht, was ich tun sollte. Für ein paar Tage ließ ich es dann einfach so schleifen. Dann habe ich mit Collins telefoniert und ihm gesagt, daß ich Mr. Rose alles erzählen würde. Er sagte, das sollte ich nicht tun. Er hätte einen Plan, wie er alles wieder in Ordnung bringen könnte, das Geld zurückgeben und meinen Hals aus der Schlinge ziehen könnte, so daß kein Mensch jemals auf die Idee kommen würde, ich hätte irgend etwas mit der ganzen Sache zu tun. Er hat gesagt, allein schon die Tatsache, daß ich damit etwas zu tun hätte, würde schon ausreichen, daß ich nie meine Zulassung als Anwältin bekommen würde. Er hat mich davon überzeugt, daß ich mich an diesem Abend mit ihm treffen sollte.«

»Und dann ist er mit Ihnen hinaus auf die Farm gefahren?«

»Ja, richtig«, sagte sie.

»Wann war das?«

»Dienstag vor einer Woche«, sagte Laurie. »Wir sind mit seinem Wagen dort hinaufgefahren. Er hat gesagt, er würde mir alles erklären, wenn wir erst auf der Farm wären. Doch als wir dort angekommen sind, wollte er nichts anderes, als mit mir ins Bett. Er hat mich in sein Schlafzimmer geschleppt. Ich habe mir die Lunge aus dem Hals geschrien, aber weit und breit war kein Mensch, der mich hören konnte . . . Collins lachte einfach nur und sagte, ich wäre die dümmste Fotze im Umkreis von drei Counties.«

»Was geschah dann?« fragte Chico.

»Ich stieß ihn aufs Bett, um von ihm loszukommen. Dann packte ich das einzige, was ich in meiner Handtasche finden konnte, die Parfumflasche, und habe sie nach ihm geworfen. Ich habe nicht getroffen, aber dadurch erhielt ich eine Chance und lief nach draußen, Es regnete stark. Seine Schlüssel steckten noch im

Wagen, also fuhr ich einfach fort und ließ ihn allein zurück.«

»Was haben Sie mit seinem Wagen gemacht?«

»Ich wußte nicht, was ich tun sollte, daher habe ich ihn in einem Parkhaus hier in der Nähe abgestellt. Er steht immer noch dort, nehme ich an.«

»Haben Sie einen Parkschein?« fragte Trace.

»Ja«, sagte Laurie. Sie holte ihn aus ihrer Handtasche. »Hier.«

Trace nahm ihn. »Dann war das also das letzte Mal, daß Sie Collins gesehen haben?«

Laurie nickte. »Ich schwöre. Und er hat gelebt, als ich ihn verlassen habe. Sie müssen mir einfach glauben.«

»Es bleiben immer noch eine Menge unbeantworteter Fragen«, sagte Trace.

Laurie sah ihn ausdruckslos an.

»Die Halskette«, sagte Trace. »Was haben Sie mit ihr gemacht?«

»Ich habe sie mit ins Büro gebracht und sie in meinen Schreibtisch gelegt. Ich wollte sie ihm zurückgeben, aber dann habe ich es vergessen. Und dann habe ich neulich, als Sie hier waren, nach ihr gesucht, doch sie war nicht mehr da.«

»Sie haben also eine Diamantkette einfach so in Ihrem Schreibtisch liegenlassen?« sagte Trace.

»Die Schublade ist immer abgeschlossen. Unsere Scheckbücher liegen dort drin.«

»Dann hat also jemand Ihren Schreibtisch aufgeschlossen und die Kette gestohlen«, sagte Trace.

»Ich habe sie nicht herausgenommen, aber da ist sie auch nicht mehr«, sagte Laurie. »Also wird jemand sie wohl gestohlen haben müssen.«

»Wer hat den Schlüssel zu Ihrem Schreibtisch?« fragte Chico.

»Es gibt nur einen Schlüssel.« Sie deutete hinter sich auf ein schwarzes Brett an der Wand. »Dort bewahre ich ihn immer auf. An diesem Haken da.«

Sie hatte ihren Kopf unglücklich gesenkt.

»Da ist doch noch etwas, oder?« frage Chico.

»Ja. Ich wollte vorhin mein Scheckbuch rausholen, um ein paar Schecks auszustellen, und da habe ich meinen Schreibtisch aufgeschlossen und das hier gefunden.«

Sie reichte Trace ein kleines schwarzes Leder-Adreßbuch.

»Das kleine schwarze Buch«, sagte Trace. Er schlug es bei den *Ms* auf. Die Seite war leer. Unter *R* fand er Mandy Reeses Namen. In Großbuchstaben. Mit einem Sternchen daneben und der Zahl 300. Mandys Preis.

»Stecke ich in Schwierigkeiten, Mr. Tracy?«

»Tja, Ihre Diamantkette ist bei Collins' Leiche gefunden worden. Sie hatten den Wagen, den er zum Zeitpunkt seines Verschwindens fuhr. Ihr Name steht auf einer Menge Bargeldabhebungen von Firmenkonten, die Schlafzimmervorhänge des Toten sind mit Ihrem Parfum getränkt, und Sie haben diesen Mann gehaßt. Ich denke, die Cops werden wohl sagen, das ist wenigstens mal ein Anfang. Verdammt, die haben mich für erheblich weniger ins Gefängnis geworfen.«

»Das liegt aber auch daran, weil du so verdächtig aussiehst«, sagte Chico spitz. Sie klopfte Laurie Anders auf die Schulter. »Keine Angst«, sagte Chico. »Sie werden da schon wieder rauskommen. Ich habe ein gutes Gefühl.«

26

»Ein gutes Gefühl in bezug auf was?«

Sie hatten nicht gehört, wie die Tür geöffnet wurde, und jetzt stand Rafe Rose dort, starrte Laurie Anders tränenüberströmtes Gesicht an. »Was geht hier vor?«

»Ich habe Mr. Collins nicht umgebracht«, schluchzte Laurie. »Ich schwöre, ich war's nicht.«

Rose wandte sich an Trace. »Ist er tot?«

»So tot wie Donny Osmond auf dem Broadway.«

»Und Sie beschuldigen jetzt Laurie?«

»Ich beschuldige niemanden. Ich suche lediglich nach Informationen.«

»Nun, dann können Sie sie auch in Ruhe lassen«, sagte Rose scharf. »Laurie würde keiner Fliege was zu Leide tun.«

»Irgend jemand hat Collins erschlagen. Wie wär's denn mit Ihnen?«

Rose geiferte.

»Wann haben Sie herausgefunden, daß Collins Geld der Firma unterschlug?« fragte Trace.

Es folgte ein langes Schweigen.

Trace sagte: »Sie werden es den Cops so oder so sagen müssen, aber wenn Sie es mir zuerst erzählen, könnte das die ganze Sache beträchtlich leichter machen. Wär' dann so was wie eine Art Generalprobe.«

»Ich hatte so meinen Verdacht«, sagte Rose schließlich. »Dann bin ich auf eine ganze Reihe Schecks gestoßen, die auf Phantomgesellschaften mit Postfachadressen ausgestellt worden waren. Die Postfächer gehörten ausnahmslos Thomas. Ich habe einen Freund bei der Post, der das für mich festgestellt hat.«

»Mein Name stand auf den Schecks«, schniefte Laurie.

»Ich wußte, daß Sie nichts damit zu tun hatten«, sagte Rose. »Ich vermutete, daß Thomas mit Ihrem Namen unterschrieben hatte. Das stimmt doch, nicht wahr?«

Laurie nickte benommen.

»Haben Sie Collins deswegen zur Rede gestellt?« fragte Trace.

»Das wollte ich, sobald er wieder ins Büro kam. Aber er war nicht greifbar, es ergab sich keine Gelegenheit, mit ihm zu sprechen. Und dann wurde er auf einmal vermißt, und ich hatte keine Ahnung, was zum Teufel da vor sich ging.«

»Sie sind nicht vielleicht einfach zu seiner Farm rausgefahren und haben ihm mit einem Baseballschläger den Kopf eingeschlagen?« fragte Trace.

»Welche Farm?« fragte Rose. »Nein, natürlich habe ich ihm nicht mit einem Baseballschläger den Kopf eingeschlagen.«

»Ich werde alles, was heute passiert ist, der Polizei melden«, sagte Trace. »Ich bin sicher, sie werden sich schon bald mit Ihnen in Verbindung setzen, daher verlassen Sie bitte nicht die Stadt.«

»Idiotisch«, brauste Rose auf. »Natürlich werden wir die Stadt nicht verlassen.«

»Wo sollte ich denn auch schon hin?« sagte Laurie, und klang schon wieder unglücklich und erbärmlich.

Wieder zurück im Chinatown-Hotel setzte Trace Chico auf den Sessel in seinem Zimmer und legte den Kassettenrecorder und sämtliche Bänder vor sie auf den Tisch.

»Was soll das?« fragte sie.

»Ich möchte, daß du dich hinsetzt und dir all diese Bänder noch mal anhörst. Laß den Zimmerservice kommen. Verlaß das Zimmer nicht. Hör zu und denk nach.«

»Oh. Urplötzlich darf ich mir also deine Bänder anhören. Jedesmal, wenn ich sonst auch nur in die Nähe von einem von denen komme, spielst du gleich verrückt, aber jetzt kann ich sie mir anhören.«

»Das hier ist eine ernste Angelegenheit, Chico. Ich bin hier derjenige, der in Schwierigkeiten steckt. Ich bin nur auf Kaution draußen, und wenn wir den Killer nicht verdammt schnell finden, kann's gut sein, daß ich den Bach runtergehe.«

»Hm, hm. Und zwar ohne Paddel.« Chico überflog die Speisekarte des Zimmerservice. Sie schaute auf und grinste süffisant. »Dann hättest du also gerne, daß ich diesen Fall für dich löse, ja? Nachdem du ihn eine Woche lang verkorkst hast.«

»Ja«, sagte Trace.

Chico lächelte. »Okay«, sagte sie.

27

Trace kehrte um elf Uhr abends ins Zimmer zurück.

Chico schlief auf dem Bett.

Er setzte sich neben sie und berührte ihre Schulter. Ihre Augen öffneten sich träge, und sie lächelte.

»Hi. Trace. Ich hab's«, sagte sie.

»Ich auch«, sagte er. »Aber können wir es hieb- und stichfest beweisen?«

»Ich will's hoffen«, sagte Chico. »Ich kenne keine Rezepte für Kuchen mit Feilen drin.«

28

Starker Regen weichte den Boden auf, als Trace und Chico am nächsten Morgen auf der Farm eintrafen. Deputy Sheriff Carey erwartete sie bereits, und er sah Trace mit sogar noch weniger Enthusiasmus als zuvor an.

»Wenn Ihr Hokuspokus nicht funktioniert, wandern Sie auf der Stelle und schnurstracks wieder ins Gefängnis.«

Chico sagte: »Kann ja sein, daß er schuldig ist, was das Hokus angeht, aber mit seinem Pokus ist alles bestens.«

»Ich sollte Sie trotzdem sofort wieder einlochen, einfach nur aus Prinzip.«

Laurie Anders' Wagen kam die Zufahrt zur Farm herauf, und noch bevor sie aussteigen konnte, hielt Michael Mableys grauer Lincoln hinter ihr.

Verwirrt und ein wenig verängstigt dreinschauend kam Laurie zu Trace herüber. In der Zwischenzeit stieg Mabley aus seinem Wagen und bot Mrs. Collins seinen Arm an, die ein schwarzes Kleid und einen Schleier trug. Sie warf einen kurzen Blick auf das Haus und zitterte sichtlich.

»Freut mich, daß Sie es geschafft haben«, rief Trace Mabley und Mrs. Collins zu.

»Es kam ziemlich unerwartet. Mein Wagen ist nicht angesprungen, und ich mußte Mr. Mabley bitten, mich hierher zu fahren. Es war wirklich sehr liebenswürdig von ihm.«

»Ja, das war wirklich sehr nett von Ihnen, Mike«, sagte Trace. »Ich möchte Ihnen beiden Laurie Anders und Deputy Sheriff Carey vorstellen.«

»Ja, ja«, sagte Mabley. »Nett, Sie kennenzulernen.

Könnten wir jetzt nicht vielleicht alle ins Haus gehen? Es gießt ja hier draußen wie aus Kübeln.«

»Es wird nicht lange dauern«, sagte Trace.

»Bislang waren Sie in dieser ganzen Angelegenheit nicht von besonders großer Hilfe«, sagte Mabley. »Und uns alle jetzt bis auf die Haut einzuweichen, stellt auch nicht direkt eine große Verbesserung dar.«

»Ich werde mich bessern«, versprach Trace. »Laurie hier war Thomas' Sekretärin. Sie ist auch diejenige, der er die Diamantkette geschenkt hat. Die Halskette, die ich in Collins' Hand gefunden habe, nachdem er ermordet worden war.«

»Die Sie gefunden haben?« sagte Mrs. Collins. »Aber die Polizei hat doch gesagt . . .«

»Ich habe die Leiche als erster gefunden«, sagte Trace. »Ich war nur noch nicht dazu gekommen, sie davon zu verständigen. Wie ich schon sagte, Collins hatte die Diamant-Halskette in Vegas für Laurie hier gekauft.«

»Ich wußte nichts von irgendeiner Diamant-Halskette«, sagte Mrs. Collins.

»Und Lauries Unterschrift befindet sich auf einer Reihe gefälschter Schecks, die auf das Konto der Immobilienfirma ausgestellt worden waren«, sagte Trace.

Sheriff Carey starrt ihn mit zusammengekniffenen Augen an. »Wollen Sie uns damit vielleicht sagen, daß diese Frau hier eine Kriminelle ist?«

»Nein, ich war's nicht«, sagte Laurie. »Ich hab' überhaupt nichts gemacht.«

Ein dritter Wagen bog auf die Zufahrt ein, und Rafe Rose stieg aus und kam zu ihnen herüber.

»Wer ist das?« frage Carey.

»Rafe Rose. Er war Collins' Partner«, sagte Trace.

»Hallo, Judith«, sagte Rose. »Das mit Thomas tut

mir wirklich aufrichtig leid. Schrecklich. Einfach nur schrecklich.«

»Danke, Rafe.«

Rose drehte sich zu Trace und dem Polizeibeamten um. »Also, was machen wir alle hier?«

»Das wollte ich auch gerade fragen«, sagte Carey.

»Der letzte«, sagte Trace. Er deutete auf die Zufahrt, wo gerade ein weiterer verbeulter Wagen einbog. Tammy Collins und ihr Freund Julio stiegen aus und kamen zu ihnen.

»Das ist Collins' Tochter«, sagte Trace. »Der nakkenlose Wunderknubbel da ist ihr Freund Julio. Ich schlage vor, Sie stellen sich besser nicht in Windrichtung von ihm.«

»Sie haben ganz schöne Nerven, Dick Tracy, uns bei diesem Mistwetter hierher zu bestellen«, fuhr Tammy Trace an.

»Nur Geduld. Es könnte Ihnen eine Menge Spaß machen.«

Julio schaute zum Himmel auf, als würde er sich fragen, wann der Regen wohl aufhören mochte. Es regnete stärker.

»Können wir dann jetzt weitermachen?« fragte Carey.

»Okay«, sagte Trace. »Ich habe Collins' Leiche dort drüben in dem kleinen Lagerschuppen gefunden. Nebenbei habe ich eine ganze Menge über ihn herausgefunden. Er war ein Schürzenjäger, ein Spieler, und er hat Firmengelder veruntreut.«

»Das ist noch längst nicht alles, was er war«, zischte Tammy.

»Ja, Sie haben recht«, sagte Trace. »Er hat auch seine Frau geschlagen. Und er hat sogar versucht, sich an die süße kleine Tammy ranzumachen. Der langen Lobesrede kurzer Sinn: Jeder wollte ihn am liebsten tot sehen. Schließlich tat irgendwer allen einen großen Gefallen, indem er ihn mit einem Baseballschläger erledigt hat. Wie dem auch sei, ich habe jedenfalls die Leiche gefunden und sie anschließend eingeschlossen. Dann, nur einen Tag später, als ich wieder zurückkomme, war noch jemand anderer hier gewesen. Das Scheunentor stand offen, und in Collins' Hand lag eine Diamantkette. Ich hätte sie an diesem ersten Tag nicht übersehen haben können.«

»Wie ist sie dann dahingekommen?« fragte Carey.

»Jemand hat sie ihm untergejubelt. Um Laurie zu belasten.«

Mike Mabley sah angewidert aus. »Das ist ist doch wie aus einem billigen Film«, sagte er. »Wir stehen hier im Regen und müssen uns diesen Mist anhören, und wer weiß, ob es überhaupt irgendeinen Sinn ergibt. Tracy, Sie haben lange genug an diesem Fall gearbeitet und absolut nichts herausgefunden. Wenn Sie Collins früher gefunden hätten, dann wäre er jetzt vielleicht noch am Leben.«

»Das war eins der Dinge«, sagte Trace, »die höchst interessant waren. Als ich mit meiner Suche nach Collins begann, habe ich nichts in Erfahrung bringen können. Und dann erhält Mrs. Collins urplötzlich einen Brief, der mich auf die Suche nach irgendeiner Nutte schickt. Als dabei nichts herauskommt, stößt Mike in der Zeitung zufälligerweise auf einen Artikel, in dem angedeutet wird, daß Collins und Rose gewisse Geldschwierigkeiten hatten. Es war, als würde die Hitze immer ein Stückchen weiter hochgedreht, um irgendwas zum Kochen zu bringen.«

»Führt das auch irgendwo hin?« fragte Rose.

»O ja. Hören Sie mir nur weiter gut zu.« sagte Trace. »Durch Laurie erfuhr ich dann zum ersten Mal von dieser Farm hier . . .«

Mrs. Collins wirbelte wütend zu der jungen Frau herum. »Sachte, Judith«, sagte Trace schnell. »Thomas ist jetzt tot. Jedenfalls, nachdem ich den Tip über die Farm bekommen hatte, fand ich auch die Leiche. Außerdem fand ich ein Sex-Blättchen, in dem Mandy Reeses Namen und ihre Telefonnummer rot umkringelt worden waren. Aber Mandy sagte mir, daß Collins schon seit einigen Jahren ihr Kunde gewesen sei und daß er ihre Telefonnummer in einem kleinen schwarzen Büchlein hätte. Und außerdem stand ihre Nummer auch im Telefonbuch. Also, aus welchem Grund sollte nun diese Kleinanzeige in der Zeitung umkringelt worden sein?«

»Damit sich jemand nach Mandy als einer potentiellen Tatverdächtige auf die Suche machte«, sagte Chico.

»Erinnern Sie sich bitte, Mrs. Collins hatte ja bereits diesen Brief erhalten, der angeblich von Mandy stammte und mit dem Collins' Manschettenknopf zurückgeschickt worden war«, sagte Trace.

»Ein Brief, der in Druckbuchstaben geschrieben worden war«, sagte Chico. »Aber aus welchem Grund sollte Mandy einen Brief in Druckbuchstaben schreiben? Warum schrieb sie ihn nicht ganz normal?«

»Weil Mandy diesen Brief gar nicht geschickt hat«, sagte Trace. »Das hat jemand anderes getan, und dieser Jemand hat die paar Zeilen in Druckschrift geschrieben, damit man die Handschrift nicht erkennen konnte.«

»Auch das kleine schwarze Buch war ein kleines Rätsel für sich«, sagte Trace. »Mandy erzählte mir, daß Collins es immer in seiner Brieftasche aufbewahrte. Doch als ich seine Leiche fand, steckte seine Brieftasche immer noch in seiner Tasche. Allerdings kein kleines schwarzes Buch. Das tauchte erst gestern in Laurie Anders' Schreibtisch wieder auf.«

»Warum?« fragte Carey. »Wer?«

»Weil jemand versuchte, überall Verdachtsmomente auszustreuen. Zuerst gegen Mandy. Und dann, indem er Collins die Halskette in die Hand drückte und das kleine schwarze Buch in ihren Schreibtisch schmuggelte, gegen Laurie. Es war jemand, der wußte, wo der Schlüssel zu Lauries Schreibtisch aufbewahrt wurde. Jemand, der Collins ermordet und das kleine schwarze Buch aus seiner Brieftasche genommen hatte«, sagte Trace.

»Vergiß nicht die Parfumflasche«, sagte Chico.

»Ja, richtig. Als Laurie unmittelbar bevor Collins ermordet wurde, hier auf der Farm war, warf sie mit einer Parfumflasche nach ihm. Ich roch das Parfum im Schlafzimmer und fand dann ein paar winzige Glassplitter auf dem Boden.«

»Der Rest der zerbrochenen Flasche lag im Mülleimer«, sagte Chico. »Aber wenn Laurie ihn umgebracht hatte, dann würde sie auch mit Sicherheit die Glasscherben beseitigt und sie woanders fortgeworfen haben. Und der wirkliche Mörder hätte sie einfach liegenlassen, um den Verdacht auf wen auch immer zu lenken, dem das Parfum gehörte.«

»Also, jetzt verstehe ich gar nichts mehr«, sagt Carey.

»Da sind Sie nicht der einzige«, sagte Mabley. »Das ist doch alles nur eine einzige große Zeitverschwendung.«

»Nein, das denke ich nicht«, sagte Trace. Der Regen lief ihm in den Kragen seiner Jacke. Er bewegte seinen Fuß auf der Erde des Hofes, verwandelte sie in eine rote, matschige Schmiere.

»Ich habe Collins' Wagen vergangene Nacht abgeholt. Auf seinen Reifen und der Karosserie habe ich roten Matsch gefunden. Es hat hier draußen in der

Nacht, als Laurie Collins das letzte Mal sah, geregnet, in der Nacht, als er ermordet wurde.«

»Und?« sagte Mabley. »Matsch ist Matsch.«

»Ich weiß nicht«, sagte Trace. »Roter Matsch ist ziemlich auffällig. Wie zum Beispiel der Matsch, den ich an jenem Tag auf Ihren Galoschen gesehen habe, als wir uns kennenlernten. Erinnern Sie sich noch? Sie sagten mir, Sie hätten im Regen einen Reifen wechseln müssen. Aber Ihr Wagen ist brandneu, und neue Wagen kriegen nicht einfach so einen Platten.«

»Wollen Sie damit vielleicht irgendwas andeuten?« sagte Mabley.

»Mehr als das«, sagte Trace. »Mrs. Collins, wie sind Sie und Ihr Mann dazu gekommen, bei Mabley eine Versicherungspolice abzuschließen? Ich meine, er ist in San Francisco, und Sie leben auf der anderen Seite der Brücke. Sind Sie beide vielleicht eines Tages mal in den Slums des Mission Districts spazierengegangen und haben dann beschlossen, einfach mal in Mableys Büro reinzuschauen?«

»Ich weiß nicht«, sagte Mrs. Collins. »Es war Thomas' Idee, zu Mr. Mabley zu gehen. Ich weiß auch nicht, wieso er sich gerade für ihn entschieden hat.«

»Und dann sind Sie beide also einfach zu ihm gegangen und haben den Versicherungsantrag ausgefüllt und unterschrieben, in Mableys Büro?«

»Ja, das stimmt«, antwortete Mrs. Collins. »Was ist daran nicht in Ordnung?«

»Nichts, sofern Ihr wunderbarer Mann die Gabe besaß, an zwei Orten gleichzeitig zu sein.«

»Tracy, Sie reden durch Ihren Arsch«, sagte Mabley, »und wir werden uns das nicht länger von Ihnen bieten lassen.«

»Wir? Ach, jetzt schon wir? Kommen Sie«, sagte Trace. »Warum erleichtern Sie sich nicht und erzählen dem Sheriff hier, wie Sie beide Collins umgebracht haben? Ein Geständnis wird Ihrer Seele guttun.«

»Affenscheiße«, zischte Tammy Collins. »Meine Mutter hätte nie den Mumm gehabt, diesen Bastard umzubringen.«

»Sehen Sie sie sich doch noch einmal an und sagen Sie mir das dann noch mal«, sagte Trace. »Ein Mann, der sie geschlagen hat. Ein Mann, der ihre Tochter sexuell belästigt hat. Ein Mann, der so knickerig war, daß er nicht mal Möbel für das Haus kaufen oder für die Ausbildung seiner Tochter aufkommen wollte, der aber seinen zweiten Frühling voll auslebte, vermute ich, und der seine eigene Firma beklaute und das ganze Geld für andere Frauen ausgab.«

Trace drehte sich zu Judith Collins um. »Gestern abend war ich in dem Restaurant in der Nähe von Mableys Büro, in demselben Restaurant, in dem Sie mit mir gesprochen haben, Mabley.« Trace deutete mit seinem Kopf auf den durchnäßten Versicherungsagenten. »Es könnte Mrs. Collins vielleicht interessieren zu erfahren, daß Mabley all seine Frauen dorthin ausführte. Stimmt es nicht, Mike?« Keine Antwort. »Aber die Kellnerinnen dort erinnern sich recht gut, ihn erst kürzlich zusammen mit *Ihnen*, Mrs. Collins, dort gesehen zu haben. Sie haben Sie bis aufs i-Tüpfelchen genau beschrieben. Sie sind dort ein häufiger Gast, zusammen mit Ihrem Versicherungsmann, nicht wahr?«

»Beantworten Sie keine weiteren Fragen, Judith«, sagte Mabley. »Mr. und Mrs. Collins sind in mein Büro gekommen, um diese Police in meiner Gegenwart zu unterzeichnen. Das werde ich auch vor Gericht beschwören.«

»Natürlich würden Sie das«, sagte Trace. »Sie

würden auch beschwören, daß Sie und Mrs. Collins kein Verhältnis hatten, nicht wahr?«

»Aaach, zur Hölle mit Ihnen«, sagte Mabley.

»Keine Angst, Mike«, sagte Trace. »Es wird wirklich ganz leicht für die Polizei sein festzustellen, ob einer Ihrer Reifen je einen Platten hatte. Und diese Person, die das Büro des Sheriffs angerufen und die Leiche in der Scheune gemeldet hat . . . Das ist alles auf Band. Ich denke eigentlich nicht, daß es zu schwierig sein dürfte, die Stimme auf Band nach einer Stimmenanalyse einem von Ihnen beiden zuzuschreiben.«

»Sie sind doch verrückt. Ich weiß überhaupt nicht, von was Sie da eigentlich reden. Verdammt, ich habe Collins doch nur ein einziges Mal getroffen.«

»Das ist wohl wahr. Als Sie zusammen mit Mrs. Collins hergekommen sind, um ihrem Mann gemeinsam den Schädel einzuschlagen. Sie und Judith haben sich eine ganze Weile davor auch allein um diese Police gekümmert. Aber ich denke, der Matsch an Ihren Galoschen wird beweisen, daß Sie schon mal hier gewesen sind.«

»Du dreckiger . . .« Mabley stürzte sich auf Trace, wurde jedoch gestoppt, als Deputy Sheriff Carey seine Pistole aus seinem Holster zog.

»Moment, Mr. Mabley. Lassen Sie uns doch einfach mal einen Blick auf Ihre Galoschen werfen«, sagte er.

Die Gruppe marschierte zu dem grauen Lincoln, und Mabley öffnete den Kofferraum. Die Galoschen lagen dort, sauber wie an dem Tag, als sie aus der Fabrik gekommen waren.

Carey sah Trace an, der nur mit den Achseln zuckte. »Manchmal waschen die Leute eben den Matsch von ihren Galoschen ab. Aber Spuren von diesem roten Matsch werden sich trotzdem auf ihnen finden lassen, oder auch in seinem Wagen.«

»Eine ganze Menge Theorien sind das«, sagte Carey. »Aber bislang sehe ich noch nichts, das auch vor Gericht Bestand haben könnte.« Er steckte seine Waffe wieder ein.

»Eine letzte Sache noch«, sagte Chico. »Und dann wird es Bestand haben.«

»Und das wäre.«

Chico zog ein Bündel Papier aus ihrer großen Handtasche. »Werfen Sie doch mal einen Blick auf diese Versicherungspolice. Achten Sie auf die Stelle unter den Unterschriften.«

»Das Datum«, sagte Carey.

»Richtig. Das Datum. Und das ist dasselbe Datum, an dem Thomas Collins zusammen mit Laurie Anders in Las Vegas war. Und hier ist der Beweis.« Sie zog das Standfoto von Collins und Laurie heraus, das im Casino des *Fontana Hotel* von den Überwachungskameras unter der Decke aufgenommen worden war.

»Dieses Foto ist ein Abzug von einem Videoband des Casinos«, sagte Chico. »Sehen Sie, Datum und Uhrzeit befinden sich auf dem Foto. Und die Zeitangaben stammen von dem Videoband. Collins konnte nicht zur gleichen Zeit in Mableys Büro und in dem Casino sein.«

Sie drehte sich um und lächelte Mabley an.

Mrs. Collins begann zu weinen.

»Ich denke, wir sollten jetzt wohl besser alle ins Revier fahren«, sagte Carey. »Und ich denke, ich sollte Sie beide warnen«, sagte er zu Mabley und Mrs. Collins, »daß alles, was Sie sagen, gegen Sie verwendet werden kann. Sie haben das Recht . . .«

»Sie haben ein Recht, sofort von hier zu verschwinden«, sagte Tammy Collins. »Meine Mutter wird nirgendwohin gehen oder fahren.« Sie drehte sich um. »Julio, du weißt, was du zu tun hast.«

Julio bewegte sich auf Carey zu. »Ich hasse Schnuffler«, sagte er.

Trace tippte ihn auf die Schulter, und als Julio sich umdrehte, setzte Trace eine große Faust in sein Gesicht. Der Gewichtheber stürzte wie ein gefällter Baum nach hinten in den Matsch.

»Nicht schlecht«, sagte Carey.

»Ich hasse Menschen, die die englische Sprache verhunzen«, sagte Trace.

29

Drei Stunden später kam Trace aus dem Büro des Sheriffs und stieg in seinen Wagen, in dem Chico gerade einen Hot dog mampfte.

»Wo hast du denn inmitten dieser Einöde was zu essen aufgetrieben?« fragte Trace.

»Ich hab' einen Straßenhändler vorbeifahren sehen. Ich bin schnell aus dem Auto gesprungen und hab' ihn angehalten. Was ist passiert?«

»Am Schluß haben sie endlich alles gestanden«, sagte Trace. »Mrs. Collins sagte, daß ihr Mann verrückt gewesen und immer noch verückter geworden wäre. Sie hatte den Verdacht, daß er der Firma Geld stahl, und das war ihr nur recht. Sie hatte ihn sowieso nur wegen seines Geldes geheiratet. Doch als er dann anfing, vor ihren Augen mit all den anderen Frauen anzugeben, hatte sie Angst, daß er alles ausgeben und sie nichts mehr davon sehen würde.«

»Wie hat sie denn Mabley kennengelernt?«

»Diese rotznäsige kleine Göre hat es uns erzählt, als sie erwähnte, daß ihre Mutter irgendeiner Kunsthandwerker-Vereinigung angehört. Mabley hatte als großzügiger Spender eine Belobigungsurkunde von genau diesem Verein bekommen. Dort haben sie sich kennengelernt. Und der Schläger stammt aus einem von Mableys Kinder-Baseball-Teams.«

»Sie hätten Collins einfach umbringen sollen, fertig und aus, und nicht noch mit der Versicherung herumpfuschen sollen«, sagte Chico.

»Ja, das war ihr Fehler. Sie dachten sich, da sie ihn ja sowieso umbringen würden, könnten sie sich dabei ebensogut auch noch ein paar Extra-Dollar verdienen. Das erinnert mich an etwas, das mein Vater mir einmal vor langer Zeit gesagt hat.«

»Was war das?« fragte Chico.

»Sarge sagte: ›Schweine werden fett, aber fette Schweine werden geschlachtet.‹ Diese zwei waren fette Schweine.«

Trace lachte leise in sich hinein, während er weiterfuhr. »Es muß sie wahnsinnig gemacht haben, als sie von mir erwartet hatten, immer wieder irgendwas Neues herauszufinden, aber daß ich, während ich es herausfand, ihnen nichts davon sagte. Sie haben immer wieder versucht, den Verdacht auf Mandy zu lenken – und dabei kannten sie Mandy nicht mal, sie war nichts als irgendein Name – oder auf Laurie. Es war ihnen völlig gleichgültig, auf welche der beiden. Und sie wollten, daß ich in der Nähe war, um ihnen ein Alibi zu geben. ›Natürlich hatte Mrs. Collins nichts mit dem Tod ihres Mannes zu tun. War sie es denn nicht, die Mr. Tracy gebeten hat, sein plötzliches Verschwinden zu untersuchen?‹ Idioten.«

Chico sagte: »Ich wette, es wird dir bestimmt einen Mordsspaß machen, Walter Marks anzurufen und ihm von dieser Sache zu erzählen, stimmt's?«

»Ich weiß nicht. Ich glaube nicht, daß ich mich

damit brüsten werde. Groucho hat mir den ersten Hinweis gegeben.«

»Was war das?« fragte Chico.

»Als Mabley sagte, daß Groucho ihm erzählt hätte, ich wäre der beste Ermittler in der ganzen Versicherungsbranche. Da wußte ich sofort, daß Mabley ein Lügner war«, sagte Trace.

Als Trace aus der Dusche kam, betrat Chico durch die Verbindungstür sein Zimmer.

»Meine Mutter ist abgereist«, sagte sie.

»Abgereist? Abgereist wohin?«

»Sie ist nach Hawaii. Mit Mr. Nishimoto. Sie haben gerade vom Flughafen aus angerufen. Sie läßt dich grüßen.«

»Und du wolltest mit mir nicht in einem Zimmer schlafen«, sagte Trace. »Was machen sie denn auf Hawaii?«

»Wieder ein Kongreß. Und Mr. Nishimoto hat außerdem eine Computer-Fabrik auf Maui und ein Fünfundzwanzig-Zimmer-Haus an seinem eigenen Privatstrand.«

»Hört sich ganz so an, als könnte deine Mutter noch groß Karriere machen, indem sie immer auf Kongresse geht«, sagte Trace.

»Oder sich mit Mr. Nishimoto trifft«, sagte Chico.

»Ja«, sagte Trace. Er schaute aus dem Fenster auf die Straße.

»Was ist denn los?« fragte Chico.

»Ich habe nur gerade nachgedacht. Ich vermute, du wärst mit einem x-fachen japanischen Millionär sicher auch glücklich, oder?«

»Nein, ausgeschlossen«, sagte Chico. »Zu klein. Ich würde mich einfach nicht wohl fühlen, wenn ich beim

Tanzen nicht auf die Achselhöhle eines blonden Barbaren starren könnte.«

Trace küßte sie. »Ich bin ein Glückspilz«, sagte er.

»Und außerdem auch noch ein Kriegsheld«, sagte Chico.

«*Banzai*«, brüllte er und riß sie in seine Arme und trug sie zum Bett.

ENDE

Band 19 062

Warren Murphy

Trace schlägt zu

Deutsche Erstveröffentlichung

Devlin Tracy, genannt Trace, machte den Eindruck eines Mannes, der wußte, daß die Welt verrückt war und sich entschlossen hatte, lieber Teil des Problems zu werden, als Teil der Lösung.

Die Versicherungsgesellschaft bezahlt Trace nicht dessen unverschämt hohes Honorar, damit er sauber bleibt. Sie bezahlt ihn auch nicht dafür, daß er ein angenehmes Leben führen kann. Nein, sie zahlt für das Unmögliche, das kein anderer schafft.
Ein mysteriöser Toter und verschwundene Juwelen in Millionenhöhe führen Trace in die Gesellschaft der Beautiful People. Eine Contessa, eine blonde Pornoschauspielerin, ein italienischer Drogenjüngling und ein ausgeflippter deutscher Baron mit bizarren Vorlieben lassen Trace sein – zugegeben – hohes Honorar schwer verdienen.

BASTEI LÜBBE

Sie erhalten diesen Band im Buchhandel, bei Ihrem Zeitschriftenhändler sowie im Bahnhofsbuchhandel.